AS ALEGRIAS
DA MATERNIDADE

AS ALEGRIAS DA MATERNIDADE

BUCHI EMECHETA

Tradução
Heloisa Jahn

2ª edição
7ª impressão

Porto Alegre • São Paulo
2020

Copyright © 1979 Buchi Emecheta

CONSELHO EDITORIAL Gustavo Faraon e Rodrigo Rosp
CAPA E PROJETO GRÁFICO Luísa Zardo
PREPARAÇÃO Julia Dantas
REVISÃO Raquel Belisario e Rodrigo Rosp
FOTO DO AUTORA Valerie Wilmer

DADOS INTERNACIONAIS DE
CATALOGAÇÃO NA PUBLICAÇÃO (CIP)

E53a Emecheta, Buchi.
As alegrias da maternidade / Buchi Emecheta;
trad. Heloisa Jahn. — 2. ed. — Porto Alegre:
Dublinense, 2018.
320 pág.; 21cm

ISBN: 978-85-8318-110-1

1. Literatura Africana. 2. Romances Africanos.
I. Jahn, Heloisa. II. Título.

CDD 869.3

Catalogação na fonte:
Ginamara de Oliveira Lima (CRB 10/1204)

Todos os direitos desta edição
reservados à Editora Dublinense Ltda.

EDITORIAL
Av. Augusto Meyer, 163 sala 605
Auxiliadora • Porto Alegre • RS
contato@dublinense.com.br

COMERCIAL
(51) 3024-0787
comercial@dublinense.com.br

Para todas as mães.

SUMÁRIO

1. A mãe — 9

2. A mãe da mãe — 15

3. A vida da mãe no começo — 41

4. Primeiros sustos da maternidade — 57

5. Uma mulher fracassada — 79

6. Um homem nunca é feio — 91

7. O dever de um pai — 105

8. Os ricos e os pobres — 119

9. O investimento de uma mãe — 145

10. Um homem precisa de muitas esposas   159

11. Partilhando um marido   179

12. Homens em guerra   199

13. Uma boa filha   213

14. Só as mulheres   221

15. O pai soldado   241

16. Mãe de filhos inteligentes   265

17. A honra de uma filha   279

18. A mãe canonizada   297

A MÃE

nu Ego recuou e saiu do quarto, os olhos perdidos e vidrados, contemplando o vazio. Seus pés estavam leves e ela avançava como se estivesse em transe, sem dar-se conta de que usava aqueles pés. Foi de encontro à porta, afastou-se dela e cruzou a varanda, avançou para a grama verde que fazia parte do alojamento dos empregados. A grama estava úmida de orvalho sob seus pés descalços. Seu corpo inteiro sentia a névoa fina do ar, e parte dela percebeu quando roçou a roupa lavada do patrão branco pendurada no varal. Isso a fez girar o corpo num safanão, como um cãozinho ao esticar completamente a corda. Agora estava voltada para a estrada, tendo decidido usar os olhos, a parte da frente e não mais a de trás. Correu, os pés ainda mais leves, como se os olhos, agora que os usava, lhe dessem uma leveza especial. Correu, passou pelo bangalô do patrão, passou pelo jardim lateral e disparou pela estrada de saibro, sem asfalto; seus sentidos ficaram temporariamente ofuscados pela cor da estrada, que parecia de sangue aguado. Foi em frente até depois dessa estrada curta que levava à grande, asfaltada; correu como se a perseguissem, olhando para trás uma única vez, para ter certeza de que não estava sendo seguida. Correu como se nunca mais fosse parar.

O ano era 1934 e o local era Lagos, na época colônia britânica. O bairro residencial de Yabá, a uma pequena distância da ilha, fora construído pelos britânicos para os britânicos, embora muitos africanos, como o marido de Nnu Ego, trabalhassem lá como serviçais e empregados domésticos; uns poucos estrangeiros negros, funcionários de baixo escalão, viviam em algumas das casas modestas do bairro. Mesmo naquele tempo, Lagos estava crescendo depressa e, pouco depois, seria a capital de um país recém-estabelecido chamado Nigéria.

Nnu Ego passou a toda velocidade pelas bancas do mercado Zabo, cobertas com folhas de ferro corrugado vermelho que, tal como a grama úmida e o saibro no chão, reluziam com o orvalho da manhã. No estado em que estava, não parecia ver nada disso, embora seu subconsciente registrasse tudo. Pedrinhas aguçadas no caminho por onde ia espetaram seus pés quando chegou à Baddley Avenue; sentiu e ao mesmo tempo não sentiu a dor. O mesmo se aplicava à dor em seus jovens seios, soltos sob a blusa, agora se enchendo depressa de leite, desde o nascimento de seu menininho, quatro semanas antes.

Seu bebê... Seu bebê! Sem querer, os braços de Nnu Ego envolveram os seios doloridos, mais para confirmar sua maternidade que para aliviar o peso deles. Nnu Ego sentiu o leite escorrer, umedecendo sua blusa buba; e a outra dor sufocante se intensificou, chegando-lhe agora à garganta, como se tivesse o firme propósito de espremer para fora de seu corpo, ali e então, a própria vida. Só que o leite tinha como sair e aquela dor não, embora a forçasse a ir em frente, e ela corria, corria para longe da dor. Mesmo assim a dor estava ali, dentro de seu corpo. Só havia um jeito de livrar-se dela. Pois como Nnu Ego poderia mostrar o rosto ao mundo depois do que acontecera? Não, melhor nem tentar. Melhor acabar com tudo daquele jeito, o único jeito certo.

Seu vigor não arrefecia. Um ou dois madrugadores a viram, tentaram detê-la para perguntar aonde ia. Porque viram uma jovem de vinte e cinco anos, cabelo comprido não muito bem trançado e sem pano de cabeça para cobri-lo, vestindo uma buba solta de andar em casa e, combinando, uma lappa desbotada amarrada com força em torno da cintura fina, e deduziram que as coisas não iam nada bem. Além do fato de que a indumentária da jovem estava muito desleixada para ser usada fora de casa e seu cabelo muito desarrumado para ficar descoberto, havia uma espécie de selvageria em seus olhos que não parecia deste mundo e que denotava um espírito perturbado. Mas seus movimentos eram tão ágeis e rápidos que ela se esquivou das muitas pessoas que tentaram ajudá-la.

Quando Nnu Ego chegou ao mercado de Oyingbo, o sol espiava de trás das nuvens matutinas. Estava se aproximando de uma área agitada da cidade e já havia gente na rua. Os primeiros comerciantes avançavam para suas bancas em fila indiana, levando várias trouxas bem equilibradas na cabeça. A moça deu um encontrão num irado mendigo haussá que, abandonando a banca aberta onde passara a noite, agora se dirigia à rua pavimentada para dar início às atividades diárias de mendicância. Era cego e andava apontando o bastão para a frente com ar ameaçador; a outra mão, trêmula, segurava com força a calabaça de esmoler. Em sua pressa, Nnu Ego quase derrubou o pobre homem ao correr direto para cima dele, como se também ela tivesse perdido o uso dos olhos. Seguiu-se um berro ofensivo e uma torrente ininteligível de palavras que saíam da boca do mendigo em seu idioma nativo haussá, que poucas pessoas em Lagos compreendiam. A calabaça voou da mão trêmula e ele agitou o bastão no ar para enfatizar a ofensa.

"Dan duru ba!", gritava. Achava que, cedo daquele jeito, estava sendo atacado por gatunos habituados a roubar dos mendigos, em especial dos cegos, as esmolas do dia. Nnu Ego escapou por pouco da fúria do bastão ao se inclinar para recolher a calabaça, que entregou ao homem. Fez isso sem dizer palavra, embora sua respiração estivesse ofegante. Não havia nada que pudesse dizer àquele homem que se deleitava na própria fúria, narrando em haussá o que imaginava que iria acontecer com ele. Enquanto Nnu Ego se afastava, o homem continuava praguejando e agitando o bastão no ar.

Ela começou a sentir cansaço, e de vez em quando choramingava como uma criança assustada; mesmo assim avançava depressa, ofendida por sentir algum tipo, fosse qual fosse, de dor física. Enquanto andava, a dor e a raiva competiam dentro dela; às vezes a raiva parecia ser mais forte, mas a dor emocional sempre vencia. E era àquilo que ela queria dar fim muito, muito depressa. Logo chegaria lá, disse para si mesma. Logo tudo estaria encerrado, exatamente lá, sob a água profunda que corria embaixo da ponte Carter. Então poderia procurar e encontrar sua chi, sua divindade pessoal, e perguntar-lhe por que a castigara daquela maneira. Sabia que seu chi era uma mulher não apenas porque em sua opinião só uma mulher seria tão absoluta ao punir outra mulher. À parte isso, quantas vezes haviam lhe dito em sua casa em Ibuza que seu chi era uma escrava que fora obrigada a morrer com a ama no momento em que a ama era sepultada? Por isso agora a escrava se encarregava de transformar a vida da própria Nnu Ego num catálogo de desastres. Bem, agora Nnu Ego estava indo ao seu encontro, ao encontro da implacável princesa escrava vinda de um país estrangeiro, e queria discutir toda aquela questão com ela, não neste mundo, mas no mundo dos mortos, lá, nas profundezas das águas do mar.

Dizem que as pessoas que estão para morrer, seja afogadas seja por uma doença terminal gradativa, dedicam os últimos poucos momentos de consciência percorrendo a própria vida caleidoscopicamente, e Nnu Ego não era exceção à regra. A dela começara vinte e cinco anos antes, numa cidadezinha igbo chamada Ibuza.

A MÃE DA MÃE

wokocha Agbadi era um chefe local muito rico. Era um grande lutador, além de orador desembaraçado e talentoso. Seus discursos eram altamente condimentados com histórias maliciosas e provérbios profundos. Era mais alto que a maioria dos homens e, já que nascera numa era em que a bravura física era o que determinava o papel da pessoa na vida, todos aceitavam com naturalidade que ele fosse o líder. Como a maioria dos homens atraentes que têm consciência da própria imagem carismática, em seu tempo teve muitas mulheres. Toda vez que faziam uma incursão a um povoado das redondezas, Agbadi invariavelmente voltava com as mulheres mais belas. Tinha um fraco pelas que vinham de casas importantes, filhas de chefes e de homens ricos. Sabia por experiência própria que essas mulheres eram mais confiantes e provocadoras, mesmo em cativeiro. E aquele tipo de arrogância que nem o cativeiro conseguia abater parecia despertar nele alguma tendência perversa. Quando ele era moço, a mulher que cedia a um homem sem antes lutar pela própria honra não era respeitada. Considerar uma mulher sossegada e tímida como desejável foi uma coisa que só surgiu mais tarde, depois do tempo dele, com o cristianismo e outras modificações. A maioria das mulheres que Nwokocha Agbadi escolhia para esposas, e mesmo suas escravas, eram as capazes de confrontar a arrogância de Agbadi, seu cáustico sarcasmo, suas brincadeiras ofensivas e mesmo, quando era esse seu estado de espírito, sua ternura humana.

Nwokocha Agbadi desposou umas poucas mulheres no sentido tradicional, mas quando as via, uma a uma, afundar na vida doméstica e na maternidade, logo se entediava e saía em busca de alguma outra fêmea excitante, alta e orgulhosa. Essa sua predileção também se aplicava às amantes.

Agbadi era de Ogboli, um povoado de pessoas que, rezava a lenda, já viviam na área da atual Ibuza antes que o povo igbo do leste viesse de Isu para instalar-se ali ao lado deles. O povo de Ogboli permitiu que o fundador de Ibuza ficasse e outorgou títulos tanto a ele como a seus descendentes. Ao mesmo tempo, herdou a maioria das viúvas dos recém-chegados. Por um longo período o arranjo foi esse, até o povo de Ibuza ficar mais forte e mais numeroso, e o de Ogboli por algum motivo minguar. Ainda hoje se desconhecem as razões do fato, embora alguns afirmem que muitos dos de Ogboli emigraram para cidades próximas, como Asaba. Mas isso não vem ao caso. O povo de Ibuza, oriundo do leste da Nigéria, lutou e venceu muitos combates civis contra seus anfitriões. Conquistou liberdade de movimento a ponto de começar a escolher ele próprio seus chefes e recusar-se a continuar enviando suas mulheres para os de Ogboli.

No tempo de Nwokocha Agbadi, a cidade ficou conhecida pelo nome de Ibuza, e Ogboli na época era um dos povoados que compunham a cidade. A glória permanecia, e a gente de Ogboli ainda se considerava filha do solo, embora desde havia muito o solo tivesse sido retirado de debaixo de seus pés. Duas das esposas de Agbadi eram de Ibuza, duas de sua própria cidade, e três eram escravas que ele capturara em suas andanças; além das esposas, tinha três amantes.

Uma dessas amantes era uma jovem muito bela que conseguia ser ao mesmo tempo teimosa e arrogante. Ela era tão teimosa que se recusava a viver com Agbadi. Sendo os homens do jeito que são, ele preferia passar todo o seu tempo livre com ela, com aquela mulher que gostava de humilhá-lo recusando-se a ser sua esposa. Não raras noites ela o punha para fora, dizendo que não estava inclinada a ter fosse o que fosse com ele, embora supostamente Agbadi não fosse o tipo de homem a quem as mulheres dissessem esse tipo de coisa. Mas ela se negou a ficar ofuscada pela riqueza, pelo nome ou pela beleza dele. As pessoas diziam que Nwokocha Agbadi dedicou todo o tempo que passou neste mundo cortejando sua Ona.

Ona era o nome pelo qual Agbadi a chamava, não o nome que ela recebera originalmente. O pai da moça também era um chefe, e Agbadi a conhecera ainda criança, andando atrás do pai. As pessoas costumavam estranhar que um chefe como Obi Umunna se deslocasse sem a menor vergonha de arrastar atrás de si uma criancinha minúscula. Mas o pai dizia às pessoas que a menininha era seu ornamento. Agbadi então dizia, de brincadeira: "Se é assim, por que você não a usa em volta do pescoço, como uma ona, uma joia sem preço?". As pessoas acharam graça. Mas o nome pegou. Agbadi nunca teria imaginado que um dia, quando ela crescesse, seria um dos homens a pedi-la em casamento. O pai, apesar das diversas esposas, tinha poucos filhos e, na verdade, nenhum filho homem vivo, mas Ona cresceu para corresponder às expectativas do pai. Ele havia insistido para que ela nunca se casasse; sua filha jamais inclinaria a cabeça diante de homem algum. No entanto, podia ter homens, se quisesse, e se tivesse um filho, ele receberia o nome do pai dela, retificando assim a omissão da natureza.

Ona era de estatura mediana e sua pele parecia a da noz de palma quase madura, acetinada, castanho-clara. O cabelo, cortado curto, cobria seu crânio como um chapéu no alto da cabeça, que parecia ter sido empurrada para fora dos ombros por um pescoço forte e longo. Quando ela andava, seu precioso cinto de contas, feitas do melhor coral, murmurava e, para homens crescidos naquela cultura, que conheciam o som de cada conta, isso a tornava ainda mais atraente. A vida inteira ela se habituara a andar pelas trilhas silvestres, por isso sabia como evitar os espinhos, usando as pontas dos pés, em vez de jogar o peso do corpo nas solas. Com isso seus movimentos lembravam os de um gato misterioso e ao mesmo tempo excitante. Tinha um jeito de apontar o queixo para a frente, como se visse com ele e não com os olhos, que tinham as bordas negras e pareciam afundados em sua cabeça. Como a maioria das pessoas de seu povo, não tinha muita paciência para caminhar e, quando corria, assim como as jovens garotas correm até o riacho ou saem correndo de suas casas só para ver o que há de novo, cobria com as mãos os seios, que balançavam, despidos e saudáveis. Era raro ela usar uma blusa; também não amarrava a lappa por cima dos seios, como as mulheres mais velhas. Mas possuía muitas lappas de cintura e também um estoque de valiosas contas de coral para o pescoço e a cintura. Magníficas tatuagens preto-esverdeadas se destacavam sobre sua pele castanha. Embora sempre estivesse com pouca roupa, muitas vezes impunha aos outros a percepção de que era uma presença conservadora, altiva, fria como o aço e distante como toda mulher da realeza. Ao sentar-se, dobrava as longas pernas bem juntas, com recato feminino, e ficava evidente que tinha estilo, aquela única filha de Obi Umunna.

Nwokocha Agbadi teria aceitado com gosto mandar todas as suas esposas embora só para viver com aquela única mulher. Mas isso não aconteceria. Todos diziam que Ona o enfeitiçara, que tinha uma espécie de poder sobre ele. Quem, em seu pleno juízo, abandonaria a própria morada, ampla, e as esposas dispostas a adorá-lo e servi-lo de todas as maneiras para ir atrás de uma mulher rude, egocêntrica, mimada pelo pai? Essa hipótese ganhava força especialmente quando as jovens esposas de Agbadi davam mostras de insatisfação sexual. Elas insistiam para que ele não negligenciasse suas obrigações para com elas e depois, quando elas engravidavam, ele não aparecia em suas cabanas até que chegasse a hora de fecundá-las novamente. No entanto, sempre que voltava das inúmeras andanças, Agbadi procurava a companhia de sua Ona.

Foi durante uma estação de chuvas que Nwokocha Agbadi saiu à caça de alguns elefantes, os quais ele e seu grupo de idade sabiam que estariam atravessando os brejos de Ude. Na ocasião, aproximou-se demais de uma das vastas criaturas, e esse mero descuido quase provocou um terrível desastre. Uma presa vigorosa arremessou-o de encontro a uma touceira de cana-de-açúcar silvestre que havia ali perto e ele aterrissou na lama preta borbulhante. O animal estava tão enfurecido que – coisa que os grandes elefantes raramente fazem – saiu atrás dele às cegas, urrando feito uma enorme locomotiva, de tal modo que o próprio solo parecia a ponto de ceder com sua aproximação maciça. Agbadi reagiu depressa. Estava imobilizado entre as canas-de-açúcar, incapaz de mover o corpo, mas mesmo assim, com um punho experiente, apontou sua lança e acertou a parte de baixo da barriga do animal irado. O elefante berrou, mas não se deteve e investiu sobre Agbadi com determinação, quase arrancando seu braço do ombro e atacando-o com uma fúria que a lança dolorosa no corpo aumentava ainda mais. O elefante berrou e caiu, mas não sem antes ferir Agbadi tão gravemente que o próprio Agbadi julgou estar perto do fim. Os outros caçadores, ao ouvir o alarido, correram para onde eles estavam e em pouco tempo deram cabo do elefante, ainda cheio de vida e dando coices para todos os lados. Viram que Nwokocha Agbadi perdia tanto sangue que em pouco tempo morreria. O osso de seu ombro estava para fora da pele e as presas do elefante haviam dilacerado seu torso. Agindo em conjunto, os homens imobilizaram o ombro torcido com talas de bambu, embora não tivessem como remediar o sangramento do torso; a julgar pela poça de sangue que se formava velozmente em torno do companheiro, duvidaram que durasse muito. Não demorou para que o ferido perdesse os sentidos, e todos acreditaram que havia morrido. O mais velho do grupo foi buscar seu pano otuogwu, que deixara numa área seca e elevada perto do rio, envolveu Agbadi com ele como se faz com os mortos e, em seguida, os aflitos caçadores instalaram-no sobre um gradeado amplo de bambu, construído num instante, e avançaram lenta e tristemente na direção de casa.

O cortejo de homens austeros emergindo do seio da floresta e entrando na cidade foi um espetáculo comovedor. Para os lavradores a caminho de seus campos era óbvio que algo estava muito errado, mas, se desconfiaram da verdade, ainda não era hora de manifestar pesar: Nwokocha Agbadi não era simplesmente um chefe, era um chefe importante, portanto a revelação de sua morte teria de atender a determinadas regras culturais – com tiros e o sacrifício de dois ou três cabritos antes do anúncio. Aquele que desse mostras de pesar antes da proclamação oficial teria de pagar multas equivalentes a três cabritos. Assim, as pessoas assistiram atônitas à chegada dos caçadores, tentando adivinhar quem havia sido mumificado daquela forma. As mulheres e as crianças correram de suas moradias para assistir à passagem do séquito, e os mais observadores perceberam que o único chefe ausente do grupo de caçadores era Nwokocha Agbadi. Atrás dos homens que o carregavam vinham quatro vigorosos escravos arrastando o elefante morto, grunhindo e transpirando com o peso do bicho. As pessoas perceberam que Agbadi fora gravemente ferido ou morto durante a caça ao elefante! Os comentários circulavam em murmúrios.

Quando Ona ficou sabendo do acontecido, a personalidade mais vulnerável que havia por baixo de sua máscara inflexível de todos os dias deixou-se ver. Saiu desesperada do lugar onde estava, sentada ao lado do pai, e em pouco tempo alcançou os carregadores.

"Me digam, por favor, digam alguma coisa, meu amante está morto?", perguntava aflita enquanto corria atrás deles nas pontas dos pés, com as contas de cintura chocalhando no ritmo de seus movimentos.

Insistia, primeiro com um dos homens, perguntando a mesma coisa, depois com outro, implorando que ele lhe dissesse alguma coisa. Torturou o amigo mais antigo e mais próximo de Agbadi, Obi Idayi, a tal ponto que ele se descontrolou. Por algum tempo tratara de ignorá-la; e jamais sentira o menor carinho por aquela mulher selvagem e incontida. Não entendia o que Agbadi via nela. Agora, deteve sua marcha solene e disparou:

"Enquanto ele estava vivo, você o torturou, provocando-o com seu corpo. Agora que está morto, lamenta sua coragem".

Ona ficou aturdida. Cobriu a cabeça com as mãos e disse, como se estivesse hipnotizada: "Não pode ser. Simplesmente não pode ser".

Algumas mulheres mais velhas que estavam por perto trataram de acalmá-la, dizendo: "Ele até pode ser seu amante, garota, mas não se esqueça de que é Nwokocha Agbadi e veja lá o que diz".

Com o cérebro fulminado pelo medo e pela apreensão, Ona seguiu os carregadores até Ogboli.

Agbadi foi colocado no centro do pátio de sua casa. O curandeiro conseguiu detectar nele um tênue sinal de vida, embora a dificuldade de sua respiração indicasse que estava moribundo. Foi preciso massagear seu coração para que voltasse a bater. Todas as esposas foram afastadas, mas Ona lutou com unhas e dentes para que a deixassem ficar, e não permitia que ninguém encostasse em Agbadi além dela própria. O povo de Agbadi não gostava muito dela, mas a respeitava por ser a única mulher capaz de fazer seu chefe realmente feliz, de modo que o curandeiro lhe deu permissão para tomar conta do ferido. Ona estava tão assustada com as consequências do acidente que, tal como os homens sentados ao redor de Agbadi, esqueceu-se de que o alimento serve para ser comido e a noite para ser dormida.

Houve sacrifícios diários de cabritos para apaziguar o chi de Agbadi; alguns foram abandonados vivos nas ribanceiras dos rios e em Ude para apaziguar os outros deuses. A ideia de voltar para casa não passou pela cabeça de Ona, nem no quarto dia. Seu pai, tão possessivo, tampouco a chamou, pois compreendia o dever da filha; sua gente era civilizada e confiava nela. Pela primeira vez a jovem se deu conta da importância de sua ligação com aquele homem, Nwokocha Agbadi, mesmo ele sendo cruel em suas maneiras imperiosas. A língua dele era mordaz como o fio de uma lâmina de circuncisão. Ele controlava a família e os filhos como se fosse um deus. Mesmo assim, entregava-lhe sem reservas seu amor, e ela gostava; suspeitava, porém, que teria o mesmo destino das outras esposas de Agbadi se consentisse em tornar-se uma delas. Não, talvez a melhor maneira de conservar o amor de Agbadi fosse não aceitar que isso acontecesse. Mas se ele morresse agora... Deus, ela também buscaria a morte! Mesmo assim, preferia que lhe arrancassem a língua do crânio a deixar um idiota de um homem saber o tamanho de seu carinho. Concluiu que esse seria o preço que ele iria pagar por ser tão dominador e ter um temperamento tão asqueroso. Cuidou dele sem descanso e disse para si mesma que iria embora se ele desse sinais de recuperação.

No quinto dia, Agbadi abriu os olhos sem nenhuma ajuda do curandeiro. Ona ficou tão surpresa que simplesmente devolveu o olhar. Seu primeiro ato impulsivo foi gritar de alegria; depois, convocou o autocontrole. O amante olhou para ela por uma fração de segundo, com olhar desfocado. Durante esse curto lapso de tempo, mostrou um ar tão dependente que Ona teve vontade de segurá-lo nos braços e cantar para ele como para um bebê. Mas o ferido começou a morder um canto da boca, costume que, na experiência de Ona, normalmente era o prelúdio de uma observação ferina. Olhou para ela, sentada ali de pernas cruzadas ao lado dele, com um dos joelhos quase encostando em sua cabeça pousada sobre um apoio de madeira. Não disse nada, mas sua mente alerta apreendera a situação toda. Sempre mordendo o canto do lábio inferior, percorreu-a com os olhos da cabeça à ponta do pé. Depois simplesmente virou para o outro lado e fechou de novo os olhos. Ela estava segura de que a luz naquele pátio aberto onde ele estava deitado era intensa demais para os olhos que ele não abria havia cinco longos dias, mas registrara o ar de escárnio. Que maneira de agradecer tudo o que havia feito por ele!

Não contou a ninguém que Agbadi recuperara a consciência; esperançosa, e também com receio, buscou outros sinais de melhora. Naquela noite, enquanto ela tentava ajeitar as talas de bambu utilizadas para fixar o ombro dele no lugar, dois homens tiveram de segurar as pernas longas e fortes de Agbadi para impedi-lo de espernear. Ele gemeu de dor, e ela foi instruída a secar o sangue fresco que escorria do ferimento. Ona ouviu a própria voz pronunciar estas palavras: "Você aguentou a dor como um homem. Agora os ossos estão sãos; resta o ferimento, que em um ou dois dias estará curado".

Os olhos de Agbadi se abriram, desta vez desanuviados e cruéis. Seus dentes brancos reluziram num sorriso sardônico. Ele deu uma risadinha malévola, depois disse, em tom rude: "O que seria de você sem seu amante, Ona?".

"Se você não parar com essa conversa, jogo esta calabaça de remédio em você e vou embora daqui, volto para o alojamento de meu pai. Pela rispidez da sua língua, vejo que já está muito melhor".

Lágrimas ardentes queimavam seus olhos, mas ela se controlou e não deixou que escorressem, intuindo que nada daria mais prazer ao amante do que ver seu rosto molhado por lágrimas de frustração. Ergueu-se do tapete de pele de cabra de Agbadi e começou a se afastar dali.

"Você não pode ir embora agora. Precisa acabar o que começou", foi o comentário de Agbadi.

Ela virou o corpo. "E quem vai me impedir? Quem ousaria me impedir? Você?", disse ela com voz aguda, muito próxima da histeria. "Que nada! Você acha que tem o direito de brincar de Deus só porque se chama Agbadi? Você tem suas esposas: elas que tomem conta de você. Tem suas escravas: elas que limpem esse sangue fedorento!".

"Minhas esposas me amam demais para ficar ao meu lado me vendo sofrer. Preciso de uma mulher impiedosa como você... Uma mulher com coração de pedra para ficar aqui e ver os homens removerem minhas talas sem me afogar em lágrimas. Se você for embora, eu morro".

"Se eu for embora você morre?", Ona zombou, espetando o queixo no ar e jogando a cabeça para trás em regozijo fingido. "Que declaração surpreendente para o grande Agbadi! Quer dizer que afinal de contas você é apenas uma pessoa normal – não, não um homem normal, mas uma criança mimada que chora quando a mãe se afasta? Nwokocha Agbadi, morra de uma vez, porque estou voltando para o alojamento de meu pai. Meu coração não é de pedra, mas prefiro morrer a deixar que ele amoleça por alguém como você".

"Eu não disse que vou morrer por você ser tão indispensável...". A frase foi acompanhada de uma risadinha baixa, zombeteira. O querido amigo Idayi fez coro com ele, e os dois pareciam encantados com o desapontamento dela.

Depois, Idayi tossiu de leve. "Olhe, Agbadi", avisou, "se você não parar de rir, começa a sangrar de novo. Quanto a você, querida Ona, depois de cinco dias prostrada ao lado dele enquanto ele não tinha condições de falar, agora que ele fala, quer que se ajoelhe e diga 'obrigado', é isso?".

"Isso mesmo, por que não? Não fiz o suficiente para merecer um agradecimento? Saí do alojamento de meu pai para ficar aqui...".

"Não lhe pedi para vir, lembre-se disso", intrometeu-se Agbadi, decidido a ser o caçador orgulhoso até a morte.

"Ah, que atrevido!".

"Está bem, está bem", interrompeu Idayi novamente ao ver que Ona estava ficando cada vez mais furiosa. Se permitisse que ela perdesse o autocontrole, era bem possível que jogasse a cabaça em Agbadi, como ameaçara fazer. "Em um dia ou dois ele melhora, Ona. Aí você pode voltar para a sua gente. Somos gratos a você e ao seu pai, esteja certa disso. Se Agbadi se humilhasse e agradecesse, tenho certeza de que você deixaria de gostar dele. Você precisa de um homem, Ona, não de uma lesma. Todos nós conhecemos você. Por um momento, pensei que estávamos perdendo nosso gigante para sempre. Pois bem, não se preocupe, ele ainda está muito fraco para incomodar qualquer mulher por muitos dias, mas necessita o consolo de sua proximidade, mesmo que não queira admitir isso. O sol está se pondo; ele precisa que lhe tragam sua refeição de sangue, se você quiser que se cure mesmo", disse Idayi, com a calma estudada de sempre.

Ona foi providenciar o que ele lhe pedia, pensando consigo mesma em como era injusto que Agbadi a acusasse de ter um coração de pedra. De que outra forma poderia agir, se não tinha o direito de casar-se com ele? Já que seu pai não tinha um filho, fora dedicada aos deuses para ter filhos com o nome do pai, não com o de algum marido qualquer. Ah, como estava dividida entre dois homens: precisava ser leal ao pai e também ao amante, Agbadi.

Havia muitos amigos e pessoas solidárias no alojamento de Agbadi quando ela voltou com a refeição que buscara na cabana do curandeiro, ajoelhou-se e, em silêncio, começou a dar de comer a Agbadi.

Nesse momento, a saudação que conhecia tão bem, "Aquele que cultiva a paz", foi pronunciada pelas pessoas que estavam do lado de fora do pátio, e Ona soube que seu pai, Obi Umunna, viera fazer uma visita a Agbadi. O amante olhou para ela num apelo silencioso, numa mensagem clara: não queria que ela se fosse, por enquanto.

"Como é possível que você seja tão forte e ao mesmo tempo tão frouxo, Agbadi?", ela perguntou em voz baixa, de modo que os circunstantes não ouvissem.

Como resposta, ele simplesmente abriu um sorriso neutro.

Obi Umunna se aproximou e disse com desembaraço: "E então? Como está esse homem de sorte? Você teve muita sorte, meu amigo. Mande trazer sua melhor bebida e nozes-de-cola e oremos por uma vida longa e para agradecer a seu chi por tê-lo salvo".

"Você tem razão", concordou Idayi. "Eu estava justamente dizendo à sua filha que por um momento achamos que íamos perdê-lo. Mas, meu amigo, espero que sua visita não signifique que pretende levá-la para casa. Ela ainda não pode ir".

"E como está minha Ona?", perguntou Obi Umunna depois de olhar para a filha por alguns momentos.

"Aquele que cultiva a paz", ela replicou. "Estão cuidando bem de mim, pai".

"Ótimo; mas lembre-se de que não é casada com Agbadi. Não quero o dinheiro dele. Volte para casa assim que ele ficar melhor".

"Por que você não a transforma em homem?", disparou Agbadi com ironia. "Esse grude com sua filha, como se...".

"Não vim aqui discutir com você, Agbadi; você está doente. E já discutimos essa questão tantas vezes antes... Minha filha não se casa com ninguém".

Intencionalmente, Ona aproximou a colher com um pouco de alimento do nariz de Agbadi, como a dizer-lhe que não insultasse seu pai em sua presença.

Agbadi tossiu e observou: "Uma filha que você nem sequer ensinou a alimentar um homem doente".

"Ah, Agbadi!", exclamou Ona.

"Nozes-de-cola e vinho de palma. Quem aceita?", disse Idayi quando um dos filhos de Agbadi entrou com a bandeja de madeira trazendo refrescos. "Oremos a nossos ancestrais".

Em sua qualidade de homem mais velho naquele pátio, Idayi disse as orações. Suplicou ao todo-poderoso Olisa que curasse seu bom amigo Nwokocha Agbadi e que concedesse boa saúde a todos os presentes. Agbadi permaneceu em silêncio, deitado de costas sobre a pele de cabra, às vezes fitando o teto de bambu, às vezes soltando grunhidos de apoio às muitas orações pronunciadas. Durante a maior parte do tempo, manteve os olhos fechados, e era preciso limpar repetidamente com água fria o suor que lhe escorria sobre o tórax coberto por uma trama de pelos.

Agbadi dormira tanto ao longo do dia que, agora que se sentia melhor, tinha dificuldade para dormir a noite inteira. Mesmo assim, deve ter cochilado por um momento, pois quando abriu os olhos o alojamento inteiro estava em silêncio. A aragem fresca da noite entrava pela janela aberta do telhado e ele ouviu o murmúrio de suas cabras. Ouviu uma respiração suave logo ao lado, vinda de outra pele de cabra. Lembrou-se: Ona estava ali, deitada a seu lado. Olhou os seios nus que subiam e desciam ao ritmo da respiração e achou graça em perceber como ela tratara de instalar-se tão afastada dele quanto possível, embora, numa atitude inconsciente de provocação, como tudo mais que ela fazia, sua perna estivesse esticada de modo a quase tocá-lo. *Cadela desalmada*, ele pensou, *eu te ensino...* Franziu o cenho quando seu ombro ainda dolorido protestou, mas conseguiu deitar-se completamente de lado e olhou para ela até se fartar. Pensar que naquela cabeça orgulhosa, erguida mesmo no sono, pensar que naqueles seios, dois belos e firmes promontórios sobre seu tórax, semelhantes a duas calabaças viradas, houvesse alguma ternura pareceu-lhe, por um instante, algo inacreditável. Sentiu-se arder.

Depois a ira tomou-o outra vez, ao lembrar-se das muitas vezes em que aquela jovem o provocara e humilhara sexualmente. Teve ganas de pular em cima dela, de arranhá-la, feri-la. Em seguida, mais uma vez, a ideia de que ela precisava dele e estava ali só por sua causa invadiu-o e foi mais forte que o impulso vingativo. Rolou o corpo na direção dela, mordeu com delicadeza seus mamilos, como fazem os amantes, deslizou a língua pela cavidade que separa os dois seios, para baixo e para cima. Acariciou sua coxa com a mão válida, tocou sua pequena lappa de dormir e manuseou suas contas de cintura de coral. Ona arfou e abriu os olhos. Quis gritar, mas Agbadi foi mais rápido, mais experiente. Deitouse sobre o ventre, como uma grande cobra negra, e cobriu a boca de Ona com a sua e durante um longo momento não a libertou. Ela se debateu ferozmente como um animal encurralado, mas Agbadi voltava a ser o que era. Ainda estava fraco, mas não a ponto de ignorar seu desejo. Estimulou-a, vencendo toda a resistência dela. Acariciou e explorou usando a mão intacta, confiante no fato de que Ona era uma mulher, uma mulher madura, que muitas vezes se deitara com ele. E tinha razão. Os chutes dela foram diminuindo, ela parou de se debater. Em vez disso começou a gemer e grunhir, como uma mulher em trabalho de parto. Ele não lhe deu trégua, não a largou, tamanha era sua mestria naquela arte. Sabia que a deixara tomada pelo desejo, pela necessidade dele. Sabia que vencera. Queria deixá-la completamente humilhada em seu desejo ardente. E Ona sabia. Por isso tentou dominar seus sentimentos da única maneira que, a seu ver, não a trairia.

"Sei que você ainda está muito doente para conseguir...".

"Não, minha Ona, só estou esperando você ficar pronta".

Ela estava a ponto de gritar para dar vazão ao fogo de seu corpo. Como era possível ser traída assim pelo próprio corpo? Devia ter se levantado e corrido, mas algo a detinha, ela não sabia o quê, e nem queria saber. Queria ser libertada do fogo que ardia dentro dela. "Por favor, está doendo".

"Eu sei", foi a resposta confiante de Agbadi. "É o que eu quero".

Ela se entregou, não pôde dizer mais nada. Começou a chorar, e os soluços que tentava segurar sacudiam todo o seu ser. Ele percebeu, deu uma risadinha e observou com voz abafada: "Por favor, Ona, não acorde a casa inteira".

Ou ela não ouviu, ou ele queria que ela fizesse exatamente aquilo, pois lhe deu duas mordidas dolorosas entre os seios, e ela, em desespero, cravou as unhas nele e ficou feliz quando finalmente sentiu-o dentro dela.

Ele gozou com gentileza inesperada e encontrou-a tão despreparada para o impulso apaixonado que se seguiu que ela soltou um grito agudo, tão lancinante que mesmo ela se surpreendeu ao ouvir a própria voz: "Agbadi, você está me partindo ao meio!".

De repente o pátio inteiro pareceu repleto de pessoas em movimento. Uma voz, uma voz masculina que mais tarde ela reconheceu como sendo a do amigo de Agbadi, Obi Idayi, berrou de um dos cantos do pátio aberto: "Agbadi! Agbadi! Você está bem?".

Mais uma vez, ouviu-se a risadinha que Ona adorava e ao mesmo tempo detestava tanto. "Estou ótimo, meu amigo. Vão dormir. Só estou dando à minha mulher os prazeres que ela merece".

Grunhindo feito um animal excitado diante de uma presa inerme, ele se afastou dela abruptamente, sem estar ainda saciado, e rolou com dor para o outro lado da pele de cabra. Depois de machucá-la de propósito, para benefício da sua gente que dormia no pátio, estava satisfeito.

Naquele momento, ela o odiou. "Toda essa cena era só para a sua gente, Agbadi?", ela sussurrou. Incapaz de conter-se, começou a chorar baixinho.

Então ele teve pena dela. Puxou-a para mais perto e, permitindo-lhe que se aconchegasse contra seu corpo, animou-a a pôr toda aquela amargura para fora. Sentiu as lágrimas quentes que escorriam, mas nada disse, limitou-se a continuar desenhando com o dedo os contornos daqueles mamilos pecaminosos.

A esposa mais velha de Agbadi, Agunwa, caiu doente naquela mesma noite. Mais tarde houve quem dissesse que a esposa se sacrificara pelo marido; mas alguns haviam observado que ela se sentira diminuída por ouvir o marido dar prazer a outra mulher no mesmo pátio onde ela dormia, e a uma mulher que tratava tão descaradamente mal o homem que todos adoravam. Uma mulher de índole encrenqueira e impetuosa, que tinha a audácia de lutar com seu homem antes de permitir que ele a possuísse: uma mulher má.

Na manhã seguinte, Agbadi e Ona ainda dormiam quando uma das crianças deu o alarme.

"Acorde, pai, acorde! Nossa mãe está tendo um ataque".

"O quê?", rosnou Agbadi. "Qual é o problema da sua mãe? Ontem à noite ela estava perfeita!". Por um momento Agbadi esqueceu a situação em que estava e fez menção de levantar-se. Ona, já inteiramente acordada, conteve-o. "Diabo de ombro", ele grunhiu. "Mas o que está acontecendo com Agunwa?".

"É o que estamos tentando descobrir", disse a voz tranquilizadora de Idayi, de sentinela ao lado do amigo.

"Deite-se e pare quieto, Agbadi", aconselharam outras vozes.

Ele assistiu indefeso quando os outros carregaram sua esposa mais velha para sua cabana, em seu próprio setor do alojamento. "Diga a meu curandeiro que vá vê-la. Qual é o problema dela?", perguntou, irritado.

Pouco depois o amigo voltou da cabana de Agunwa dizendo: "Sua esposa principal está muito doente. Seu dibia está fazendo o possível para salvá-la, mas acredito que ela não vá sobreviver".

"Por que, Idayi, por que justo agora?".

"Ninguém sabe quando vai chegar a sua hora. Sua esposa Agunwa não é exceção. A preocupação com seu estado... Desde o dia em que trouxemos você de Ude para casa, ela toma conta de você daquele cantinho do pátio. Inclusive, estava aqui ontem à noite".

"Ah, meu amigo, fale claro. O que está tentando me dizer? Ela é minha esposa principal, eu a trouxe aqui para Udo no dia em que me tornei um Obi. Ela é a mãe de meus filhos crescidos. Você se engana, Idayi, quando sugere que talvez ela tenha morrido de mágoa ou amargura só porque ontem à noite me diverti um pouquinho na companhia de Ona. Agunwa é uma pessoa madura, não ia se incomodar com isso. Ora, se ela tivesse essa atitude, que exemplo estaria dando às esposas mais jovens?".

"Você fala de ontem à noite como se o que houve não passasse de uma pequena diversão. Mas nenhum de nós conseguiu dormir. Você e sua Ona acordaram até os mortos...".

Houve o sacrifício de cabras e galinhas, na tentativa de salvar Agunwa. Quando, no décimo oitavo dia, Agbadi teve condições de erguer-se e movimentar-se apoiado num dos escravos e num bastão, a primeira coisa que fez foi ir até a cabana da esposa mais velha. Ficou chocado ao vê-la. Estava tão mal que nem chegou a dar-se conta da presença dele.

Agbadi olhou em volta e viu que dois de seus filhos crescidos o observavam. "A mãe de vocês é uma boa mulher. Tão discreta, tão silenciosa... Quem me ajudará, agora, a ficar de olho

31

naquelas minhas esposas jovens, quem cuidará da casa com a competência dela?".

Dois dias depois, Agunwa morreu e Agbadi enviou ao povo dela uma rês de bom tamanho para anunciar o falecimento. Como morrera na qualidade de "mulher completa", seria enterrada no alojamento do marido.

"É preciso que a escrava e o equipamento de cozinha de Agunwa partam com ela. Todos devemos chorá-la".

Ona se comportava como uma esposa submissa. Sabia que a culpavam pela morte de Agunwa, embora ninguém tivesse coragem de fazer abertamente essa afirmação. Naquela noite, depois de servir a refeição de Agbadi e de ajudar seus homens a massagear-lhe o torso e o ombro para que voltassem à vida, ela se enroscou nele e perguntou: "Você gostaria que eu agora fosse embora? Meu pai deve estar preocupado, tentando adivinhar o que a sua gente estará dizendo".

"E o que a minha gente está dizendo, mulher? Que eu possuí a minha amante em meu próprio pátio, e que a possuo sempre que tenho vontade? É isso? Já não tenho bastante com que me preocupar, para você aparecer com a sua contribuição? Vá dormir, Ona, você está cansada e não me parece muito bem. Amanhã temos um dia movimentado. O sepultamento da esposa de um chefe não é pouca coisa em Ibuza".

As danças e os festejos fúnebres começaram muito cedo pela manhã e se prolongaram ao longo de todo o dia. Diferentes grupos de pessoas chegavam e partiam e deviam ser acolhidos. Ao entardecer chegou o momento de instalar Agunwa em sua sepultura. Todas as coisas de que teria necessidade na outra vida foram reunidas e dispostas em seu caixão de madeira confeccionado com o melhor mogno que Agbadi conseguiu encontrar. Depois sua escrava pessoal foi convocada pomposamente em voz alta pelo curandeiro: ela deveria ser posta no interior do túmulo em primeiro lugar. O certo seria que a boa escrava pulasse na sepultura por vontade própria, feliz de partir ao lado da ama; mas aquela jovem e bela mulher ainda não desejava morrer.

Desagradando a muitos dos homens que cercavam a sepultura, ela implorou insistentemente pela vida. As mulheres estavam afastadas, pois consideravam aquele costume revoltante. A pobre escrava foi empurrada para dentro da cova rasa, mas se debateu e saiu de novo, lutando e implorando, pedindo ajuda a seu proprietário, Agbadi.

Então o filho mais velho de Agbadi exclamou, irado: "Quer dizer que minha mãe não merece nem mesmo um enterro decente? Agora não vamos mandar a escrava dela para a outra vida com ela só porque a garota é bonita?". Dizendo isso, golpeou com força a mulher usando o cabo de seu cutelo. "Vá, como uma boa escrava!", gritou.

"Pare com isso agora mesmo!", rosnou Agbadi, e se aproximou mancando do filho. "Que nome você dá ao que fez? Coragem? Você me dá nojo".

A escrava virou os olhos, agora vidrados com a aproximação da morte, para Agbadi. "Agradeço sua gentileza, Nwokocha, filho de Agbadi. Eu voltarei para sua família, mas como filha legítima. Eu voltarei...".

Outro parente aplicou um golpe fatal na cabeça da moça e ela finalmente caiu no túmulo, em silêncio para sempre. Enquanto seu sangue esguichava, respingando os homens que estavam ali ao redor, ouviu-se um grito lancinante vindo do grupo de mulheres enlutadas, posicionado um pouco à parte. Mas essa reação não fora provocada pelos sentimentos delas pela mulher morta, percebeu Agbadi; na verdade elas amparavam Ona para que não caísse.

"E agora, o que está acontecendo?", murmurou Agbadi com voz rouca. "Meu amigo Idayi, tome a noz-de-cola do funeral e conclua a cerimônia. Acho que Ona, filha de Umunna, também está querendo me faltar. Passou mal o dia inteiro, não sei por quê. Preciso levá-la para dentro". E, apoiado no bastão, aproximou-se dela mancando tão depressa quanto pôde.

Deitaram Ona sobre uma pele de cabra no pátio de Agbadi enquanto o curandeiro prosseguia com as orações e rituais, no centro do alojamento. Durante uma parte da noite, Ona ficou quente e depois fria, mas antes que o sol nascesse deu para perceber que embora a enfermidade fosse exaustiva e a enfraquecesse, ela conseguiria resistir. Agbadi chegara a temer que pudesse ser a iba, a malária que matava qualquer um em curto espaço de tempo.

Obi Umunna chegou de manhã e disse a Agbadi sem preâmbulos: "Acho que há alguma coisa na sua família matando todo mundo. Primeiro você escapou por pouco da morte, depois sua Agunwa se foi, agora minha filha, cheia de saúde, que veio cuidar de você...".

"Meu amigo, se você não fosse um Obi tal como eu, e se não fosse o pai de Ona, eu lhe diria algumas verdades. Se ela está doente por causa de alguma maldição em minha casa, não seria mais adequado que você a deixasse comigo até que melhorasse? Eu mesmo tomarei conta dela".

Passaram-se alguns dias e os olhos experientes de Agbadi perceberam os padrões da doença e, numa manhã em que ela estava sentada a seu lado, disse a Ona: "Ona, filha de Umunna, acho que estou tornando você mãe. Você está esperando um filho de nosso amor".

Ele disse essas palavras num tom tão despreocupado que Ona não soube o que dizer, tamanha sua surpresa.

"Bem... É verdade. O que você vai dizer a seu pai?".

"Oh, por favor, Agbadi, não acabe com minha alegria. Você sabe que eu gosto de ficar aqui com você, mas sou a filha de meu pai. Ele não tem filho homem. Sua casa, Agbadi, está cheia de crianças. Por favor, Nwokocha, filho de Agbadi, sua bravura é conhecida em regiões distantes, assim como seu carinho. Não torne isso complicado para mim – a maior alegria de minha vida".

"Mas... e eu? Você e seu pai estão me usando como instrumento para obter o que desejavam".

"Ninguém o obrigou, não se esqueça", replicou Ona, começando a se enfurecer. "Por acaso é minha culpa você ter resolvido me tratar como esposa, e não como amante? Você estava ciente da exigência de meu pai antes de me procurar. Nós não o usamos. Você é que me usou, embora eu não lamente isso. Se agora quer se arrepender... Bem, o problema é seu".

"Então... Quando você pretende me deixar?", indagou Agbadi com desinteresse.

"Assim que me sentir mais forte. Você está melhorando dia a dia, já pode voltar à sua lavoura".

"Esqueça a minha lavoura. Ande logo e fique boa, depois volte para o descarado do seu pai".

"Não ofenda meu pai", exclamou ela, e sentiu-se muito fraca.

"Está vendo? Você não se dá nem mesmo o direito de ser mulher. Está nas primeiras semanas da maternidade e tudo o que sabe fazer é ficar pensando como homem, bancando o homem em nome de seu pai, só porque ele não tem como se ocupar disso pessoalmente".

"Não vou discutir com você", declarou Ona.

Naquele dia, para surpresa geral, Agbadi foi até a sua lavoura pela primeira vez depois do acidente. "Quero dar uma olhada no andamento dos trabalhos", respondia às perguntas das pessoas.

Durante sua ausência, Ona sentiu-se sozinha, mas mandou um recado para o pai pedindo que fosse buscá-la no dia seguinte.

Naquela última noite, Ona tentou argumentar com Agbadi, mas ele a ignorou. "Está bem", disse ela, tentando propor uma trégua. "Meu pai quer um filho e você tem muitos filhos. Mas você ainda não tem nenhuma filha. Já que meu pai não aceitará ceder-me a você por preço nenhum, se eu tiver um filho, ele pertencerá a meu pai, mas, se for uma menina, ela será sua. É o melhor que posso fazer por vocês dois".

Antes do amanhecer, os dois se entenderam e Agbadi passou o resto da noite carinhoso e terno.

No dia seguinte, as mulheres do alojamento de Obi Umunna se apresentaram trazendo presentes para a casa de Agbadi. Todos foram muito gentis uns com os outros, e Ona ficou aliviada ao perceber que o pai não viera; não suportaria outra discussão entre os dois homens, embora imaginasse que deveria sentir-se uma mulher de sorte por dois homens quererem ser seus donos.

Nwokocha Agbadi visitava-a com frequência em sua cabana, e muitas foram as noites Eke que passou com ela, quando não precisava ir à lavoura ou caçar. As pessoas achavam que depois de algum tempo ele se cansaria dela, mas não foi o que aconteceu. Cada separação era dolorosa, como se fossem dois jovens brincando à luz da lua.

Às vezes, quando ele não a visitava, ela sabia que ele estava com as outras esposas. Sendo quem era, porém, Agbadi nunca lhe falava sobre elas, e Ona o respeitava por isso. Foi numa dessas noites que ela entrou em trabalho de parto. Chorou baixinho durante as longas horas de agonia solitária na escuridão. Somente quando a dor se tornou intolerável pediu ajuda às mulheres do alojamento do pai.

A filhinha teve muita consideração com ela. "Ela simplesmente escorregou para o mundo", disseram as mulheres que a cercavam.

Ona ficou ofuscada de felicidade. Agbadi vencera, pensou consigo mesma, ao mesmo tempo em que se condoía do pobre pai.

Agbadi apareceu no segundo dia e ficou visivelmente radiante. "Bom trabalho, Ona. Uma filha, hã?".

Inclinou-se e contemplou a criança de um dia de vida, bem embrulhada e aquecida junto ao fogo, e observou: "Esta criança não tem preço, vale mais que vinte sacas de caurim! Até acho que o nome dela deveria ser esse, porque ela é uma beldade e me pertence. Sim, 'Nnu Ego': vinte sacas de caurim".

Disse aos homens que tinham vindo com ele que entrassem, e os homens traziam inhame e bebida suficientes para abastecer Ona durante um longo tempo, pois, de acordo com o costume, ele só poderia aproximar-se dela novamente passados vinte e cinco dias.

Obi Umunna entrou e os dois homens passaram algum tempo brindando e orando pela felicidade da criança que chegava.

"Ona lhe falou de nossa combinação? Ela concordou que se tivesse uma menina, ela seria minha; se fosse um menino, seria seu", disse Agbadi calmamente.

"Talvez isso seja verdade, meu amigo. Não sou homem de levar a sério conversinhas de amantes em suas esteiras do amor. Ela era sua hóspede e na época você era um homem doente".

"O que você está querendo me dizer, Umunna? Que sua filha deverá voltar atrás em sua promessa?".

"Ela é mulher, de modo que não vejo por que não. No entanto, como ela é minha filha, não estou pedindo que viole sua palavra. Sim, o bebê é seu, mas minha filha não sai daqui. Não aceitei dote de esposa de você".

"Quanto você quer por ela? O que mais espera? Por acaso é culpa dela você não ter filhos homens?". Agbadi estava começando a rugir, como os animais selvagens que estava habituado a caçar e matar.

"Por favor, por favor! Vocês dois não estão felizes por eu ter sobrevivido ao parto? Parece que ninguém está interessado nessa parte da história. Fiz uma promessa a Agbadi, é verdade; mas, querido Agbadi, ainda sou filha de meu pai. Já que ele não recebeu dote de esposa de você, você acha que estaria certo eu ficar ao seu lado permanentemente? Você sabe que nossos costumes não permitem. Ainda sou filha de meu pai", argumentou Ona com tristeza.

Agbadi levantou-se do chão de terra batida onde estava sentado e disse: "Nunca obriguei nenhuma mulher a ficar comigo. Nunca, e não é agora que vou começar. As únicas mulheres que aprisionei eram escravas. Todas as minhas esposas estão felizes por serem minhas. Você quer ficar com seu pai? Pois fique". E saiu, sozinho.

Ona passou meses sem ver Agbadi. Ficou sabendo, pelos comentários das pessoas, que ele mais ou menos vivia na densa e pantanosa Ude, onde havia fartura de caça. Ona sentia falta dele, mesmo sabendo que, do jeito que as coisas eram, estava fazendo o que era certo.

Um ano depois do nascimento de Nnu Ego, Obi Umunna morreu, e Ona passou dias chorando sua morte, especialmente por ele ter morrido sem que ela tivesse lhe apresentado o tão desejado filho. Quando contaram a Agbadi o que acontecera, ele se apiedou, pois sabia quanto Ona era ligada ao pai.

Por mais de dois anos, continuou tentando convencê-la a ir viver com ele em seu alojamento. "Você já não está comprometida com as esperanças de seu pai. Ele morreu, mas nós ainda estamos vivos. Venha viver comigo. Você está sozinha aqui, em meio à sua família estendida. Por favor, Ona, não vamos desperdiçar nossas vidas sentindo falta um do outro...".

"Você sabe que meu pai não teria aprovado, por isso pare de dizer essas coisas, Agbadi. Eu me recuso a ser intimidada por sua riqueza e sua posição".

Nem assim Agbadi deixou de visitar sua Ona.

Nnu Ego era a menina dos olhos dos pais. Era uma criança linda, de pele clara como as mulheres das regiões Aboh e Itsekiri. Quando ela nasceu, viu-se que havia um caroço em sua cabeça que, com o tempo, foi recoberto pelo espesso e encaracolado cabelo preto. Mas de repente, uma noite, ela começou a padecer de uma estranha dor que a fazia colar a cabeça ao ombro. Ona, em pânico, mandou chamar Agbadi, que veio às pressas de Ogboli com um dibia.

O dibia tocou a cabeça da criança e respirou fundo ao perceber como o caroço era muito mais quente do que o resto do corpo. Pôs mãos à obra sem perda de tempo, espalhando nozes-de-cola, conchas e caurins sobre o chão de terra batida. Pouco depois, entrou em transe e começou a dizer em voz remota, estranha e pouco natural: "Esta criança é a escrava que morreu com sua esposa mais velha, Agunwa. Ela jurou que voltaria como filha. Agora, aqui está. É por isso que esta criança tem a pele clara do povo das águas, e o caroço dolorido em sua cabeça vem das pancadas que a escrava recebeu de seus homens antes de cair na sepultura. A criança sempre terá problemas com a cabeça. Se tiver uma vida feliz, sua cabeça não se manifestará. Mas, se for infeliz, a cabeça a atormentará tanto física como emocionalmente. Meu conselho para vocês é que tratem de apaziguar a escrava".

"Ona, você precisa sair daqui", ordenou Agbadi. "Você precisa se afastar da casa de seu pai, do contrário vou tirar minha filha de você. Ela não pode adorar seu chi de outro lugar; precisa estar onde está seu chi até que todos os sacrifícios tenham sido feitos".

Foi assim que Ona finalmente teve de deixar sua gente: não por permitir que seu amor por Agbadi determinasse suas ações, mas por desejar a segurança da filha. Assim que chegaram a Ogboli, Nnu Ego melhorou. A escrava foi enterrada adequadamente num túmulo separado, e fizeram uma imagem dela para que Nnu Ego andasse com ela.

Pouco depois, Ona engravidou outra vez. Passou muito mal desde o início, de modo que não foi surpresa para ninguém na casa de Agbadi quando ela entrou em trabalho de parto prematuro. Depois do nascimento, Ona ficou fraca, mas sua mente era lúcida. Sabia que estava morrendo.

"Agbadi", disse com voz rouca, "está vendo como não era meu destino viver com você? Mas você é teimoso, meu pai era teimoso, e eu também sou teimosa. Por favor, não lamente minha morte por muito tempo; e não se esqueça de que, por mais que ame nossa filha Nnu Ego, deve permitir que ela tenha vida própria, um marido, se desejar. Permita que ela seja mulher".

Não demorou muito e Ona morreu; seu frágil recém-nascido seguiu-a apenas um dia depois. Assim, tudo que Nwokocha Agbadi tinha para recordar-lhe sua grande paixão por Ona era a filha dos dois, Nnu Ego.

A VIDA DA MÃE NO COMEÇO

"Aquele que ruge como um leão".

"Meus filhos, quando vocês crescerem, serão todos reis entre os homens".

"Aquele que ruge como um leão".

"Minhas filhas, quando vocês crescerem, todas embalarão os filhos de seus filhos".

Nnu Ego, que estava ajoelhada enchendo o cachimbo da noite para o pai, ergueu os olhos e sorriu para ele. "Seu amigo Obi Idayi está chegando, pai. Lá fora, ouço as pessoas saudando o nome dele".

"Também estou ouvindo. Pelo número de vozes, parece que há muita gente lá fora, Nnu Ego".

"É mesmo, pai, todos vêm brincar em nosso alojamento".

"Pelas vozes, quase todos rapazes...".

Ela sorriu de novo, tímida. "Eu sei, pai".

Idayi entrou. "Meu amigo Agbadi, você precisa fazer alguma coisa com essa sua filha".

"Aquele que ruge como um leão", disse Nnu Ego, cumprimentando.

"Você viverá para embalar os filhos de seus filhos, filha de Agbadi e Ona. Vá, filha, e traga a melhor bebida de seu pai; e, aqui, encha meu cachimbo, também".

"Sim, pai".

"Ouça, Agbadi, na parte de fora de seu alojamento parece haver algum tipo de congraçamento. Permita que alguém se case com essa menina. Faz muito tempo que ela ultrapassou a idade da puberdade. Você não vai querer ser um segundo Obi Umunna, vai?".

Os dois homens riram. "Que homem burro. Não posso nem

pensar nele", disse Agbadi, soltando baforadas do cachimbo. "A questão é: Nnu Ego é a única parte de Ona que eu possuo. Claro, ela não é arrogante feito a mãe, mas seu jeito de jogar a cabeça para trás quando encara alguém, seu passo ligeiro...".

"Eu sei", concordou Idayi, recordando os acontecimentos de mais de dezesseis anos antes. "Tudo isso traz Ona de volta para você. Hmm... já não se fazem mulheres como ela".

"Não, não se fazem, meu amigo. Que bom que tivemos a melhor de todas elas".

Nnu Ego entrou com o vinho de palma.

"Onde está o cachimbo de Idayi, filha?".

"Ah, pai, esqueci. Vou buscar".

"A cabeça de sua filha não está aqui. Ela sonha com seu homem e sua própria casa. Não a deixe sonhar em vão. Afinal, suas companheiras de idade já estão tendo os primeiros e segundos filhos. Pare de rejeitar os rapazes, Agbadi; permita que um deles se case com Nnu Ego".

"Prometi a Amatokwu que pensaria no filho dele. É um dos que estão lá fora".

"Não são más pessoas, os Amatokwu. E aquele filho foi de grande ajuda para o pai no ano passado. Não vejo por que não seria um bom marido para Nnu Ego. Ela seria a esposa mais velha".

Nnu Ego trouxe o cachimbo, agora cheio, e disse: "Se você precisar de alguma coisa, pai, estarei lá fora com meus amigos".

"Agbadi, você está envelhecendo", suspirou Idayi. "Nós aqui falando da filha de Ona e parece que foi ontem que ouvi os gritos de Ona enquanto ela era concebida".

Os dois homens riram com vontade por um bom tempo.

O povo de Ibuza nunca esqueceria a noite em que o povo de Umu Iso chegou para buscar Nnu Ego. O pai se desdobrou. Aceitou o dote de esposa usual, deixando claro que abençoava o casamento. Mas despachou a filha acompanhada de sete homens robustos e sete garotas carregando seus pertences pessoais. Havia sete cabras, cestos e mais cestos de inhame, metros e metros de tecido de gente branca, vinte e quatro lappas tecidas em casa, fieiras e mais fieiras de berloques haussá e contas e mais contas de coral.

As tigelas ornamentadas e as calabaças vistosas foram dispostas artisticamente em torno de vasilhas com os óleos mais puros. Foi confeccionada uma nova imagem, mais bonita, da escrava que era sua chi, posicionada no topo de todos os pertences de Nnu Ego para proteger a garota de mau-olhado. Com efeito, foi uma noite de exibição de riqueza. Ninguém jamais vira nada assim. (Mesmo hoje, se uma noiva se gaba demais de seu povo, sempre aparece alguém com o desafio fatal: "Mas a generosidade de seu povo é maior que a de Nwokocha Agbadi, de Ogboli?").

O coração de Agbadi estava quase explodindo de pesar quando, no segundo dia, o povo do alojamento de Amatokwu veio agradecer a dádiva de sua preciosa filha Nnu Ego. O agradecimento foi feito na forma de seis barris repletos de vinho de palma. Agbadi sorriu satisfeito e convidou todos os moradores de seu próprio alojamento a beber com ele.

"Minha filha mostrou ser uma virgem intacta. O povo do marido veio agradecer".

Cada visitante que chegava espiava o interior dos barris de vinho de palma e gritava: "Ah, os barris estão muito cheios. Nnu Ego não nos envergonhou. Oremos para que em menos de dez meses os familiares de nosso genro venham agradecer de novo pelo nascimento de um filho de Nnu Ego".

Agbadi e seu antigo amigo permitiram-se uma embriaguez de respeito. "Nada deixa um homem mais orgulhoso que ouvir elogios à virtude da filha. Não gosto de visitar famílias que apresentam barris matrimoniais de vinho de palma pela metade, anunciando a todos que a noiva permitiu que a tocassem", declarou Idayi.

"Quando uma mulher é virtuosa, não tem dificuldade para conceber. Não demora e os filhos de Nnu Ego estarão chegando para brincar por aqui", disse Agbadi com convicção.

Nnu Ego e seu novo marido, Amatokwu, estavam muito felizes; mas Nnu Ego se surpreendeu ao ver que os meses passavam e ela não correspondia às expectativas gerais. Nada de filho.

"O que faço, Amatokwu?", perguntou ao marido, chorando, depois da frustração de mais um mês.

"Ofereça sacrifícios à escrava e faça uma visita a seu pai. Talvez ele tenha alguma sugestão. Além disso, reze para Olisa, peça-lhe que nos ajude a todos. Meu pai também está começando a me olhar de um jeito estranho".

"Tenho certeza de que a culpa é minha. Você faz tudo direito. Como vou encarar meu pai e confessar que falhei? Não gosto de ir até lá porque as esposas dele sempre vêm correndo me cumprimentar na esperança de que eu já esteja grávida. Dá para ver o desapontamento nos rostos delas".

"A única coisa que a gente pode fazer é esperar".

Passado algum tempo, Nnu Ego já não conseguia partilhar suas dúvidas e preocupações com o marido. O problema agora era dela e apenas dela. Ia em segredo de um dibia para outro, e todos lhe diziam a mesma coisa: que a escrava que era sua chi não queria lhe dar um filho porque ela fora dedicada a uma deusa de rio antes que Agbadi a levasse como escrava. Chegando em casa, Nnu Ego pegava um ovo, símbolo de fertilidade, e se ajoelhava para implorar àquela mulher que mudasse de opinião. "Por favor, se apiede de mim. Sinto que o povo de meu marido já começa a procurar uma nova esposa para ele. Eles não podem esperar para sempre por mim. Ele é o primogênito da família, seu povo quer que ele tenha um herdeiro o mais depressa possível. Por favor, me ajude".

No mês seguinte, a história se repetia.

Ela não se surpreendeu quando uma noite Amatokwu lhe disse sem maiores cuidados que ela teria de se mudar para uma cabana próxima destinada às esposas mais velhas, pois seu povo encontrara uma nova esposa para ele. "Meu pai está desesperado. Agora todos já sabem que sua chi vem do povo da parte baixa do rio. Dizem que as mulheres de lá são muito fortes. Me perdoe, Nnu Ego, mas não posso decepcionar minha gente".

A nova mulher de Amatokwu engravidou logo no primeiro mês.

À medida que a gravidez se tornava óbvia, Nnu Ego foi se retraindo cada vez mais. Na intimidade de sua cabana, examinava-se de alto a baixo. Apalpava o próprio corpo, jovem, firme e semelhante aos das outras moças. Sabia que lhe faltava o sentimento líquido e suave da maternidade. "Ah, minha chi, por que essa necessidade de me rebaixar tanto? Por que devo ser castigada? Sinto muito pelo que meu pai fez, tenho certeza de que ele também sente muito. Mas tente nos perdoar". Foram muitas as noites em que ela derramou lágrimas de desesperança e frustração.

Durante a colheita do inhame, Amatokwu, que só se dirigia a ela quando necessário, disse-lhe com rispidez: "Você vai trabalhar comigo na lavoura hoje. Sua jovem companheira pode ter meu filho a qualquer momento. Ela vai ficar em casa com minha mãe".

Na lavoura, Amatokwu lhe dava ordens como a qualquer outro agricultor. Em pé no meio da lavoura, ela lhe disse, sem preâmbulos: "Amatokwu, você se lembra de quando eu cheguei à sua casa? Lembra-se de como você gostava de se deitar comigo aqui, tendo apenas o céu por teto? O que aconteceu conosco, Amatokwu? Por acaso é minha culpa eu não ter lhe dado um filho? Você acha que eu também não sofro?".

"O que você quer que eu faça?", perguntou Amatokwu. "Sou um homem ocupado. Não tenho tempo para desperdiçar minha preciosa semente masculina com uma mulher estéril. Tenho de criar filhos para minha linhagem. Se você realmente quer saber, você já não me atrai. É seca e arisca. Quando um homem procura uma mulher, quer ser acolhido com carinho, e não arranhado por uma mulher nervosa que é puro osso".

"Eu não era assim quando cheguei aqui com você", disse Nnu Ego em voz baixa. "Ah, como eu gostaria de ter o tipo de orgulho que dizem que minha mãe tinha", exclamou, acabrunhada.

"É verdade, seu pai podia se dar o luxo de ter uma Ona como sua joia pessoal, pois sabia que possuía filhos suficientes para dar continuidade à sua linhagem. E a sua mãe... bem, você é diferente dela. Cumprirei meus deveres com você. Visitarei sua cabana quando minha esposa começar a amamentar o bebê. Mas, por enquanto, já que você é incapaz de produzir filhos, pelo menos me ajude a colher o inhame".

Nnu Ego derramou lágrimas em seu coração ao longo de todo o caminho para casa. Lá, foram recebidos com a notícia de que a esposa de Amatokwu acabara de dar-lhe um filho.

"Pai, minha posição de esposa principal foi tomada por uma mulher mais jovem", queixava-se Nnu Ego a Agbadi em suas visitas ao alojamento do pai, depois de encher o cachimbo dele como sempre fizera.

"Não se preocupe, filha. Se a vida ficar intolerável, você sempre pode voltar para cá. Está tão seca, tão magrinha... Não se alimenta direito?".

No caminho de volta, depois de uma dessas visitas, Nnu Ego fez o voto de nunca mais jogar os próprios problemas para cima do pai. *O coitado sofre mais do que eu. É difícil para ele aceitar o fato de que alguma coisa que saiu dele não seja perfeita. Também não volto para sua casa como fracassada, a não ser que meu marido me ordene que parta. Vou ficar com Amatokwu, na esperança de um dia ter meu próprio filho.*

O relacionamento de Nnu Ego com as outras mulheres do alojamento de Amatokwu era amistoso. A mulher mais jovem não ficava com o filhinho só para si, mas permitia que Nnu Ego, em sua qualidade de primeira esposa, participasse da criação do menino. Era comum, à noite, os vizinhos ouvirem Nnu Ego chamar a mulher mais jovem para que fosse atender o bebê que chorava. "Essa filha de Agbadi gosta tanto de bebês e mesmo assim eles lhe foram negados", comentavam as mulheres mais velhas.

Era comum a mulher mais jovem ficar na cabana de Amatokwu até muito tarde e, quanto mais ela ficava lá, mais tempo Nnu Ego passava com o bebê. Numa dessas noites o bebê começou a chorar querendo a mãe, e Nnu Ego ficou sem saber o que fazer. *Se eu for até a cabana de Amatokwu, todos vão dizer que estou com ciúme porque ele prefere ficar com a jovem mãe que está amamentando do que comigo. De todo modo, não está certo isso que ele faz: privar a nova mulher da opção de desmamar o filho antes de chamá-la para sua cabana. Mas não tenho nem coragem de exigir que nossas normas sejam cumpridas, já que minha posição como esposa mais velha está desgastada.*

Nnu Ego olhou de novo para o bebê que chorava. Por que não amamentá-lo ela própria? A mãe não se importaria, nem chegaria a saber.

Nnu Ego trancou a cabana, deitou-se ao lado do bebê e lhe

ofereceu os seios virgens. Fechou os olhos ao sentir a satisfação percorrer seu corpo inteiro. A agitação do bebê diminuiu e ele sugou com avidez, embora não houvesse leite. Nnu Ego, de seu lado, sentiu um pouco a realização que tanto desejava. Apaziguados, ambos caíram no sono.

Na manhã seguinte a nova esposa cobriu-a de pedidos de desculpas por não ter ido buscar o bebê. "Perdão, esposa mais velha. Bati na porta de sua cabana, mas você devia estar dormindo, então soube que nosso filho devia estar bem. É nosso marido, ele simplesmente não me deixa sair".

"Não se preocupe. Aqui está seu bebê".

Aquilo virou praticamente um hábito cotidiano, e Nnu Ego não o desencorajou. Uma noite ela percebeu que escorria leite de seus seios ainda firmes, que reagiam ao estímulo regular da criança. Ela correu para a imagem de sua chi e exclamou uma vez mais: "Por que você não permite que eu tenha meus próprios filhos? Veja, estou cheia de leite. Não posso ser estéril ou seca, como disse meu pai. Por que você é tão cruel comigo?".

Antes que o bebê completasse um ano, todos perceberam que a jovem esposa esperava outro filho. Feliz, Nnu Ego assumiu integralmente a alimentação do menino. Cantava para ele e o acalentava, dizendo-lhe: "Por que você não veio para mim? Eu chorava à noite, desejando um filhinho como você – por que você não veio para mim?".

Bem que Nnu Ego pensou em simplesmente se apropriar do bebê, que era agora muito agarrado a ela. Muitas vezes, a caminho do riacho, tinha vontade de fugir, de ir para qualquer lugar a quilômetros e mais quilômetros de qualquer outro lugar. Mas sempre desistia, ao pensar no desgosto que daria ao pai. Nunca lhe passou pela cabeça fazer dano a ninguém. Tudo o que queria era uma criança para acalentar e amar. O fato de permitir que aquela criança sugasse tanto quanto tivesse vontade aliviava seu sofrimento e, quando os dois ficavam satisfeitos, ele se aninhava junto a ela e descansava.

Na véspera do dia em que a segunda mulher de Amatokwu daria à luz, a dor atingiu Nnu Ego com tamanha intensidade que ela já não foi capaz de tolerá-la. Quando imaginou que ninguém estava olhando, tomou o menino nos braços e entrou em seu aposento pessoal esquecendo-se de trancar a porta. Começou a implorar ao menino que ou fosse seu filho, ou enviasse algum de seus amigos do outro mundo. Sem saber que era observada, ofereceu o seio à criança. A próxima coisa que sentiu foi uma pancada dupla aplicada de trás. Quase morreu de susto ao ver o marido a seu lado.

A criança foi-lhe arrancada dos braços, e seu pai, Agbadi, convocado. Ele lançou um único olhar para a filha e disse:

"Amatokwu, não o culpo por ter batido nela com tanta violência. Não vamos discutir, porque somos parentes, mas permita que eu a leve para minha casa para que descanse um pouco e eu tome conta dela. Quem sabe... Talvez depois do efeito calmante da proximidade da família ela fique aquecida por dentro e se torne fértil. No momento, seja qual for o sumo que forma os filhos numa mulher, a ansiedade drenou-o de minha filha. Permita que ela passe algum tempo comigo".

Nwokocha Agbadi levou a filha para sua casa. Quase todas as esposas, agora idosas, foram acolhedoras e trataram de recuperá-la mentalmente até que ficasse normal de novo. Convenceram-na de que, embora ela própria não tivesse parido um filho, a casa de seu pai estava cheia de bebês que ela podia considerar seus. O pai renovou os dispendiosos sacrifícios à chi da filha, suplicando que a escrava o perdoasse por tê-la carregado para longe de seu lar original. Disse-lhe, em meio às nuvens de fumaça que subiam dos animais sacrificados, que já não comerciava escravos e que libertara os que havia na casa. Inclusive se unira a um grupo de líderes que estimulavam os escravos a regressar a seus lugares de origem, caso conseguissem lembrar-se do local de onde vinham. Dos que moravam em seu alojamento, os que se recusaram a partir foram adotados como filhos; ele próprio se encarregara de certificar-se de que os procedimentos adequados de adoção fossem cumpridos, com a imersão dos adotados no regato local e sua aspersão com o giz da aceitação. No futuro seria ilegal que alguém se referisse a eles como escravos; agora eram filhos de Agbadi. Fez todas essas concessões em prol da saúde emocional de sua amada filha Nnu Ego.

Nnu Ego, mesmo lamentando o fato de ser responsável por aquela vergonha lançada sobre sua família, não gostava da ideia de voltar para Umu Iso. Percebeu, como todos os demais, que estava desenvolvendo uma compleição mais saudável, resultado de sua nova capacidade de dormir bem. Os sobressaltos, a rispidez que sua gente nunca apreciara numa mulher, tudo isso acabara. Estava mais suave, mais arredondada, relaxada, feliz. Seu bom humor voltou e, quando suas risadas ressoavam, Agbadi dava um pulo do lugar onde costumava se recostar, achando que a mãe dela, sua Ona, voltara para ele.

Nnu Ego reunia alguns traços de Ona e alguns dele. Era mais gentil, menos ofensiva e agressiva que Ona e, diferente dela, tinha clareza de propósitos, desejando uma coisa de cada vez, e desejando-a muito. Enquanto raros homens eram capazes de enfrentar, quanto mais de controlar Ona, com Nnu Ego era diferente.

Uma coisa era certa, porém: ela não desejava voltar para a casa de Amatokwu. Agbadi percebeu que ela estava fazendo um esforço para ficar mais feminina que de hábito. Essa era uma característica que muitos homens de Ibuza apreciavam; queriam mulheres que se declarassem desamparadas sem eles. Não foi nenhuma surpresa para Nnu Ego ver alguns homens tendo conversas confidenciais com seu pai. Desta vez ele queria um homem que fosse paciente com ela, que valorizasse suficientemente a filha para entendê-la. Um homem que se desse ao trabalho de fazê-la feliz. Com esses sentimentos, recusou todos os homens muito bonitos, pois sabia que embora pudessem ser capazes de fazer amor com competência, os homens bonitos frequentemente achavam desnecessário ser amorosos. A arte de amar, ele sabia, estava reservada a homens com mais profundidade. Homens que não tivessem que dedicar todos os momentos de seu tempo a trabalhar e preocupar-se com comida e lavoura. Homens que pudessem dedicar algum tempo a pensar. Essa era uma qualidade que estava se tornando cada vez mais rara, constatou Agbadi. Na verdade, às vezes ele chegava a pensar que estava desaparecendo com sua geração. Preferia entregar a filha a um velho chefe versado nos valores tradicionais, comprovados, do que a algum jovem moderno que só estivesse interessado nela por causa de seu nome de família. Agbadi rezava para encontrar logo o homem certo, pois estava bem consciente da maturidade insatisfeita que tomava Nnu Ego. Por outro lado, não se esquecera da última promessa feita a Ona no momento de sua morte, quando ela lhe dissera: "Nossa filha deve receber um homem que seja dela, se assim o desejar, um homem para ser o pai de seus filhos". Era verdade, agora havia indícios de que era exatamente isso que Nnu Ego desejava.

Agbadi não era diferente da maioria dos homens. Ele próprio podia tomar esposas e depois negligenciá-las durante anos, mesmo cuidando para que todas recebessem o inhame diário a que faziam jus; podia levar a amante para dormir com ele bem no meio do pátio enquanto as esposas penavam e roíam as unhas à espera de uma palavra dele. Mas em se tratando da própria filha, era indispensável que tivesse um homem que a tratasse com carinho.

Como sempre, no caso de questões familiares dessa seriedade, Agbadi conversou com o velho amigo Idayi sobre o problema do candidato certo.

"Pena que Nnu Ego não tenha nascido na nossa época. Quando a gente era jovem, os homens valorizavam o tipo de beleza dela", refletiu.

Idayi abriu um sorriso entendido. "Mas o fato é que ela não nasceu naquela época, meu amigo; nasceu na dela. As coisas mudaram muito. Estamos no tempo do homem branco. Hoje em dia todo rapaz só pensa em revestir a cabana de argila com alvenaria e substituir o telhado de folhas de palmeira a que estamos acostumados por chapas de ferro corrugado. Não tem jeito, Agbadi, você vai ter de aceitar um homem de hoje".

Houve uma pausa para que os dois desfrutassem da fumaça com sabor de tabaco que aspiravam de seus cachimbos de argila.

Depois Idayi indagou: "Deve haver uma família que você prefira, dentre todas essas pessoas que vêm procurá-lo...".

"É verdade, meu amigo. Eu teria gostado que ela se casasse com um homem da família Owulum, mas o homem em questão não está em Ibuza. Tem um emprego de branco num lugar chamado Lagos. Dizem que qualquer idiota pode enriquecer nesse tipo de lugar. Não confio em homens que não conseguem enriquecer aqui mesmo em Ibuza", completou Agbadi. Para ele, só homens preguiçosos, incapazes de encarar o trabalho na lavoura, iam trabalhar no litoral, abandonando a terra que os pais, avós e bisavós haviam cultivado e amado. Coisas do tipo trabalhar em navios, em ferrovias, na construção de estradas, estavam além de sua capacidade de compreensão.

"E como eu ia saber se minha filha estava sendo bem tratada num lugar distante?", refletiu.

"É engraçado você mencionar os Owulum, porque por coincidência o filho mais velho foi conversar comigo no último dia de mercado Eke. Ele não chegou a abrir o jogo, mas tive a impressão de que estava interessado em Nnu Ego e, como já possui duas esposas e muitos filhos, não achei que valesse a pena preocupar você com o assunto. Mas se era sobre o irmão que está longe, não vejo razão para você impedir Nnu Ego de fazer uma experiência".

Vindos de fora, chegavam até eles os sons de cabras balindo, crianças brincando, vozes de mulheres cantando para seus bebês; mas dentro do pátio houve um longo silêncio, durante o qual Agbadi mordeu furiosamente o canto da boca, tentando decidir qual seria o futuro da filha.

"Nunca se sabe", disse Idayi, "pode ser que a chi de Nnu Ego dê algum sossego se ela for embora de Ibuza... Por outro lado, acho que não seria nada mau para a casa dos Amatokwu...".

"O que é que têm os Amatokwu?", atalhou Agbadi. "Aquele casamento nunca deveria ter acontecido. Não tenho o menor respeito por pessoas que maltratam uma mulher só porque ela ainda não teve um filho".

"Você pode se permitir pensar assim. Os Amatokwu não. Eu gostaria que nossa Nnu Ego partisse daqui para que eles não tenham maiores informações sobre a vida dela – você sabe, sempre há comentários, fofocas... Isso acabaria afetando Nnu Ego de uma maneira ou de outra. A nova esposa de Amatokwu espera outro filho, de modo que estou seguro de que ele aceitaria satisfeito a devolução do dote de esposa de Nnu Ego. Vai precisar dele para comprar outra esposa, ou então, no ritmo em que vai, acaba matando a de agora".

"Pode deixar, ele vai receber o dote de esposa de volta. Acho que seria bom você pedir à família Owulum que venha falar comigo", disse finalmente Agbadi.

Alguns dias depois, concluídas as negociações, Agbadi comunicou à filha a decisão tomada. Ele tinha um jeito especial de abordar questões importantes com a família como se fossem um assunto menor, para não sobressaltar ninguém.

"Nnu Ego, minha filha querida, você sabe que comecei a tomar algumas providências para que você tenha um novo marido?".

"Sei, pai. Observei a movimentação das pessoas".

"Eu não concordaria em permitir que você tentasse de novo não fosse a promessa que fiz à sua mãe. Você tem vontade de ter um marido e a sua própria família?".

"Sim, muita vontade, pai", respondeu Nnu Ego, erguendo os olhos do tabaco que estava moendo entre duas peças de pedra para abastecer o cachimbo de Agbadi. "Quando as pessoas ficam velhas, precisam dos filhos para tomar conta delas. Se você não tem filhos e seus pais já se foram, não tem ninguém por você".

"Isso é verdade, filha. No entanto, meu único temor é que não conhecemos o homem que tenho em mente. Mas a família dele aqui em Ibuza é muito boa, gente trabalhadora... Esse homem se chama Nnaife Owulum; faz cinco anos que mora em Lagos. Economizou e já enviou o dote de esposa, o que significa que deve estar trabalhando duro por lá".

"Eu gostaria de não me afastar tanto de você, pai, mas se esse é o seu desejo, estou de acordo".

"Acho que é melhor assim. Amatokwu e a família dele ficarão impossibilitados de ver você e fazer comparações".

"Se esse é o desejo de Olisa, pai...".

"Nesse caso você parte no próximo dia Nkwo. O filho mais velho da família Owulum vai levar você até o irmão, em Lagos.

Não quero que o assunto seja comentado, nem mesmo por minhas esposas. Sei que todos vão achar esquisito. Além disso, você já teve suficiente publicidade na última vez que se afastou do alojamento de seu pai".

"Você não quer que eu faça uma visita às pessoas de minha nova família aqui em Ibuza?".

"Não, filha. Acho que a esposa principal do primogênito Owulum – a quem chamam Adankwo – está a par do assunto e, pelo que ouvi a seu respeito, ela é uma boa esposa mais velha e tem orado por você. Não quero que você se aproxime deles por enquanto".

Uma expressão levemente pesarosa aflorou no rosto de Nnu Ego por um segundo, mas a moça se consolou dizendo em tom despreocupado: "Quem sabe na próxima vez que eu vier a Ibuza trago uma fileirinha de filhos!".

"É o que pedimos em nossas orações, e tenho certeza de que vai ser exatamente assim", disse Agbadi muito sério.

Foi com orgulho que Nwokocha Agbadi devolveu as vinte sacas de caurim ao ex-genro, inclusive acrescentando um cabrito como insulto. Não ficou para ouvir os protestos de Amatokwu de que não mandara Nnu Ego embora. Com tudo isso, o cabrito era tentador demais para que Amatokwu o recusasse; porém, quando ele enviou mensageiros para agradecer, ficou sabendo que Nnu Ego partira para Lagos.

"Ela que vá", declarou, conformado. "É tão árida quanto um deserto".

PRIMEIROS SUSTOS DA MATERNIDADE

Nnu Ego e o primogênito da família Owulum levaram quatro dias para fazer o trajeto de Ibuza a Lagos, viajando em caminhões mammy superlotados que transportavam, além dos passageiros, diversos tipos de alimentos. Gente, galinhas vivas e peixe seco, todos espremidos no mesmo compartimento sufocante. Tal como ela, o Owulum sênior era mau viajante e, pior ainda, aparentemente não sabia para onde estavam indo. Só sabia que estavam a caminho de Lagos, mas se Lagos ficava a oeste ou a leste de Ibuza, isso ele não fazia a menor ideia. Quando chegaram a Benim e tiveram de desembarcar do caminhão, vendedores pobres fizeram troça dele: "Sim, sim, Lagos é aqui mesmo – é só virar aquela esquina que você chega lá". Mas em pouco tempo as coisas se esclareceram, pois na verdade eles estavam apenas sendo transferidos para outro veículo. O incidente quase se repetiu em Oshogbo, embora fosse perfeitamente compreensível que o cunhado estivesse ansioso para que a viagem chegasse ao fim; àquela altura os dois já estavam tremendamente cansados, doloridos, e na estrada havia tanto tempo que a própria Nnu Ego imaginava que já deviam estar chegando ao fim do mundo. Fizeram o transbordo para o último caminhão e, quando finalmente chegaram a Iddo, em Lagos, o cunhado já não confiava em nada do que lhe diziam. Foi preciso que o motorista, juntamente com os outros passageiros, lhe garantisse que por fim haviam chegado ao destino: só assim ele acreditou.

O cunhado desembarcou do caminhão com a lerdeza de um velho, já contraindo os músculos dos braços na previsão do momento em que as zombarias recomeçariam. Mas dessa vez era verdade o que lhe afirmavam e ele saiu puxando Nnu Ego; os dois mostraram o endereço que procuravam a um vendedor de comida na estação de desembarque, e o homem lhes indicou corretamente como chegar a Yabá.

E foi assim que Nnu Ego chegou a Lagos e foi conduzida pelo novo cunhado a uma casa de aspecto bizarro. Os dois tiveram de esperar na varanda enquanto uma vizinha, que se identificou como Cordelia, mulher do cozinheiro, foi avisar Nnaife, o esposo em perspectiva, naquele momento ocupado com a lavagem da roupa dos patrões brancos, que seu pessoal tinha chegado e que, pelo jeito, havia uma esposa para ele.

"Uma esposa!", disse Nnaife, fingindo surpresa com a mera ideia de receber uma esposa. "Tem certeza?".

"Ela tem jeito de esposa. Vem com umas coisas embrulhadas, não parece uma pessoa que está simplesmente fazendo uma visita. Dá a impressão de que pretende ficar".

Nnaife ficou tão feliz com a ideia que acelerou a passagem da roupa e quase se queimou com o ferro a carvão. Cochichou a novidade para o cozinheiro e o criado. Como eram todos igbos, embora Nnaife fosse o único de Igboland ocidental, sabiam que a noite seria agitada. Ficaram entusiasmados ao saber que uma nova pessoa havia chegado. Lagos ficava tão distante de sua terra natal – eram necessários vários dias para completar a viagem e, na época, só pessoas muito empreendedoras tentavam realizá-la – que todo aquele que falasse um dialeto remotamente ligado ao igbo era considerado irmão ou irmã. Também sabiam que o vinho de palma correria solto até as primeiras horas da madrugada. Por isso todos se apressaram com suas tarefas, alguns cantando, outros assobiando. Aquela era, de fato, uma bela novidade.

O patrão branco, dr. Meers, trabalhava no Laboratório de Ciência Forense. Ele e a mulher tentaram adivinhar o porquê daquela excitação, mas não se animaram a perguntar.

Pouco depois, Nnaife se apresentou à patroa e disse: "Já vou, madame".

"Pode ir", ela respondeu, na voz cultivada, distante, que invariavelmente utilizava ao falar com os criados nativos. "Pode ir, Nnaife, só vou precisar de você amanhã de manhã. Boa noite".

"Boa noite, madame. Boa noite, senhor", disse Nnaife ao patrão, que fazia de conta que estava muito concentrado na leitura do jornal que segurava diante de si para tomar conhecimento do que se passava ao redor.

O dr. Meers espiou por cima do jornal, sorriu com malícia e respondeu: "Boa noite, babuíno".

No mesmo instante a sra. Meers disparou uma torrente de palavras tão atropeladas e tão impregnadas de emoção que Nnaife não conseguiu entender nada. Olhou boquiaberto para o marido, depois para a esposa, depois outra vez para o marido, tentando entender por que a sra. Meers estava zangada daquele jeito. A mulher prosseguiu por mais algum tempo, depois, de repente, se deu conta de que Nnaife ainda estava parado ao lado da porta. Fez um gesto com o braço indicando-lhe que saísse. Ele ouviu o dr. Meers rir e repetir a palavra "babuíno".

As mulheres eram todas iguais, pensou Nnaife enquanto andava para seu próprio setor da casa, decidido a perguntar a alguém, tão logo possível, o significado da palavra "babuíno". Não que fosse o tipo de homem que faria alguma coisa caso soubesse o que a palavra queria dizer. Ele teria se limitado a dar de ombros e comentar: "Nós trabalhamos para eles e eles nos pagam. Se ele me chama de babuíno, nem por isso eu viro babuíno".

Se o patrão era inteligente como diziam que todos os brancos eram, então por que não usava um pouco da sua inteligência para mandar a mulher calar a boca? Que tipo de homem inteligente era aquele que não sabia fazer a mulher ficar quieta em vez de ficar rindo como um idiota por cima de um jornal? Nnaife não percebia que o riso do dr. Meers era inspirado por aquele tipo de crueldade que reduz qualquer homem, branco ou preto, inteligente ou não, a um novo nível de baixeza; mais baixo do que o mais inferior dos animais, pois os animais pelo menos respeitam os sentimentos uns dos outros, a dignidade uns dos outros.

A essa altura Nnu Ego e seu acompanhante estavam muito cansados. A mulher do cozinheiro, a mesma que fora comunicar a Nnaife que eles haviam chegado, deu-lhes as boas-vindas com inhame socado e sopa de okazi. Eles não estavam habituados a esse tipo de sopa, mas a novidade da iguaria e o fato de estarem com tanta fome e tão cansados eliminou a estranheza. Nnu Ego ficou grata pelo alimento e estava a ponto de adormecer de estômago cheio quando entrou no aposento um homem com uma barriga de vaca prenhe balançando primeiro para um lado, depois para o outro. A barriga, associada ao fato de que ele era baixo, dava-lhe o aspecto de um barril. Seu cabelo, diferentemente do dos homens de Ibuza, não era cortado rente ao crânio; restava uma boa quantidade dele na cabeça, como o cabelo de uma mulher enlutada com a perda do marido. Sua pele era clara como a pele de quem passou muito tempo trabalhando na sombra e não ao ar livre. Suas bochechas eram gorduchas e davam a impressão de estar recheadas de pedaços de inhame quente e, ao mesmo tempo, pareciam ter empurrado a boca para um tamanho menor, no alto do queixo sem energia. E suas roupas – Nnu Ego nunca vira um homem se vestir daquele jeito: short cáqui furado e uma velha camiseta branca, solta. Se seu futuro marido tinha aquele aspecto, pensou, seria melhor voltar para a casa do pai. Porque casar-se com um homem todo molenga daqueles seria como viver com uma mulher de meia-idade.

Com o canto do olho, viu os dois homens se abraçarem, visivelmente felizes com o encontro. Ouviu o primogênito Owulum chamar o outro de Nnaife e, erguendo os olhos, viu que o recém-chegado realmente exibia uma marca tribal idêntica à do irmão. Não dava para acreditar! Não podia ser aquele o homem com quem ia viver. Como era possível que dois irmãos fossem tão diferentes um do outro? Tinham testas parecidas e o mesmo tipo de gesto, mas as semelhanças paravam por aí, pois fora isso os dois eram tão diferentes um do outro quanto a água do óleo. Nnu Ego teve vontade de cair no choro, de implorar ao Owulum sênior que por favor a levasse para casa; mas sabia que mesmo seu pai sendo o melhor dos pais, havia uma coisa chamada abuso da acolhida. Aquele homem lhes dava as boas-vindas. Estava carregando para dentro seu caixote de madeira e suas outras coisas, embrulhadas com tanto esmero numa rede tecida em casa especialmente para ela pelas esposas do pai. No início Nnaife a saudara timidamente com uma só palavra, "Nnua" – bem-vinda. O Owulum mais velho olhara para ela por um segundo, apreensivo por seu evidente desapontamento, mas o irmão, cada vez mais entusiasmado, não lhe deu oportunidade de preocupar-se por muito tempo. De certa maneira Nnaife o afastou de Nnu Ego, que o seguiu para dentro e sentou-se encolhida numa cadeira, como se sentisse frio.

Nnaife percebeu que Nnu Ego não o aprovava. Mas não era culpa sua, ele era do jeito que era, e aliás o que ela podia fazer quanto a isso? Em seus cinco anos de Lagos, já testemunhara situações piores. Vira uma mulher trazida para um homem de Ibuza que vivia em Lagos sair correndo ao ver o futuro marido, de modo que os amigos foram obrigados a ajudar o pobre noivo a apanhar a noiva fujona. Pelo menos Nnu Ego não fizera isso. Raríssimas mulheres gostavam dos maridos de saída. Os homens costumavam fazer piada com isso: mulheres de sua terra natal querendo vir para Lagos, onde não teriam de trabalhar muito, e ainda por cima imaginando um marido bonito e vigoroso. As mulheres eram tão bobas!

Os cozinheiros e criados e boa parte das pessoas provenientes de Ibuza que viviam naquela parte da cidade vieram cumprimentar Nnaife e dizer-lhe que o pessoal de casa lhe enviara uma "Mammy Waater", como as mulheres muito bonitas eram chamadas. Nnu Ego comportou-se com compenetração, tentando galhardamente aceitar os cumprimentos e abster-se de imaginar o que diria seu pai se aquele homem aparecesse em pessoa para pedir-lhe a filha em casamento. Fez força para não derramar lágrimas de frustração. Estava habituada a lavradores altos, rijos, de mãos ásperas, escurecidas pelo trabalho no campo, pernas compridas e esguias e pele muito escura. Aquele homem era baixo, a carne da parte de cima de seus braços balançava enquanto ele se movimentava jubilante entre os amigos. E aquela barriga saliente!? Por que ele não a escondia? Nnu Ego o desprezou naquela primeira noite, especialmente quando, muito mais tarde, as pessoas começaram a fazer suas exageradas despedidas.

Ele exigiu seu direito de marido como se estivesse decidido a não lhe dar a oportunidade de mudar de ideia. Ela imaginara que teria permissão para descansar, pelo menos na primeira noite depois da chegada, antes de ser agarrada por aquele homem faminto, seu novo marido. Depois da experiência, Nnu Ego entendeu por que homens de aspecto horrível violentavam as mulheres: por terem consciência de sua inadequação. Aquele era tomado por uma paixão animal. Ela se convenceu de que ele nunca vira uma mulher antes. Aguentou a situação e relaxou como lhe haviam dito para fazer, fingindo que a pessoa em cima dela era Amatokwu, seu primeiro e querido marido. O apetite daquele homem era insaciável e, quando amanheceu, ela estava tão exausta que chorou de alívio e começou a adormecer pela primeira vez quando o viu abandonar o quarto para ir desempenhar suas tarefas de empregado do homem branco. Sentiu-se grata ao abrir os olhos e vê-lo vestir-se correndo e falar em voz baixa com o irmão, que dormia a poucos metros deles. Sentia-se humilhada, mas o que fazer? Sabia que provavelmente chorara a noite inteira e que o Owulum mais velho estivera ali, ouvindo, congratulando-se por dentro com o irmão. Estava habituada a seu longo e rijo Amatokwu, que deslizava para dentro dela quando ela estava pronta, não aquele homem baixo, gordo, atarracado, cujo corpo quase esmagava o dela. E, o que era pior, o cheiro dele não era o de uma pessoa saudável, não tinha nada a ver com o dos homens de Ibuza, cheiro saudável de madeira queimada e tabaco. Aquele tinha cheiro de sabão, como se tivesse se lavado demais.

Quando acabou de vestir-se, ele lhe disse: "Temos inhame suficiente para nós todos durante algum tempo. Vou dizer às mulheres aqui ao lado que levem você até o mercado, onde você poderá comprar carne para fazer sopa. Volto para a refeição da tarde. Espero que tenha dormido bem".

"Claro, dormiu muito bem", disse o irmão de Nnaife, complacente, com a intenção de fazê-la perceber que estava a par de tudo o que se passara durante a noite. Ela teria de se acomodar à situação. Preferia morrer naquela cidade chamada Lagos a voltar para casa e dizer: "Pai, simplesmente não gosto do homem que você escolheu para mim". Outro pensamento cruzou sua mente: e se aquele homem a engravidasse, sua gente não ficaria louca de alegria?

"Ah, minha chi", orou, enquanto virava o corpo dolorido para o outro lado no catre de ráfia. "Ah, minha mãe querida, por favor, faça esse sonho virar realidade. Se isso acontecer, vou respeitar esse homem, serei sua esposa fiel e aceitarei seus modos grosseiros e sua aparência desagradável. Ah, por favor, me ajudem vocês todos, meus antepassados. Se eu engravidasse – hmmm...". Abraçou a própria barriga e passou as mãos pelas pernas um tanto doloridas. "Se algum dia eu engravidar...". Sorriu sonhadora para o teto caiado e viu uma lagartixa disparar de uma rachadura para a janela entreaberta. Olhou fixo para a janela até cair num sono superficial.

Em sua exaustão, sonhou que sua chi lhe oferecia um bebê, um menino, junto às margens do Rio Atakpo, em Ibuza. Mas a escrava tinha um sorriso zombeteiro nos lábios. Quando ela tentou vadear o rio para pegar o bebê, as águas pareceram subir, e a risada da mulher ecoou pela floresta densa. Nnu Ego estendeu os braços para ela diversas vezes e quase teria tocado o bebê se o rio, de repente, não tivesse ficado mais fundo e a mulher não tivesse subido para um nível mais alto. "Por favor", chorou Nnu Ego, "por favor, me dê o bebê, por favor...".

No início sua voz implorava, mas depois de ser atormentada daquela maneira repetidas vezes, ela gritou para a mulher: "Já não chega de me torturar? Não fui eu que matei você! Ah, me dê meu filho, me dê meu filho...".

Alguém a sacudia. Era o irmão de Nnaife.

"Nova esposa, para que toda essa gritaria? Você está tendo um pesadelo. Acorde, acorde, é só um sonho".

Ela abriu os olhos, assustada. "Você acha que eu vou cair na tentação de me apropriar dos bebês de outras pessoas nesta cidade? Sonhei que estava fazendo isso...".

"Não, não vai. Você está cansada e muito nervosa, só isso. Não vá ao mercado hoje: podemos usar o peixe e o inhame que trouxemos".

"Mas os amigos de seu irmão virão provar a comida preparada pela nova esposa... E se eles se derem conta de que estou servindo uma sopinha de peixe sem nenhuma carne?".

"Eu digo a eles que só gosto de sopinha de peixe". Ele sorriu, solidário. "Você está muito cansada e meu irmão foi muito guloso. Você deve perdoá-lo. Entende? Ele não conseguia acreditar na própria sorte. Queria ter certeza de que você não ia desaparecer. Você sabe que é bonita, além de filha de um homem famoso. Aprenda a respeitar meu irmão. Talvez seja difícil, mas você vai ver como suas esperanças se realizarão. Venho visitá-la outra vez quando você estiver realmente 'doida'".

"Doida? Cunhado, você disse doida?".

Ele se afastou para seu lado do quarto com lenta deliberação. Ela não percebeu como os ombros dele se sacudiam de leve com as risadas.

Aquele tipo de homem, pensou Nnu Ego enquanto olhava para ele, não combinava com um lugar brando como aquele. Seu lugar era lá onde estavam o claro sol, a lua brilhante, sua lavoura e sua cabana de repouso, lá onde era capaz de sentir a presença de uma cobra enrodilhada, de um escorpião correndo, de ouvir o uivo da hiena. Não ali. Não naquele lugar, naquele quarto quadrado totalmente pintado de branco como um local de sacrifício, naquele lugar onde a carne dos homens pendia frouxa sobre os ossos, onde os homens tinham barriga como as mulheres grávidas, onde os homens andavam o dia inteiro de corpo coberto. Sim, ele voltaria para o lugar onde sua gente havia vivido por cinco, seis, sete gerações sem mudar coisa alguma. Para começo de conversa, como seu irmão mais moço de nome Nnaife teria encontrado aquele lugar? E se fosse para ela ficar doida numa cidade como aquela, como faria para encontrar um curandeiro?

"Se você acha que eu vou ficar doida, cunhado, eu gostaria de voltar com você. Mas, por favor, me deixe em Ogwashi, de onde eram meus avós; não quero prejudicar ainda mais meu pai".

O irmão de Nnaife começou a rir alto, jogando a cabeça raspada para trás, e explicou a Nnu Ego com voz gentil: "Nova esposa, não estou me referindo a esse tipo de loucura, mas a este tipo, veja...". E cruzou os braços e inclinou os ombros como uma pessoa que segura um bebezinho e o embala nos braços. "Nana, nenê! Rá, rá, rá! Nana, nenê!".

Então Nnu Ego riu também. Ao compreender o que ele estava dizendo, voltou para o catre de ráfia e não sonhou mais nada. Ele estava dizendo que as mulheres falam e se comportam como pessoas doidas com seus bebês pequenos demais para entender aqueles ruídos.

Antes de partir, algumas semanas depois, seu cunhado orou para que tudo desse certo. Nnu Ego agradeceu e mandou por ele vinte mil recados para o pai, dizendo que estava muito feliz, que seu marido era muito bonito... Repetia isso incansavelmente, como uma criança com medo de ficar sozinha. O primogênito Owulum fez o que pôde para convencê-la de que seu pai nunca se esqueceria dela nas orações. Disse-lhe que as coisas já estavam começando a parecer em ordem, embora na ocasião ela não tivesse entendido o que ele queria dizer.

Em pouco tempo ela se deu conta de que o palpite do cunhado estava correto. As mudanças que aconteceram com ela foram tão graduais que no início ela não as atribuiu a nada semelhante a gravidez. À medida que suas suspeitas iam se intensificando, sua desorientação era de tal ordem que ela não conseguia nem mencionar o assunto ao marido. Talvez estivesse apenas imaginando coisas, tendo delírios... Constatou que estava se sentindo um pouco indisposta, um pouco tonta... mas disfarçava e, quando Nnaife saía para o trabalho, fechava a porta, pegava o espelhinho e se examinava. Será que estava mesmo muito mudada? Seus seios, de que tamanho eram antes? Aquela coceira que sentia neles não era uma coisa antiga? Sua barriga realmente aumentara? Não tinha certeza. Quanto mais se convencia, com mais medo ficava.

O marido, Nnaife, saía da cama às seis da manhã, segundo o relógio que o patrão e a patroa haviam lhe dado. Enfiava o short cáqui, comia os restos da refeição da noite anterior e saía zunindo para a área da residência reservada ao dr. Meers para começar a cuidar da roupa dos patrões. Usava duas banheiras gigantescas de lata cinza, suficientemente grandes para abrigar até três pessoas ao mesmo tempo. Instalava-se num banquinho de cozinha ao lado da primeira banheira e lavava todos os tipos de artigos: toalhas, camisolas femininas, um pouco de tudo. Depois, na metade da manhã, ia para a segunda banheira e começava o enxágue. Intermitentemente, era obrigado a buscar água na bomba do jardim, e voltava com um balde metálico cheio em cada mão. Depois que a roupa lavada do dia estava pendurada para secar, ele entrava na despensa e abastecia o ferro a carvão. O cronograma de suas tarefas diárias era tão rigoroso que era possível saber a hora do dia pelo que ele estivesse fazendo. Fora ungido com o grandioso título "Nnaife, o lavadeiro". Era tão competente em seu ofício que em troca de pequenas compensações era frequente os amigos do patrão pedirem-no emprestado. Tinha apenas meio dia de folga na semana, aos domingos, quando trabalhava só até as duas da tarde. Assim, tinha pouco tempo para prestar atenção em Nnu Ego, e ela não esperava nem solicitava nenhuma atenção da parte dele. Passara a aceitá-lo como uma dessas coisas inevitáveis do destino.

No início rejeitara a maneira como ele ganhava a vida e lhe perguntara por que não tratava de encontrar um serviço mais respeitável.

Nnaife fizera troça dela, dizendo que na cidade as pessoas não estavam nem aí para o que faziam com o objetivo de ganhar dinheiro, desde que fosse trabalho honesto. Então ela não achava aquele trabalho mais fácil e muito mais seguro do que o trabalho na lavoura? Mas toda vez que via o marido pendurando a roupa íntima da mulher branca, Nnu Ego contraía o rosto como se estivesse sentindo dor. A sensação ficava ainda mais intolerável quando, quase nauseada, ouvia Nnaife falar com entusiasmo sobre a maneira correta de lavar roupas delicadas e seda. A verdade, ela percebeu, era que aquele homem sentia orgulho de seu trabalho.

Nas tardes de domingo, quando Nnaife estava de folga, os dois costumavam ir andando de Yabá até Ebute Metta, depois até a ilha de Lagos, onde a comunidade igbo celebrava suas próprias missas cristãs. Nnu Ego não entendia o significado daquela história de cristianismo, mas, como toda noiva vinda do campo, limitava-se a imitar as ações do marido. Voltavam para casa de ônibus, o que, para ela, era um luxo e tanto.

No primeiro domingo de cada mês, Nnaife a levava à reunião da família de Ibuza, também na ilha de Lagos. Seu povo morava quase todo na parte velha da cidade, perto de seus locais de trabalho, no porto. Os poucos que faziam trabalhos domésticos viviam um pouco para fora da cidade, nos bairros mais novos e mais tranquilos, com os patrões brancos.

Desde o início da vida de casada, ela aprendeu a economizar, já que Nnaife ganhava pouco. Depois de ir ao mercado, aos sábados, comprava sabão de soda, lavava toda a roupa dos dois e, com uma toalha enrolada na cintura, pendurava-as ao sol para secar. Depois se trancava em casa e, por mais que as outras esposas dos empregados da residência a chamassem, não aparecia enquanto as roupas não estivessem secas. Depois as dobrava e alisava com a mão de seu odo e as punha embaixo dos travesseiros para que ficassem lisas, prontas para serem usadas no dia seguinte.

Um domingo brincou com a ideia de dizer a Nnaife que preferia ficar em casa, só para variar. Afinal, a igreja não tinha maior significado para ela e, além disso, estava ficando monótono ir até lá semana após semana.

Depositou a comida de Nnaife sobre a única mesa que possuíam, trouxe a tigela de lavar as mãos cheia de água e colocou-a no lugar adequado, perto dele, e, contrariando seus hábitos e sua natureza, sentou-se para vê-lo comer.

Depois de alguns bocados, Nnaife ergueu os olhos. "Você fica me olhando como se não quisesse que eu comesse a comida que você preparou. Sabe que uma esposa não está autorizada a fazer isso".

"Isso é costume em Ibuza, não aqui", respondeu Nnu Ego.

"Bem, não faz diferença, tanto em Ibuza como aqui eu sou seu marido e continuo sendo um homem. Você não pode ficar aí sentada me olhando".

"Um homem, hã? Que homem!".

"O que você falou? Por acaso não paguei seu dote de esposa? Não sou seu proprietário? Você sabe, esse seu ar de importância está ficando um pouco chato. Sei que você é filha de Agbadi. Pena que ele mesmo não se casou com você, para que você ficasse ao lado dele para sempre. Se é para ser minha esposa, você precisa aceitar meu trabalho, meu estilo de vida. Não quero modificar nada. Você precisa entender isso. Portanto saia e vá fofocar com Cordelia, me deixe acabar de comer em paz".

Nnu Ego levantou-se, irritada, e declarou: "Se você tivesse tido coragem de ir até o alojamento de meu pai para me pedir em casamento, meus irmãos teriam botado você para fora. Minha gente só me deixou vir ao seu encontro porque achou que você seria parecido com seu irmão, não do jeito que é. Se as coisas tivessem saído como deveriam, eu não teria deixado a casa de Amatokwu para vir aqui viver com um homem que lava roupa íntima de mulher. Homem! Francamente!".

Nnaife ficou magoado, mas apesar disso olhou para Nnu Ego como se nunca a tivesse visto antes. Que coisa! A mulher estava mudando! Era bela ao chegar, mas certamente não tão bela quanto agora – aquela testa alta ostentando as marcas tribais de uma filha de chefe, o corpo ainda esguio, que de algum modo parecia realçar a pouca firmeza do dele, aquele pescoço flexível... por que ela estava com o pescoço esticado daquele jeito? Devia ser o penteado, com as tranças muito apertadas. E os seios? Não estavam maiores? Nnaife tentou se lembrar do aspecto dos seios da mulher quando ela chegara, mas não conseguiu: a única coisa que sabia era que agora eles estavam maiores. É, algo estava acontecendo com ela. Fosse como fosse, não permitiria que Nnu Ego continuasse comparando sua vida com ele à vida de antes, ao lado do ex-marido.

"Pena que seu Amatokwu, tão perfeito, quase tenha acabado com você de pancada porque você não teve um filho dele. Olhe para você: me parece que está com jeito de grávida. Está diferente de quando chegou. O que mais uma mulher pode querer? Comigo você ganhou um lar e, se tudo correr bem, o filho que você e seu pai tanto desejam. E mesmo assim fica aí sentada olhando para mim com os olhos cheios de ódio. No dia em que voltar a pronunciar o nome de Amatokwu dentro desta casa, vou lhe aplicar a maior surra da sua vida. Mulher mimada, egoísta! Você, que pôs em dúvida a hombridade de Amatokwu e o obrigou a casar de novo às pressas e ter um filho atrás do outro, agora me aparece, sem que eu tivesse feito a menor pressão para você engravidar no primeiro mês, e vem com essa conversa idiota".

"Além de feio, você é um destruidor de sonhos. Eu imaginava que quando contasse a meu marido que estava esperando uma criança faria isso com alegria, com delicadeza...".

"Sei. Quem sabe à luz da lua ou então recostada na pele de cabra junto à fogueira".

"Não vou prestar atenção em suas bobagens", queixou-se Nnu Ego, sentindo-se profundamente penalizada de si mesma. Pensar que toda aquela história ia acabar assim...

"Bom, se você está grávida – e, pode acreditar, queira Deus que esteja –, resta um único problema. O que as pessoas vão dizer na igreja? Não nos casamos lá. Se eu não me casar com você na igreja, retiram nossos nomes do registro de lá, e a madame, minha patroa, não vai gostar. Posso até perder o emprego. De modo que não fale nada, combinado? Ubani, o cozinheiro, teve de casar com a mulher dele na igreja católica para não perder o emprego".

Enquanto ele dizia essas coisas, uma sensação de náusea dava voltas e mais voltas dentro da cabeça de Nnu Ego. O fato dela precisar fazer segredo de uma felicidade daquelas só por causa de uma velha coroca de pele feia como um couro de porco! Ainda se Nnaife tivesse dito que era para não desagradar o dr. Meers, talvez Nnu Ego pudesse ter engolido, mas não por causa daquele traste de mulher que ela não pensaria nem mesmo em oferecer em sacrifício a um deus inimigo. Ah, mãe querida, era mesmo com um homem que ela estava vivendo? Como era possível que um emprego acabasse com a hombridade de um sujeito sem que ele se desse conta?

Virou-se rápida como um furacão para olhar para ele de frente e soltou o verbo. "Você se comporta como um escravo! Você chega para ela e diz: 'Por favor, madame crá-crá, posso dormir com minha esposa hoje?' Você verifica se a calcinha fedorenta dela está bem lavada e passada antes de chegar perto de mim e me tocar? Eu, Nnu Ego, filha de Agbadi, de Ibuza. Que vergonha! Nunca que eu me caso com você na igreja. Se você for demitido por causa disso, volto para a casa do meu pai. Quero viver com um homem, não com um homem mandado por mulher".

Nnaife soltou uma risada cínica e observou: "Não sei qual seria o bondoso pai que aceitaria de volta a filha grávida só porque o emprego do genro não é do agrado dela! Seu pai é conhecido por ter princípios tradicionais. Eu queria ver a cara dele quando você dissesse que não gosta do segundo marido que ele escolheu para você, ainda mais que sua chi aprovou o casamento permitindo que você engravidasse. Se você não estivesse grávida, talvez fosse mais compreensível. Mas não agora, que os deuses legalizaram nosso casamento, Nnu Ego, filha de Agbadi. Como eu disse antes, você precisa fazer o que eu lhe digo. Seu pai não tem como ajudá-la agora".

"Você nem sequer está feliz com minha gravidez – a maior alegria da minha vida!".

"Claro que estou feliz em saber que sou homem capaz de engravidar uma mulher. Mas isso é coisa que todos os homens conseguem. O que você quer que eu faça? Quantos bebês nascem nesta cidade todos os dias? Você só está procurando desculpa para arrumar briga. Vá brigar com sua amiga Cordelia. Me deixe em paz. Mas não se esqueça de que sem mim você não estaria com esse filho na barriga".

No calor da emoção, uma voz mais calma disse a ela: "É mesmo, sem o que ele tem, você jamais conseguiria ser mãe".

Então ela começou a chorar. Soluços amargos, raivosos e frustrados que sacudiam todo o seu corpo. Nnaife ficou ali, de braços caídos. Não sabia o que pensar, como reagir. Só conseguiu dizer: "Se eu perco o emprego, quem vai alimentar você e a criança? E os outros filhos que você ainda me dará?".

Sua sina não era pior que a de suas vizinhas igbo – a mulher do cozinheiro e a mulher do camareiro. Mesmo as garotas de Ibuza que agora viviam na ilha com os maridos haviam lhe dito muitas vezes que ela tinha sorte por não ser casada com um trabalhador do porto. Os trabalhadores do porto passavam semanas e semanas fora, deixando as jovens esposas ter filhos sozinhas, sem outra ajuda que não a dos vizinhos. Haviam contado a ela a história de uma garota chamada Ngboyele, cujo marido trabalhava numa doca em Port Harcourt: ela tivera o primeiro filho no meio da noite e nunca mais parara de sangrar, até morrer. Ela e a criança haviam sido enterradas dez dias antes do regresso do marido, Okeibuno. Só depois de muito tempo o homem se recuperara do choque.

Quando, mais tarde, Nnu Ego abriu o coração para Cordelia, a mulher de Ubani, Cordelia achara graça em suas queixas e lhe dissera: "Você quer um marido que tenha tempo de lhe perguntar se você quer comer arroz ou tomar mingau de milho com mel? Esqueça. Os homens daqui estão muito ocupados em ser empregados dos brancos para poder ser homens. Nós, mulheres, cuidamos da casa. Não de nossos maridos. Eles já não têm hombridade. O lamentável é que não têm noção disso. A única coisa que eles enxergam é o dinheiro, o cintilante dinheiro dos brancos".

"Mas...", protestara Nnu Ego, "meu pai libertou seus escravos porque o branco diz que a escravidão é ilegal. Só que os nossos maridos parecem escravos, não acha?".

"Todos são escravos, inclusive nós. Quando os patrões maltratam nossos maridos, eles descontam em nós. A única diferença é que eles recebem algum dinheiro pelo que fazem, em vez de serem comprados. Mas o pagamento só dá para alugar um quarto velho como este".

"Isso vai ter fim um dia?", perguntou Nnu Ego.

"Não sei, minha amiga. Não sei se isso vai ter fim. Faz muito tempo que é assim. Acho que nunca vai ter fim", concluiu Cordelia, balançando a cabeça.

As reuniões mensais na ilha com as outras esposas provenientes de Ibuza faziam muito bem a Nnu Ego. As outras mulheres a ensinaram a começar seu próprio negócio para não ser obrigada a ter uma única roupa para vestir. Emprestaram-lhe cinco xelins do fundo das mulheres e a aconselharam a comprar latas de cigarros e pacotes de fósforos. Uma lata de cigarros custava dois xelins, depois ela vendia os cigarros a um pêni a unidade. Como havia trinta e seis cigarros em cada lata, seu lucro era de um xelim por lata. O mesmo se aplicava às caixas de fósforos. Ela comprava um pacote de doze caixas por um xelim e seis pênis, depois vendia as caixas soltas por dois pênis, obtendo um lucro de seis pênis por pacote. Nnu Ego ficou tão animada com a empreitada que, como haviam previsto as outras mulheres mais experientes, não tinha mais tempo para ficar sozinha ou se preocupar com o trabalho humilhante do marido, ou mesmo para roer as unhas pensando na criança que estava por vir.

Era verdade, estava grávida. Além disso, agora possuía algum dinheiro e começou a pagar o empréstimo do fundo das mulheres. Algumas das mulheres vendiam lappas, e Nnu Ego teve condições de comprar uma roupa pagando dois xelins por mês. Ao completar seis meses em Lagos, já comprara outra indumentária completa, com pano de cabeça combinando, e saldara a dívida de cinco xelins.

Tal como tantos maridos e esposas de Lagos, Nnu Ego e Nnaife começaram a se distanciar um pouco um do outro. Não que fossem muito próximos no início... Agora cada um deles vivia em um mundo. Não havia tempo para carícias ou conversinhas amorosas. Esse tipo de presença familiar que o agricultor analfabeto sabia demonstrar a suas esposas, seus próximos, seu alojamento, já não existia em Lagos, substituído pelo emprego na casa do branco, pelo prazer de comprar lappas dispendiosas e pela sensação dos berloques cintilantes. Em Lagos, poucos homens tinham tempo para sentar-se e admirar as tatuagens das esposas, quanto mais para contar-lhes histórias de animais que vivem no seio da floresta, como o marido do campo que talvez atraísse uma esposa especialmente querida até a lavoura para fazer amor com ela tendo nada mais que o céu por teto, ou para banharem-se os dois no mesmo riacho, um esfregando as costas do outro.

Em Lagos, as esposas não tinham tempo. Precisavam trabalhar. Compravam os alimentos com o pouco dinheiro que os maridos lhes davam para a manutenção da casa, mas se fosse para comprar roupa ou qualquer tipo de implemento doméstico, às vezes até para pagar a escola das crianças, o ônus era das mulheres.

Nnu Ego não demorou a se habituar com esse modo de vida, a tal ponto que, na noite em que entrou em trabalho de parto, primeiro se ocupou de fazer as compras da tarde no mercado. Com o marido ainda adormecido, saiu e bateu na porta ao lado, a da mulher do cozinheiro. Juntas, as duas conseguiram abafar seus gritos durante o trabalho de parto e Nnu Ego sofreu durante horas, no fundo da cozinha partilhada dos dois casais, de modo a não acordar os maridos adormecidos, nem a madame no prédio principal. Só depois que o bebê nasceu, Nnaife foi despertado de sua modorra masculina.

Nnu Ego agradeceu à mulher de Owerri, que a ajudara a dar à luz seu menininho, e esta declarou: "Somos como irmãs numa peregrinação. Por que não ajudaríamos uma à outra?". Depois riu e continuou: "Vejo que você deu um filho a seu marido. Não é tão comum as pessoas terem um menino como primeiro filho. Você tem muita sorte".

Nnu Ego sorriu, cansada. "Sei o que você quer dizer. As meninas são filhas do amor. Mas, entenda, só agora, com esse filho, vou começar a amar aquele homem. Ele me transformou numa mulher de verdade – em tudo o que quero ser: mulher e mãe. Então, já não tenho motivos para odiá-lo".

"Não tem mesmo", respondeu a amiga e assistente. "Agora preciso acordar os dois para que comecem a sentir as dores do parto bebendo vinho de palma".

"Isso mesmo, acorde os dois. Lá em Ibuza, quando uma mulher está dando à luz, o marido fica agitado. Mas esses nossos homens daqui dormem durante a coisa toda", comentou Nnu Ego.

Cordelia assentiu. "Faz muito tempo que eles deixaram de ser homens. Agora são máquinas. Mas eu amo Ubani. Nosso casamento foi combinado quando eu tinha apenas cinco anos. A mãe dele me criou, e me ensinaram a gostar dele e respeitá-lo desde bem antes dele mandar me buscar. Deve ser por isso que só tenho filhas mulheres!".

"Um dia você terá um menino, tenho certeza. Chame os homens para vermos o entusiasmo deles".

Como é de praxe, os homens começaram a comemorar com

vinho de palma e cigarros do estoque de Nnu Ego, e os festejos prosseguiram até o amanhecer.

    Pela manhã, a mulher branca perguntou aos homens o que havia acontecido e eles lhe deram a boa nova. A madame prontamente apareceu com um monte de roupinhas usadas de bebê, trazidas de sua última viagem à Inglaterra. Nnu Ego ficou grata, pois, embora fossem velhas, estavam limpas e eram tão bonitas e macias que ela deixou o orgulho de lado e as aceitou de bom grado. Esqueceu que em sua cultura só os escravos aceitavam roupas usadas para um recém-nascido: toda criança tinha direito a receber seu próprio primeiro npe tecido a mão, no qual seria embrulhada depois de lavada com o auxílio de folhas de bananeira. Mas Nnu Ego ficou tão encantada com aquela nova maciez que disse para si mesma que aquilo não tinha tanta importância. Afinal, quem a conhecia em Lagos? Era apenas uma mãe entre tantos milhares de outras... Aquilo não tinha importância.

    Nnu Ego gastou todas as suas magras economias no dia em que o bebê recebeu um nome. Nnaife ofereceu a ela um novo abadá, o primeiro comprado com dinheiro dele, e outro foi confeccionado para o bebê. Todos comeram e beberam até se fartar, pois as pessoas haviam trazido pequenas contribuições para ajudar os novos pais a receber os convidados.

    Quando Nnu Ego se sentiu mais forte, retomou suas atividades de pequena comerciante. Assim que Nnaife saía pela manhã a caminho do alojamento do dr. Meers, ela lavava o filho, pendurava-o às costas e corria ao encontro dos trabalhadores matutinos a caminho do trabalho. Eles compravam muitos fósforos e cigarros. Depois voltava para casa para amamentar o bebê e pô-lo para dormir enquanto dava um jeito nas tarefas domésticas. À tarde o marido vinha almoçar e em seguida ela punha outra vez o bebê na garupa em tempo de pegar a onda vespertina de trabalhadores.

    Começavam a surgir mudanças na moradia de um cômodo onde eles viviam. Agora tinham bonitas esteiras no chão, lustrosas cadeiras de madeira e novas cortinas estampadas. E Nnu Ego já não precisava esperar que sua única roupa secasse para poder sair, toda vez que a lavasse; agora tinha duas outras. Aceitava

Nnaife como pai de seu filho, e o fato da criança ser um menino lhe dava um sentido de realização pela primeira vez na vida. Agora estava segura, enquanto dava banho no menininho e preparava a refeição do marido, de que teria uma velhice feliz, de que quando morresse deixaria alguém atrás de si que se referiria a ela como "mãe".

Então, uma manhã, na manhã em que esta história teve início, quando Nnu Ego foi pôr o bebê nas costas antes de ir para sua banca no pátio da estrada de ferro para vender seus produtos, ela o viu, seu bebê, Ngozi, deitado onde ela o deixara um momentinho antes, morto. Morto feito pedra.

Não gritou; não chamou o marido. Simplesmente saiu do quarto, trôpega, andando de costas, até girar como um furacão ardente e correr.

UMA MULHER FRACASSADA

Nwakusor estava a caminho de casa depois de trabalhar a noite inteira no navio atracado junto à marina, em Lagos. Era um igbo de estatura mediana e compleição esguia e, embora fosse difícil adivinhar sua idade pela aparência, sabendo-se que havia dez anos trabalhava como estivador, era possível supor que tivesse entre trinta e tantos e quarenta anos de idade. Naquele momento estava visivelmente cansado; olhos vermelhos, arrastando os pés. Mas um consolo ele tinha: ia até em casa dormir um pouco antes do turno da noite. Não queria pensar no que viria depois do repouso tranquilo e do banho refrescante. Com esses pensamentos deliciosos na cabeça, montou na bicicleta bamba, preta de tanto uso, e encarou a tarefa formidável de fazê-la entrar em movimento morro acima até Ebute Metta, onde vivia com a esposa de olhos tristes.

Pedalou penosamente da ilha até o continente. O clima estava úmido e tão orvalhado que todas as formas pareciam imprecisas. Mesmo as palmeiras e os coqueiros de perfil elegante, que guarneciam as praias de Lagos como zelosas sentinelas, naquela manhã estavam sem nitidez. Ao fitar a lagoa, Nwakusor via a neblina subir das águas azuladas e fundir-se às nuvens em movimento. Pensar que em algumas horas aquele mesmíssimo lugar estaria fumegando de calor direto! Quando chegasse em casa, de todo modo, sua esposa, Ato, estaria prestes a sair para a banca de peixe do mercado de Oyingbo. Não era que quisesse evitá-la, mas estava com pouca disposição para ouvir sua tagarelice inconsequente.

As duas laterais da ponte de Lagos eram guarnecidas de complexos montantes de ferro pintados de vermelho e com pontas em lança, e uma via estreita, asfaltada, serpenteava entre essas peças de ferro que pareciam uma cerca. Chegando a Tabalogun, Nwakusor era obrigado a passar da estrada mais larga para a parte mais estreita da ponte que unia a ilha ao continente.

Ainda pensando em sua cama, enquanto bufava de modo sinistro, ele foi catapultado para o presente por brados de fúria e gritos agudos.

"Se está querendo morrer, por que me escolheu para acabar com sua vida, hein?".

Nwakusor ergueu os olhos e viu um ônibus kia-kia desviando perigosamente para a esquerda para não atropelá-lo. Como sempre àquela hora da manhã, era quase impossível embarcar num ônibus comum; por isso, veículos particulares de todos os tipos, aproveitando a alta demanda, eram utilizados para que seus donos ganhassem um dinheirinho. Eram chamados de "ônibus kia-kia", com o significado literal de "ônibus quick-quick", rápido-rápido, pois a vantagem daquele tipo de transporte era que uma vez lotado ele não parava mais até chegar à ilha, e era possível fazer várias viagens numa única manhã, enquanto o ônibus da frota da empresa do homem branco se arrastava devagar de parada em parada, como um pato andando para lá e para cá na ponte de Lagos. Quanto mais depressa os proprietários dos micro-ônibus rodassem, mais dinheiro ganhavam, pois os funcionários e portadores que trabalhavam na ilha preferiam viajar com eles, mesmo que um ônibus kia-kia lotado significasse de seis a dez passageiros pendurados em cada janela, mais cerca de uma dúzia na porta e mesmo alguns pendurados no teto do veículo. Era um ônibus desse tipo que naquele momento estava a ponto de derrubar Nwakusor.

Tal como Nwakusor, o motorista, aos berros, transpirava na bruma matinal. Os passageiros daquele micro-ônibus pareciam mais amontoados que de hábito e, considerando o aspecto do motorista, era compreensível que se imaginasse que o veículo era impulsionado por sua mera força física e não pela energia produzida por um tipo qualquer de combustível. O homem arquejava. Desviara tão abruptamente de Nwakusor que alguns passageiros pendurados do lado de fora do ônibus haviam sido obrigados a saltar para não se machucar. Ouviram-se gritos e o guincho do freio. Nwakusor percebeu que se salvara da morte por pouco. Instintivamente, tal como os passageiros precariamente pendurados, seus pés buscaram a solidez do chão. Ficou ali em pé, ofegante e confuso. Olhou em volta ansioso enquanto sua mente começava a registrar a extensão do perigo que o ameaçara um minuto antes.

"E então?", gritou o motorista, com ar ofendido e exigindo um pedido de desculpas. Ao mesmo tempo, brandiu um punho enfurecido no ar. "Se você não sabe o que dizer, pelo menos retire esse seu monte de ferro-velho da estrada. Ainda tenho muita coisa para fazer na vida. Na próxima vez que sair atrás de um assassino, por favor, em nome de Alá, vá procurar em outro lugar. E agora, faça o favor de sair da frente".

Nwakusor, chocado demais para protestar, limitou-se a obedecer. Recolheu a idosa bicicleta de onde ela havia caído, um pouco torta, mas ainda em condições de uso, e junto com ela sua própria pessoa, trêmula e descomposta. "Sinto muito", disse, ignorando as risadas dos passageiros, a essa altura recuperados do susto e aplaudindo a linguagem grosseira do motorista. Nwakusor teria respondido no mesmo registro se não estivesse abalado demais para querer entrar no jogo do insulto. Além disso, seu iorubá era fraco; seria derrotado no confronto. Assim, resolveu assumir uma atitude humilde, admitindo que havia sido tudo culpa sua. E, para completar, estava cansado; o motorista se deu conta disso e interrompeu os ataques verbais.

"Desculpe, motorista, passei a noite toda trabalhando, minha cabeça ainda não acordou, acredite".

O motorista abriu um sorriso ao ouvir essas palavras. Não era toda manhã que um motorista era tratado com educação e na verdade um dos trunfos do ofício era a capacidade de levar alguém às lágrimas com a língua afiada. Mesmo assim, não negaria a seus passageiros a alegria de assistir a mais uma de suas vitórias.

"A vida é sua, cara. Mas na próxima vez que estiver de saco cheio dela, fique longe da estrada e longe do meu caminho. Vá se estrangular no seu quarto. Não é tão sensacional, mas pelo menos não arruma encrenca para um homem inocente". Depois dessa declaração, manobrou, fez uma curva acentuada e acelerou o ônibus e seus ruidosos passageiros na direção da ilha.

Do jeito que suas pernas ainda estavam bambas, Nwakusor sabia que o melhor seria ir andando, embora houvesse sido possível dar um jeito na bicicleta para que ela voltasse a circular. A roda da frente estava um pouco torta, só isso, e seria fácil, se quisesse, endireitá-la. Pessoas que não sabiam do acontecido passavam por ele e tentavam adivinhar se ele era doido, empurrando a bicicleta daquele jeito pela passarela de pedestres e tomando tanto espaço em vez de pedalar e chegar a seu destino mais depressa, poupando-se da trabalheira de ser obrigado a dizer "desculpe, desculpe" a todas as pessoas em quem dava encontrões. Àquela hora da manhã as laterais da ponte Carter estavam ficando movimentadas. Ele sabia que as pessoas tinham a tendência de chegar a conclusões sobre os outros sem conhecer as razões de seu comportamento pouco convencional, mas não tinha tempo para ficar justificando as próprias ações. Desde que não machucasse ninguém e chegasse em casa são e salvo, não estava muito preocupado com o que as outras pessoas estavam pensando.

O sol, quando apareceu, instilou uma espécie de energia no corpo exausto de Nwakusor. Ele até começou a achar que estar vivo num dia como aquele era um privilégio e ordenou a si mesmo que começasse a sentir prazer com o fato. Era como a pessoa que possui um dom valioso e por um longo período não toma conhecimento do valor desse dom: somente no momento em que o dom está a ponto de ser-lhe retirado, a pessoa se conscientiza de seu caráter extraordinário. Desenvolve apreço por seu dom. Só que é um apreço privado. Se tomasse a atitude de interpelar um dos passantes apressados para explicar o assunto, a pessoa concluiria que ele havia perdido o juízo de repente. De fato, Nwakusor não parecia inteiramente nos eixos, em suas roupas de trabalho sujas, empurrando uma bicicleta velha e sorrindo com bonomia para o nada.

Debatia consigo mesmo a possibilidade de voltar a pedalar quando viu um ajuntamento do outro lado da ponte. Era um grupo de trabalhadores matinais: mulheres feirantes e obreiros a caminho do mercado Ebute Ero, todos falando ao mesmo tempo, agitados. Suas vozes estavam tensas e febris, um pouco atemorizadas, como as de pessoas que presenciam um sacrifício humano, pensou; não que já tivesse assistido a algum sacrifício desse tipo, mas já ouvira falar de gente que presenciara uma cena incomum assim. Todos falavam nervosamente, mas mantendo distância de uma pessoa que Nwakusor não conseguia ver direito. Homem ou mulher? Tentou enxergar por entre os carros que passavam e deduziu que a pessoa tinha mais jeito de mulher.

Não era velha; de fato, a julgar pelas costas retas e o corpo ágil, devia ser bem jovem. Mas se comportava de maneira estranha, quase como se estivesse fazendo algum tipo de dança acrobática. Nwakusor queria ver mais de perto. Impacientou-se com o tráfego ininterrupto, mas não desviou os olhos da cena. Depois do susto de pouco antes, sentia-se extremamente cauteloso, pouco inclinado a ser colhido por um automóvel só por querer olhar uma mulher que ou era louca, ou estava fazendo algum tipo de dança juju para seu deus. Esperaria o tempo necessário, mas só atravessaria com segurança. Ninguém deve se aproximar da morte duas vezes na mesma manhã.

Sua impaciência não se apaziguou nem um pouco quando viu, do lugar onde estava, o que na verdade a mulher estava tentando fazer. Ela estava tentando pular na lagoa! "Deus do céu", pensou Nwakusor, "eu aqui felicíssimo por ter recebido outra oportunidade de viver mais tempo e a tola daquela mulher querendo pôr um fim na existência antes de seu Criador estar pronto para recebê-la. Que coisa mais variada, esse negócio de viver... Ah, droga de trânsito!". Até parecia que aquele fluxo infinito estava sendo encenado para torturá-lo. Dali a pouco se abriu uma pequena brecha e ele correu, com bicicleta e tudo, para o outro lado da via.

Chegando lá ouviu o clamor das pessoas quando a mulher derrubou um homem que tentava agarrá-la e desprendê-la das grades que estava escalando para conseguir saltar para a morte. Na luta livre, ser derrubado pelo adversário significa derrota, mas ser jogado no chão por uma mulher era pior que uma derrota – era humilhação. As pessoas, mesmo que ansiosas para chegar a seus locais de trabalho, estavam apreciando aquela distração gratuita, embora nenhuma delas quisesse que a mulher concretizasse seu intuito suicida, pelo menos não enquanto estivessem ali. Ninguém queria começar o dia com um incidente daqueles na consciência. Outro homem se afastou do grupo na tentativa de salvá-la, mas, mesmo sem conseguir derrubá-lo, a mulher lutou bem, e ferozmente, de modo que os dois ficaram ofegantes, e o temor de todos era que o homem desistisse e dissesse: "Afinal de contas, a vida é dela". Só que uma coisa dessas não é permitida na Nigéria; você simplesmente não está autorizado a cometer suicídio em paz, porque todos são responsáveis uns pelos outros. Os estrangeiros podem dizer que somos um país de intrometidos, mas, para nós, uma vida individual pertence à comunidade e não simplesmente a ele ou ela. De modo que uma pessoa não tem o direito de acabar com a própria vida enquanto outro membro da comunidade estiver olhando. Esse outro é obrigado a interferir, é obrigado a impedir que o fato aconteça.

Foi enquanto olhava a luta e a forma como ela se esquivava de seu adversário que Nwakusor se deu conta de que aquela mulher, cujo rosto ainda não conseguira ver, não era uma mulher iorubá. Ela era de seu povo, onde as mulheres aprendiam a lutar como homens, aprendiam a arte da autodefesa. No meio da refrega, a mulher virou o rosto e Nwakusor viu Nnu Ego, por mais inacreditável que aquilo fosse. Em menos de um segundo ele se beliscou e esfregou as mãos no rosto e se convenceu de que não estava sonhando. Como se precisasse de uma dupla confirmação, gritou com voz rouca:

"Nnu Ego! Nnu Ego, filha do amor de Agbadi! Nnu Ego! O que você está fazendo? O que está tentando fazer?".

Ela interrompeu a luta abruptamente. Ergueu os olhos para os circundantes, dirigindo o olhar para cima de suas cabeças, não para seus rostos. Estava chocada. Alguém entre aquelas pessoas sabia quem ela era! Estava contando com o fato de Lagos ser um lugar tão grande, com pessoas de tantas raças e histórias de vida diferentes, que seria muito improvável que alguém a conhecesse. Previra o fato de que era provável que tivesse de enfrentar a oposição de alguns pedestres na ponte, mas imaginara que chegaria ao local antes do movimento. Engano seu. Embora ainda houvesse névoa e restasse um pouco da umidade da noite anterior, o jovem sol dava à manhã um brilho ofuscante que tirava as pessoas de seus sonos e as levava a sair para a estrada.

A hesitação de Nnu Ego permitiu que Nwakusor fizesse o que pretendia. Não se enganara. Aquela era a mulher de Nnaife, nenhuma dúvida. Agindo instintivamente, jogou sua querida bicicleta velha para um lado, onde ela se espatifou com um barulho patético de peças gastas de metal enferrujado. Como um gato ágil que investe sobre um camundongo desprevenido, ele se enrolou sobre si mesmo até seu corpo assumir uma forma praticamente esférica e saltou na direção de Nnu Ego. Os dois caíram no chão de cimento. O joelho esfolado de Nwakusor começou imediatamente a sangrar. Nnu Ego levantou-se depressa, tentando se soltar dele como uma demente, mas agora havia mais gente disposta a ajudar Nwakusor. O primeiro homem que tentara sem sucesso contê-la apareceu novamente e segurou-a com força pelo pulso.

Nwakusor, respirando aos arrancos, disse com voz entrecortada, em igbo: "O que você está tentando fazer com seu marido, seu pai, seu povo e seu filho, que só tem algumas semanas de vida? Você quer se matar, é? E quem vai cuidar de seu bebê? Você está envergonhando sua condição de mulher, sua condição de mãe".

Pela primeira vez desde que vira o filho na esteira, lágrimas de choque e frustração escorreram pela face de Nnu Ego. Quem lhe daria a força de contar ao mundo que fora mãe, mas fracassara? Como as pessoas conseguiriam entender que ela desejara tão desesperadamente ser uma mulher como todas as outras, mas que fracassara pela segunda vez? *Oh, Deus, seria tão bom se essas pessoas, mesmo com suas boas intenções, tivessem simplesmente me deixado em paz*. Seu coração batia disparado, dolorido, e a amargura produzida por esse mesmo coração se acumulava em sua boca. Várias vezes tentou falar, mas sua voz não tinha som. Só conseguia balançar a cabeça negativamente ao ouvir as palavras iradas de Nwakusor, tentando fazê-lo entender que estava enganado.

Outra mulher igbo, a caminho do mercado com um grande cesto de inhame, não se deu por satisfeita com o castigo verbal de Nwakusor. Dando um passo à frente, esbofeteou um lado do rosto de Nnu Ego e acrescentou: "Quer dizer que você tem um bebê em casa e mesmo assim vem aqui desonrar o homem que pagou para que você fosse trazida para esta cidade? Não sei o que está acontecendo com nosso povo: é só chegar ao litoral e as pessoas já acham que são donas de si mesmas e esquecem a tradição de nossos pais".

A mulher estava tão enfurecida que pôs toda a força que possuía naquela bofetada, e a ardência acertou o alvo, cegando Nnu Ego por alguns momentos.

Então Nnu Ego gritou, reuniu tanta força no uso de sua voz que o som saiu um pouco parecido com o da voz de um homem:

"Mas eu não sou mais uma mulher! Não sou mais uma mãe! O bebê está lá, morto, na esteira. Minha chi tomou-o de mim, a única coisa que eu quero é ir lá dentro ao encontro dela...".

Nesse momento as pessoas compreenderam a razão de seu comportamento irracional. Mesmo alguns dos homens tinham lágrimas de piedade nos olhos. Palavras de conselho e consolo brotaram de pessoas que ela nunca vira antes e nunca voltaria a ver. Muitos se deram ao trabalho de lhe contar suas próprias histórias. Até a mulher que a esbofeteara lhe disse que, de seis gestações, só lhe restavam dois filhos vivos, mas que mesmo assim continuava vivendo. Lembrou Nnu Ego de que ainda era muito jovem e disse que, quando os bebês começavam a chegar, vinham em grande número.

"Afinal ela não é louca", a mulher assumiu a tarefa de informar às pessoas que os cercavam em seu iorubá imperfeito. "É só que ela acaba de perder o filho que provava ao mundo que ela não é estéril".

E todos concordaram que a mulher que não dá um filho ao marido é uma mulher fracassada. Coube a Nwakusor, que salvara uma vida, levar Nnu Ego em segurança para casa e para o marido Nnaife.

UM HOMEM NUNCA É FEIO

ordelia, a mulher do cozinheiro, estava aquecendo uma tigela de mingau de milho para servir aos dois filhos pequenos como desjejum. Havia o suficiente para que seu marido, Ubani, também participasse da refeição; pois, embora ele preparasse frituras e assados de todos os tipos para os Meers, não apreciava a comida inglesa; dizia que lhe dava um pouco de enjoo. Assim, mesmo com o aroma doce que emanava da cozinha principal, Ubani daria uma escapada de alguns minutos para ir até o aposento deles comer um pouco de mingau africano quentinho. Cordelia corria com sua tarefa, querendo acalmar as crianças famintas e deixar a porção de Ubani à espera.

Não se preocupava, porém, com o fato de que a manhã estivesse chegando ao fim sem que ela visse Nnu Ego. As duas eram da mesma idade e vizinhas, e mesmo que, como acontece com todas as boas vizinhas, de vez em quando uma sentisse inveja das propriedades da outra ou ambas fizessem comentários recíprocos gratuitos, a amizade básica entre elas se mantinha inalterada. As duas famílias partilhavam a mesma varanda, que era anexa a seus aposentos e se abria para o pátio do dr. Meers; o pequeno anexo onde viviam era típico das acomodações fornecidas aos empregados africanos a que os patrões brancos sempre se referiam como "as dependências do pessoal". Vinham de duas regiões diferentes de Igboland – Nnaife, do oeste, e Ubani e Cordelia, do leste –, mas o fato de falarem a mesma língua e terem a mesma bagagem cultural cimentava a intimidade do cozinheiro e do lavadeiro. Quando as mulheres discutiam, os maridos ficavam do lado delas, mas, passado algum tempo, o bom senso sempre se impunha e eles concluíam que não valia a pena cortar relações. As vantagens da comunicação eram muito maiores: "Se a língua e a boca se desentendem, invariavelmente acabam fazendo as pazes porque têm de ficar na mesma cabeça".

Assim, mesmo com os eventuais atritos entre Nnu Ego e Cordelia, os homens nunca as deixavam ir muito longe. Na realidade, o que acontecia era que as mulheres podiam implicar uma com a outra e fazer fofocas, mas os homens costumavam remendar as coisas nos dias de pagamento, declarando lealdade entre si e afogando as eventuais diferenças em vinho de palma. De um modo geral, os dois casais coexistiam bem; apareciam um no aposento do outro sem necessidade de convite formal, se encaixavam com naturalidade nas conversas um do outro e de um modo geral conviviam como membros de uma só grande família.

Nas muitas idas e vindas entre a cozinha e seu aposento, Cordelia viu que a porta da amiga estava entreaberta. Nnu Ego não podia ter ido comprar cigarros tão cedo de manhã e, de todo modo, nunca saía sem dar uma palavrinha. Cordelia também não estava lembrada de ter ouvido Ngozi naquela manhã. Ele estava ficando um bebê muito exigente, e sua choradeira matutina era inconfundível. Mas Nnu Ego não podia estar longe, já que saíra sem trancar a porta. Cordelia resolveu dar uma conferida mais tarde, depois de atender às necessidades de seus próprios bebês. Na pressa em que estava, os pensamentos relativos à amiga foram temporariamente empurrados para o fundo da cabeça.

Pouco depois as crianças lambiam seus mingaus como gatinhos; Cordelia foi até a cozinha pela última vez para buscar a porção de Ubani. Como ele ainda não chegara, achou que nada a impedia de deixar a tigela dele ao lado da porta de Nnu Ego para olhar lá dentro. Com todo o cuidado, depositou a tigela quente no chão e, sem endireitar as costas, espiou para o interior do aposento. "Nnu Ego, onde é que você se enfiou? E ainda por cima deixando o bebê adormecido na esteira...".

De repente, sentiu uma espécie de arrepio. Havia alguma coisa errada ali. Por que a mãe deixara a criança largada daquele jeito? Por que o bebê estava com um aspecto tão rígido, suas pernas tão inertes? Chamou de novo pela amiga, agora em voz baixa, ronronando como um gato, mas Nnu Ego não estava. Ao entrar no quarto com passo leve, Cordelia se deu conta de que as coisas não estavam nem um pouco bem.

Sentiu-se atraída para o centro do aposento e, ainda inclinada como numa oração involuntária, olhou para o rosto do bebê.

"Você está morto", ela disse num sussurro. "Santa Maria, Mãe de Deus! Você está morto, Ngozi, você se foi!". Cordelia fez o sinal da cruz; ela e Ubani eram membros devotos da igreja católica e viviam de acordo com suas leis. Andou para trás furtivamente, como se ela própria tivesse matado o menino, e ao chegar à porta gritou: "Nnu Ego, onde você está? Seu lindo bebê se foi!". Gritou essas palavras duas vezes, depois cobriu a boca com a mão, procurando conter-se, ao ver seus filhos aparecerem querendo saber o que se passava. Seu corpo todo tremia como numa convulsão, mas mesmo assim conseguiu conduzir os filhos para longe do quarto de Nnu Ego.

Na afobação, entornou o mingau que deixara ao lado da porta. O calor da mistura queimou seus pés descalços e não havia tempo para tratar deles. Uma das crianças comentou que ela havia derramado a refeição do pai, mas Cordelia fingiu não ouvir e levou os filhos para brincar numa parte afastada da propriedade.

A primeira coisa que lhe ocorreu foi ir correndo contar a Nnaife o que acontecera; logo depois contaria ao marido. Mas onde estava Nnu Ego?, perguntou-se de novo enquanto avançava para o setor do homem branco. Nisso estacou de repente, pois bem ali na sua frente, a poucos metros de onde estava, na grama úmida, viu Nnaife, encurvado, fazendo seu trabalho, tão profundamente concentrado que a canção que assobiava não tinha melodia. Seria uma espécie de sacrilégio interferir naquele bem-estar tão completo e pessoal. Não... Melhor contar primeiro ao próprio marido; ele saberia como dar a triste notícia a Nnaife. Difícil mesmo seria dominar o coração aos saltos para responder calmamente ao cumprimento do amigo, que ela sabia que viria.

Aspirou o ar muito profundamente, mãos entrelaçadas diante de si como se rezasse, olhar esquivo, foi logo dizendo, para evitar que ele falasse primeiro: "Parece que teremos uma bela manhã!".

"Olá, boa esposa, dormiu bem? Já está com saudade do marido?", disse Nnaife, e riu. "Mas não faz nem uma hora que ele saiu de casa!".

"Eu sei, mas preciso de algum dinheiro para as compras", mentiu Cordelia, obrigando-se a produzir um som que pretendia ser uma risada, mas que soou gutural mesmo aos seus ouvidos.

Nnaife tentou imaginar qual poderia ser o problema. Cordelia não estava alegre como de costume. Disse em voz alta: "Ande, vá, não atrapalhe o trabalho dele por muito tempo. Não vai querer que nossos patrões venham se queixar, não é mesmo, boa esposa?".

Cordelia se apiedou de Nnaife. Ele era um homem tão amável, tão generoso, tão simples... Por que uma coisa daquelas fora acontecer com ele? Primeiro, tinha uma esposa que até o nascimento do filho não o respeitava nem gostava dele. E agora acontecia aquilo.

Ubani viu a mulher chegando e franziu as sobrancelhas. Já lhe dissera muitas vezes para não interrompê-lo sem necessidade. Enxugou as mãos no vasto avental e saiu da cozinha, posicionou-se ao lado da porta. Bastou olhar para Cordelia para perceber que havia algo de muito errado. "O que foi?", perguntou, também preocupado.

Seu rosto se contraiu quando a mulher lhe contou o ocorrido.

"Oh, Jesus Cristo! Isso é terrível. Você tem certeza? Quer dizer... Sinto muito. Você já contou a ele?".

Cordelia fez que não com a cabeça.

"Então volte e feche a porta deles sem fazer barulho. E vá procurar sua amiga. É provável que ela ainda não tenha visto a criança morta. Você disse que não a viu esta manhã? Pode ser que tenha visto o bebê. Coitada. Espero que não esteja fazendo alguma besteira. Não estou gostando disso. Não estou gostando nem um pouco".

"Você acha que ela pode tentar se ferir?".

"Talvez eu esteja sendo dramático demais. Mas vá. Fique calma e procure por ela sem dar na vista, sem dar o alarme enquanto eu não contar a Nnaife. Meu Deus, que coisa horrível".

"Ah, coitada", disse Cordelia, envolvendo o próprio corpo com os braços. Na cabeça, reviu a imagem de Nnu Ego dando à luz não mais que um mês antes: como ela havia sofrido na cozinha, a dor que sentira, pois era um primeiro filho, e como o orgulho a impedira de chamar Nnaife... "Por favor, Maria, Mãe de Deus, como pôde permitir que acontecesse isso com a minha amiga?".

"Vá para casa, Cordelia", a voz de Ubani chegou a seus ouvidos. "Lembre-se que Deus dá e Deus tira. Somos Dele, e Ele nos trata como quer. Nunca se sabe, talvez por trás disso tudo haja uma boa surpresa para sua amiga".

Cordelia concordou com a cabeça sem falar nada, lágrimas quentes escorrendo-lhe pelo rosto. Voltou para as dependências deles e a perda da amiga ficou ainda mais presente quando ouviu a criança de dois anos exclamar: "Mãe, mãe, mais mingau!".

Ubani, um homem de corpo maciço e cabeça grande, olhou pela janela da cozinha e viu o amigo trabalhando e assobiando enquanto esfregava um lençol já muito lavado. Tão absorto estava em seu trabalho que Ubani achou que seria um pecado interrompê-lo, exatamente como acontecera antes com Cordelia. E que interrupção terrível seria aquela! Mas era preciso coragem, e, acontecesse o que acontecesse, o fato deveria ser mantido em segredo: nenhum deles queria complicações com a lei. As autoridades locais iriam querer saber do que o menino morrera. Na verdade, na época era ilegal alguém morrer em casa: essa lei fora aprovada para desestimular as pessoas a confiar os filhos doentes ao curandeiro nativo. Assim, quando acontecia uma coisa como aquela, as pessoas preferiam abafar o assunto. Era preciso dar a notícia a Nnaife, encontrar Nnu Ego, e ela seria obrigada a entender que em Lagos ninguém tinha o direito de exibir o próprio sofrimento às claras numa circunstância como aquela. Seria um problema para todos eles.

Ubani correu com a lavagem da louça e deixou que o jovem sobrinho, Dilibe, que havia dois meses se reunira a eles em Lagos, enxugasse tudo. Agora o sobrinho também era empregado do patrão dos tios, o dr. Meers, e com o pouco que ganhava ocupando o glorioso cargo de "small boy" – ajudante de todo mundo –, contribuía para os gastos. O tio estava fazendo o que podia, recorrendo às pessoas certas para que Dilibe encontrasse uma colocação adequada, com remuneração, quem sabe na ferrovia ou no porto. O rapaz sabia ler e escrever e, com uma boa "molhadura" – uma espécie de gorjeta autorizada – oferecida às pessoas certas, um rapaz como aquele iria longe. Mas por enquanto precisava trabalhar para economizar o dinheiro da molhadura. Ubani sabia que quanto mais generosa a molhadura, mais rápido seria o avanço do sobrinho, e estava decidido a ajudá-lo. Depois que Dilibe conseguisse uma boa colocação, parte do dinheiro que ganhasse iria, se não para Ubani, então para os filhos dele.

"Verifique bem se as travessas e as outras coisas estão bem secas e brilhantes antes de guardar direitinho nas gavetas!".

"Positivo!", respondeu o jovem, em tom animado, feliz e um tanto surpreso por ficar responsável por um estabelecimento da importância da Grande Cozinha. O recanto-cozinha nas dependências do pessoal onde eles preparavam sua comida africana nativa era chamado de pequena cozinha. Mas aquela onde os dois estavam era a cozinha onde a comida do patrão era preparada, e era preciso mantê-la sempre em ordem e limpa. Dilibe entendia a dimensão de sua responsabilidade e sentiu-se grato quando a função lhe foi confiada. Não perguntou por que o tio precisava tanto se afastar da cozinha àquela hora da manhã. Como a maioria dos jovens, só sabia pensar em si mesmo. Aproveitaria a oportunidade para mostrar a ele que não apenas tinha competência para cuidar da Grande Cozinha como podia até fazer coisas mais importantes, se tivesse a chance. Então sua juventude não contava pontos?

Ao ver seu entusiasmo, Ubani intuiu o que ele estava pensando e sorriu tristemente. Poderia ter rido, não fosse a tarefa penosa que o esperava. Todos os jovens eram iguais: nunca passava pela cabeça deles que um dia envelheceriam. Ora, não fazia tanto tempo que ele próprio pensava o mesmo! Sonhara que quando chegasse aos trinta anos teria ganhado tanto dinheiro com os brancos que poderia voltar para sua aldeia natal em Emekuku Owerri, onde viveria da lavoura, como os avós haviam vivido. Em seu sonho não existia um lugar como aquele onde estava agora, aquele lugar onde bebês muito desejados pelos pais morriam antes de chegar a ter uma vida. É mesmo, às vezes a vida podia ser tão brutal que as únicas coisas que a tornavam suportável eram os sonhos.

Observou por um momento a concentração de Nnaife. Realmente não era pedir muito querer ter a oportunidade de trabalhar e ganhar o suficiente para manter uma família e ser feliz fazendo isso, como aquele homem. Mas não havia jeito. Era preciso contar a ele. Nnaife havia registrado a presença de Ubani, em pé ali ao lado sem falar nada. Assim, resolveu dizer alguma coisa por ele.

"Vai ser uma linda manhã. As pessoas costumam dizer que de uma linda manhã quase nunca sai um dia ruim", Nnaife falou sem erguer o rosto para o amigo. Suspeitava que havia algo errado em algum lugar, mas não lhe passou pela cabeça que pudesse ser em sua própria família. Primeiro, vira Cordelia passar para falar com o marido; agora Ubani estava ali parado feito uma estátua sem conseguir abrir a boca. Pois bem, continuaria dizendo banalidades até Ubani conseguir lhe dizer qual era o problema. Não ia apressá-lo; homens protetores como Ubani podiam ser muito suscetíveis em se tratando de suas famílias.

Então de repente seu amigo falou com voz rouca, trêmula e muito diferente da dele. "Você pode fazer uma pausa?". E além disso olhava para longe, evitando encarar Nnaife.

Nnaife interrompeu o movimento das mãos, mãos que haviam ficado ágeis depois de anos torcendo e destorcendo roupas ensaboadas. Olhou para Ubani e viu que ele estava tentando lhe esconder alguma coisa; na verdade, era a primeira vez que via aquele igbo do interior leste do país olhar para o nada com ar perplexo. Nnaife tentou encará-lo, mas os olhos de Ubani estavam tão esquivos quanto os de uma nova esposa na primeira manhã na casa do marido. Ergueu-se. O que poderia ser tão grave na vida para provocar aquele olhar perdido? Para aliviar a dificuldade da situação, disse: "Não posso acompanhá-lo neste exato instante. Preciso pendurar esses lençóis molhados, do contrário perco o sol da manhã. E a madame sabe quando isso acontece, porque o sol faz os lençóis ficarem branquinhos".

"Ah, esqueça a madame! Desculpe, amigo, mas um homem não vive só de pão".

A urgência do tom não escapou a Nnaife. Pela primeira vez, seus pensamentos se voltaram para sua própria família, mas logo afastou a ideia inquietante: por acaso não os vira naquela manhã, antes de sair para o trabalho?

Respondeu com uma observação em tom de brincadeira: "Pregando e vivendo o Evangelho numa sexta-feira? Ou será que você virou muçulmano?".

Ubani não respondeu. Foi andando na direção das dependências do pessoal e Nnaife foi atrás, ainda sem saber o que esperar e já trêmulo de impaciência e expectativa.

"O que foi? Nossas esposas brigaram de novo?".

Ubani fez que não com a cabeça.

O sol despontava, secando a grama úmida. Os passarinhos piavam alto embaixo do telhado da varanda, dando voltas nos ninhos pendurados de modo bastante precário nos galhos das mangueiras espalhadas pelo terreno. Nnaife observou que os frutos das palmeiras que delimitavam o terreno estavam maduros: em breve deveria cortar os cachos, pois os passarinhos já começavam a voejar em torno deles. Viu os filhos de Ubani sentados na borda da parte elevada, de cimento, da varanda, cavoucando a terra onde a grama escasseava e cantarolando para si mesmos. Numa manhã como aquela, quando tudo parecia tão normal, tão natural, Nnaife não conseguia acreditar que alguma coisa pudesse estar tão errada a ponto dele não conseguir tolerá-la. O amigo devia estar fazendo drama.

Mas onde estava Nnu Ego? Não havia sinal dela. Viu Cordelia em pé entre as vigas de madeira que sustentavam o telhado da varanda, olhando para eles com ar um tanto interrogativo.

"Onde andará minha mulher – será que foi até o mercado vender?". Era mais uma observação que uma pergunta: esperava que o tranquilizassem.

Ubani não disse nada; limitou-se a avançar para a edificação de cabeça baixa.

"Você se importa de entrar um pouco?", perguntou então. "Acho que sua mulher não está em casa. Ela não espera você a esta hora da manhã".

"É verdade, não costumo passar em casa fora de hora. Eu gostaria que você tivesse a delicadeza de me dizer qual é o sentido desse mistério todo".

O aposento de Ubani estava mal iluminado e, numa manhã clara e luminosa como aquela, a obscuridade era impactante. Para piorar as coisas, Cordelia resolvera posicionar a cama deles junto à única janela e, como a cama era coberta por um cortinado, boa parte da luz do dia também era impedida de entrar por causa disso. Cordelia agora estava sentada por trás do cortinado, abraçando os dois joelhos dobrados, como quem sente uma dor intensa.

"Não vá me dizer que bateu na mãe dos seus filhos a esta hora da manhã!", observou Nnaife.

O lavadeiro ficou ainda mais aturdido quando Cordelia, sem conseguir conter-se por mais tempo, começou a chorar alto, ao mesmo tempo em que fazia muita força para controlar os próprios sentimentos.

Ubani balançou a cabeça tristemente. Então contou a Nnaife. Disse-lhe que o filho, de quem se orgulhava tanto, jazia na esteira da família completamente morto. Ubani disse muitas coisas à guisa de consolo. Aconselhou o amigo a confiar em Deus, citou ocasiões em que coisas piores haviam acontecido e por fim implorou ao amigo que despertasse, que fizesse algum movimento.

Nnaife estava ali sentado, grudado à cadeira de encosto reto, olhando diante de si e ao mesmo tempo não vendo nada em particular. Era incrível, inacreditável o que Ubani estava dizendo. Aquilo não tinha nada a ver com ele. Ou tinha?

Ubani disse à mulher: "Traga meio copo daquele ogogoro para ele".

Cordelia se moveu, e Nnaife sentiu um copinho de gim nativo sendo empurrado para suas mãos inertes. Forçaram-no a beber o líquido ardente de um só gole. Suas mãos começaram a tremer, e Ubani recolheu o copo.

"Veja, Nnaife, meu amigo, se você reage dessa maneira, o que dizer de sua esposa?".

Uma espécie de vida pareceu ser instilada nele com essa declaração.

"É mesmo, onde está minha mulher, e onde está Ngozi?", ele acabou por perguntar, acordando de seu sonho e ansioso por saber qual parte dele era mesmo real.

"Ngozi... o corpo dele está no quarto de vocês. Vamos até lá. Mas a mãe... não sabemos onde ela está. Resolvi lhe dar a triste notícia primeiro, para depois decidirmos a melhor coisa a fazer", disse Ubani, em tom contrito.

Nnaife foi na frente, entrou em seu aposento e viu o menino morto. Só então compreendeu que não estivera sonhando. Avançou e murmurou, num tom mecânico, olhando hipnoticamente para o bebê morto, como se, com o fato de não afastar os olhos do filho, os membros hirtos pudessem começar a trepidar de vida, como os vira fazer não mais que algumas horas antes, quando o bebê recebera a primeira mamada. "Será que Nnu Ego ficou sabendo sobre o menino?", Nnaife respondeu à própria pergunta: "Acho que ela deve ter visto o menino e, em sua dor, fugiu de mim".

"Se foi isso que aconteceu, precisamos sair agora mesmo para procurá-la. Poucas mulheres são racionais quando recebem um choque desses. Ela pode ter uma reação exagerada, e só Deus sabe o que fará", disse Ubani, com fisionomia sombria.

"Oh, meu Deus! Pobre mulher. Ela só me tolera por causa dessa criança, sabe? Ela me acha feio. Me odeia, sempre me odiou".

"Que bobagem, meu amigo!", Ubani tentou consolá-lo. "Como é possível que uma mulher odeie o marido que sua gente escolheu para ela? Você vai lhe dar crianças e alimento e ela vai ter seus filhos, tomar conta deles e de você e preparar suas refeições. O que há nisso para odiar? Uma mulher pode ser feia e ficar velha, mas um homem nunca é feio, nunca é velho. O homem amadurece com a idade e fica mais digno". A mulher dele, Cordelia, começara a soluçar, pensando com carinho na amiga enlutada.

"Por favor, Nnaife, agora aceite minhas condolências", prosseguiu Ubani, "e pare de falar feito mulher. Nem todo mundo tem sorte com o primeiro filho, sinto muito. Mas agora você precisa engravidar Nnu Ego outra vez, e depressa", insistiu. "Você vai ver, logo tudo isso será coisa do passado".

O DEVER DE UM PAI

Nnu Ego fez um esforço para deixar os pensamentos negativos de lado. Precisava se mexer e pôr ordem na casa, preparar o almoço. Três meses depois de Nwakusor resgatá-la na ponte Carter, achava infinitamente mais fácil sonhar com tudo o que poderia ter acontecido do que com o que talvez ainda viesse a acontecer. Quantas vezes lamentara o fato de ter sido salva... *Se pelo menos aquele mendigo não tivesse me agarrado, eu estaria debaixo das águas do Rio Lagos antes de Nwakusor aparecer.* Era forçada a encarar o fato de que não apenas fracassara como mãe, como também em suicidar-se; mesmo isso fora incapaz de realizar com sucesso.

Uma das vantagens de estar longe de casa, ela sabia, era que o povo de seu marido não teria como manifestar insatisfação em relação a ela simplesmente arrumando uma garota nova, uma noiva-surpresa, assim como não teria facilidade para opinar e convencê-lo a tomar uma decisão quanto a Nnu Ego, sabendo, como sabia, que Nnaife sempre vacilava, como um velho. Ela comparou o marido a Amatokwu. Aquele homem de Ibuza. Aquele africano. Imaginou Amatokwu como parceiro na situação em que estava agora. Ele teria se lamentado em voz alta ao lado dela. Ele a teria confiado às mulheres do alojamento do pai para que as mulheres mais velhas a consolassem com histórias sobre os bebês que elas próprias haviam perdido. Elas tratariam de prepará-la para voltar a partilhar a esteira do marido alguns dias depois do acontecido, e ele a faria esquecer logo que possível. Sim. Amatokwu correspondia ao padrão do que sua cultura a levava a esperar de um homem. Como ele reagiria se as circunstâncias o obrigassem a lavar a roupa de uma mulher esquálida e toda enrugada, de pele doentia? Tinha certeza de que se recusaria. Amatokwu era o tipo de homem a quem se respeita, pensou Nnu Ego. Mas por que começara a pensar nele com mais frequência nos últimos dias? Seria porque a grama é sempre mais verde no quintal do vizinho?

Ela gostaria de conseguir se livrar da dor que pesava tanto em seu peito. Gostaria de ter alguém que a ajudasse a anestesiá-la, gostaria de ter seu pai por perto para conversar sobre a dor e assim afastá-la, mas... Alguém estava chamando por ela. Seria sua imaginação ou era verdade? Será que estava ficando completamente louca?

"Nnu Ego!".

A voz não podia ser a do marido, que acabara de sair para o trabalho, depois da observação de sempre, tão desprovida de sensibilidade: "A vida continua, não é mesmo?".

Bom, fosse quem fosse, não tardaria a encontrá-la, disse Nnu Ego para si mesma sem levantar de onde estava sentada, fitando a parede caiada do aposento.

"Três meses é muito tempo para chorar uma criança que só tinha quatro semanas de vida", dissera Nnaife naquela manhã.

"O que você sabe sobre bebês?", ela lhe perguntara. "Se ele tivesse nascido em Ibuza, eu nunca teria vindo para esta cidade".

Fazendo que não ouvira, Nnaife dissera: "Às vezes tenho a impressão de que me trouxeram uma mulher louca de propósito. As coisas que você diz, às vezes... Você tem prazer em ferir os outros? Eu não matei seu filho. Eu é que lhe dei o filho. E ele também era meu filho, esqueceu?".

"É verdade. Também era seu. E o que você sabe sobre ele?".

Nnaife decidira interromper a discussão. Enfiou o short cáqui e saiu apressado para o trabalho. Ou seja, não poderia estar de volta agora. Se ela nem levantara do lugar onde estava sentada no momento dessa conversa!

Agora podia ouvir a voz com clareza. Era uma voz de mulher, e se Ato, sua amiga de infância, não tivesse ido para casa visitar seu povo, Nnu Ego diria que era a voz dela. Mas não era possível. Curiosa, se levantou e espiou pela porta; e o que viu?! Ato, rindo! O som de seu riso reverberava no cérebro de Nnu Ego como uma coisa fora do lugar, fora do comum. Como Ato era capaz de estar tão feliz, de rir com tanta naturalidade, como se não soubesse que seu Ngozi havia morrido três meses antes? Ato se aproximou, sem parar de rir, erguendo os pés bem alto para evitar a relva orvalhada.

"Ah, vocês que vivem com os brancos... Nunca consigo saber que quarto ou casa pertence a qual cozinheiro ou lavadeiro. Por isso tive de gritar lá da rua. Ah, minha chi, que bom ver você! Estou mesmo muito feliz de ver você, Nnu Ego, filha de Agbadi. Por favor, tire esse ar perdido do rosto. Se mantiver um ar desses por muito tempo, sabe o que as pessoas vão dizer? Vão dizer: 'Sabe aquela filha linda de Agbadi, a que sua amante deu a ele, a que tinha uma escrava como chi, a que tentou roubar o filho do companheiro, a que tentou se matar e não conseguiu de propósito, só para que as pessoas ficassem com pena dela? Então! Agora ela está completamente louca'. Você conhece nossa gente, você não seria a única a sofrer; seu pai não conseguiria viver com isso. Todas as suas muitas irmãs não conseguiriam achar marido porque os outros iam dizer que loucura é coisa que está no sangue. Você quer que tudo isso aconteça com a sua gente?".

"Claro que não", disse Nnu Ego, sorrindo um pouco.

"Então tire esse ar de louca do rosto e não deixe que volte. Quer que eu vá embora?".

"Ah, Ato, estou tão feliz por você ter vindo! Achei que estava ouvindo coisas. Não sabia que já havia voltado. Foi por isso que quando ouvi sua voz falei para mim mesma: 'Não pode ser. Ato está em Ibuza'. Como vai seu bom marido e meu salvador, Nwakusor?".

"Ainda não estive com ele desde que cheguei. Está fora, no mar".

Nnu Ego entrou com a amiga no quarto por varrer; as cortinas estavam cinzentas, precisando ser lavadas, e havia desordem no ambiente inteiro. Por delicadeza, Ato, que sabia como a amiga normalmente era esmerada e meticulosa, não fez nenhum comentário. Mas não ia permitir que ela chafurdasse numa perda ocorrida três longos meses antes. Não fazia mais que três dias que Agbadi implorara a Ato que não deixasse Nnu Ego fazer aquilo, que lhe mostrasse o perigo a que se expunha e explicasse a Nnu Ego que o limite entre sanidade e loucura era muito tênue.

"Meu Deus, Nnu Ego, você me assusta, aí parada imóvel como uma bruxa. Não há ninguém que a deixe feliz? É verdade o que andam dizendo, que você se comporta como alguns arbustos na beira das trilhas, que encolhem as folhas quando as pessoas se aproximam? Tudo porque perdeu um filho? As pessoas comentam que você parou de ir às reuniões. Bem, isso é muito grave. Deus não permita que alguma coisa aconteça com você por aqui, mas se acontecesse, quem tomaria conta de você, fora sua gente? E nem assim você vai às reuniões? Nnu Ego, filha de Agbadi, o que há de errado com você?".

Nnu Ego sorriu de leve, constrangida. "Ato, você precisa me perdoar. Às vezes me distraio. Passo uma eternidade só pensando e pensando. Sabe, acontece até quando estou no mercado, e fico com medo que as pessoas achem que sou louca. Até Nnaife às vezes me chama de louca".

Ato riu de novo, dessa vez assustando de verdade Nnu Ego, que havia muito não ouvia uma risada daquelas. "E ele fala, aquele homem massa-de-fufu? Se ele chamar você de louca, diga a ele para se olhar no espelho!".

Nnu Ego não conseguiu segurar uma risada quase tão ruidosa quanto a da amiga. "Não, ele é homem, e como você sabe os homens nunca são feios".

"É, eu sei", confirmou Ato, mas logo ficou de novo séria. "Deixe que ele durma com você. Por favor, não desaponte sua gente". E começou de novo a rir. "Mesmo sem achar que ele é um bom amante com aquele barrigão, quem sabe o acha carinhoso? Muitos homens podem fazer amor e produzir bebês sem problema, mas são incapazes de amar".

"Eu sei, nossos homens têm mais dificuldade para amar e cuidar. Mas Nnaife é muito carinhoso; sabe, ele imita os brancos para quem trabalha. Naquele outro assunto também, ele até que não é ruim... Só que eu não o conhecia antes... não, não é isso que eu queria dizer. É que nunca imaginei que ia acabar casando com um homem como ele".

"Nem eu imaginei que ia casar com um homem que às vezes passa meses fora. Sabe de uma coisa? Dizem que os homens que trabalham nos navios têm amantes em todos os portos onde param".

"Oh!", exclamou Nnu Ego, cobrindo a boca com a mão. "Seu marido nunca faria uma coisa dessas. Nunca. As mulheres de outras terras têm cor diferente da nossa, são claras como porcos – como nossos homens poderiam tolerar isso? E o que será que essas mulheres veem nos nossos homens?".

"Bem, na verdade não quero saber. Dizem que os homens delas não são muito fortes".

"Talvez não sejam. O único que temos por aqui fuma o tempo todo. Está sempre tossindo e com cara de doente. Mas é preciso reconhecer que eles mimam as mulheres deles. Acho que também não gosto disso". Nnu Ego se calou, surpresa de ouvir a própria voz, falando e fofocando como as outras mulheres. Gostou da sensação e contou para a amiga.

"Eu sei, estou percebendo. Me dá a sensação de ter sido útil, em vez de só falar maldades sobre outras pessoas. Seu pai vai ficar feliz em saber que você está bem de novo, e não vou sair de perto enquanto você não começar a rir desse jeito o tempo todo".

"Isso seria um outro tipo de loucura. E como vai meu pai? Ainda não me recuperei do fato de você estar de volta tão cedo. E ainda por cima veio me ver quase na mesma hora!".

"É que não fiquei em Ibuza por muito tempo. Você sabe que minha mãe estava doente, mas já melhorou. Hoje em dia a viagem não demora tanto. Em vez de ir de barco, passando por Port Harcourt, fomos e voltamos de ônibus e caminhão mammy. Foram só quatro dias".

"Também viajei para cá assim", completou Nnu Ego. "O caminhão rodava, rodava, achei que nunca ia chegar".

"Ah, então você sabe do que estou falando". Ato mostrou um pacote bem embrulhado em folhas de bananeira e o entregou a

Nnu Ego. "Acho que é uma posta de carne de caça que seu pai assou pessoalmente para você. Ele disse que pelo menos agora todo mundo sabe que você não é estéril, e que você deve avisá-lo assim que engravidar de novo para ir até Ibuza encomendar sacrifícios por você, pela segurança de seu filho. Mas como é possível que tenha um filho, se não dorme com seu homem?".

Nnu Ego, que desembrulhava a carne cheia de animação, interrompeu de repente seus movimentos e perguntou: "Como você sabe que Nnaife e eu dormimos separados?".

"Você se esquece de que eu, como você, cresci num grande alojamento e passei a vida inteira vendo mulheres rejeitadas. Seus olhos, Nnu Ego, têm a mesma expressão: procuram alguma coisa e não sabem o quê".

"É mesmo?", Nnu Ego não parecia muito convencida; mesmo assim, não estava inclinada a discutir, pois o tamanho da posta de porco selvagem que desembrulhou era muito maior do que se poderia imaginar pelo arranjo das folhas de bananeira. "Ah, pobre papai. Mandou quase um porco inteiro, o suficiente para fazer muitas panelas de sopa. E as mulheres dele, minhas mães, e minhas irmãs, e meus irmãos? Sinto falta de todos".

"Estão bem. Sua mãe grande pediu que eu falasse ao seu marido para fazer logo o trabalho dele, os braços dela estão comichando de vontade de embalar um bebê".

As duas riram, e Nnu Ego comentou: "Ah, esse pessoal... Será que não pensa em outra coisa?".

Quando foi pendurar alguns lençóis, Nnaife passou bem perto do aposento e ouviu risadas. Agora ela deve mesmo ter ficado completamente louca, pensou. Chegou mais perto e ouviu vozes – na verdade, a de Nnu Ego, falando e rindo. Incrível! Com quem será que ela estaria rindo àquela hora do dia? Entrou, pois não conseguia acreditar em seus ouvidos, mas seus olhos se iluminaram de alívio com o que viu.

"Ah... Escutei vozes, por isso entrei. Vocês querem que eu saia?".

Ato riu, mas Nnu Ego ficou sem graça. Parecia quase lamentar o fato de estar tão feliz. Depois começou a dizer a Nnaife com um entusiasmo de recém-casada: "Olhe, veja o que nosso pai nos mandou lá de casa! Um pedaço bem grande de carne de caça, que ele mesmo secou ao fogo".

"Não me diga!". Havia uma ponta de nostalgia na voz de Nnaife ao perguntar como estava o pessoal de casa. No fim das brincadeiras, disse a Nnu Ego: "Você não vai mandar sua amiga e companheira de volta para a ilha sem alimentá-la, vai?".

"Oh, Nnaife, não vou fazer uma coisa dessas. Ficamos conversando sobre tantas coisas que nos esquecemos da comida. Mas logo preparamos alguma coisa. Não se esqueça de vir até em casa para seu lanche da tarde".

"Não, não esqueço. Ato, seu marido já voltou?".

"Não. O navio dele deve chegar dentro de alguns dias". A moça encolheu os ombros. "Só que quando dizem 'alguns dias', pode significar 'algumas semanas'".

Nnu Ego percebeu uma ponta de mágoa na voz de Ato e pensou consigo mesma: "Quer dizer que eu deveria achar uma sorte ter Nnaife aqui a meu lado o tempo todo".

"Volte para seu trabalho, Nnaife. Ou vai querer escutar as coisas maldosas que a gente andou dizendo?".

"Não, acho melhor não, do contrário poderia ouvir indecências inadequadas para os ouvidos dos homens...".

Meses depois, quando caiu naquele sono cansado que muitas vezes aparece no início da gravidez, Nnu Ego sonhou que estava vendo um menininho de cerca de três meses de idade abandonado junto a um riacho. Ficara pensando por qual razão a criança estaria abandonada daquele jeito. Metade do corpo do bebê estava coberto de lama, a outra metade de muco que escorria de seu nariz e de sua boca. Ela estremeceu quando se aproximou para recolhê-lo. Era muito escuro, tinha a cor de azeviche de seu pai, mas era gorducho e estava extremamente sujo. Ela não pensou duas vezes: pegou o bebê e resolveu lavá-lo no regato para depois esperar a chegada da mãe dele. A mãe não chegava, e Nnu Ego sonhou que o dependurava nas costas, já que o menino estava sonolento. Depois, em seu torpor, viu a escrava, sua chi, do outro lado do riacho, dizendo: "Isso, pegue os bebês sujos e gorduchos.

Pode ficar com todos os que quiser. Leve para você". Depois rira, e seu riso tinha um som fantasmagórico enquanto ela desaparecia entre as árvores da densa floresta que bordejava a água.

Nnu Ego abriu os olhos de repente e exclamou: "Ah, meu Deus! De novo não!".

"O que foi?", perguntou Nnaife, aflito. Nnu Ego preparara uma refeição para ele e adormecera sentada na cadeira olhando-o comer. "Me diga, qual é o problema?", Nnaife perguntou pela segunda vez enquanto comia. "Se está com sono, a cama está ali; não precisa ficar sentada cabeceando feito criança. Desse jeito, daqui a pouco você cai da cadeira".

Nnu Ego olhou fixamente para o marido com um olhar tão penetrante e tão direto que Nnaife poderia jurar que o que ela disse logo em seguida era uma declaração vinda de seu sonho: "Tudo bem...", falou em voz baixa. "Acabo de recolher outro bebê da beira de um regato, em meu sonho".

"É mesmo?", perguntou Nnaife, incrédulo. "Você está me dizendo que ficou aí sentada nessa cadeira e viu você mesma recolhendo um bebê? Filho de quem? E na beira de que regato?". Ele balançou a cabeça, perplexo, enquanto Nnu Ego o fitava.

Ela teve dificuldade em se explicar. Sabia que aquilo era uma ligação entre ela, sua chi e o bebê que estava esperando. Nnaife tinha pouco a ver com o assunto. Era apenas o pai. Ela iria carregar no ventre outro filho homem. Quanto mais ela olhava para ele, mais tinha consciência de que ele jamais entenderia. Ele carecia de imaginação. O mais doloroso de tudo era que ela desconfiava que ele ria dela pelas costas, talvez com seu amigo Ubani, ao lado de um barrilzinho de vinho de palma.

Ficou ali sentada, ignorando-o por completo. Estava, agora, inteiramente desperta e, embora se sentisse fraca fisicamente, sua imaginação nada tinha de fraqueza. Com os olhos da mente via um jovem bonito, de pele negra e brilhante como ébano esculpido, alto, reto e gracioso como o tronco de uma palmeira, sem nenhuma gordura, de ossos vigorosos dentro do corpo perfeito. O homem tinha uma postura altiva, seu queixo apontava para a frente como a borda de uma rocha aguda. Nnu Ego não sabia se era um agricultor ou um bem-sucedido homem de negócios do maior mercado da cidade, o de Otu, em Onitsha. A única coisa que sabia era que aquela imagem perfeita de homem que via com os olhos da mente não era um lavadeiro, ocupado em lavar roupas de mulheres. E não era um trabalhador de navio, tampouco um lavrador, cortando grama em algum lugar. Mas era seu filho. Seu filho adulto. A certeza de estar esperando um menino injetou nova vida em seu espírito abatido. Tinha certeza de que aquele seu filho viveria numa casa ao lado da sua, fosse qual fosse a profissão que escolhesse, já que um bom filho deve viver perto dos pais e tomar conta deles. E ela velaria pelo crescimento e pelo bem-estar das crianças e mulheres dele. O alojamento de Ibuza seria um lugar repleto de animais – cabras, galinhas e pombos – e humanos: esposas, avós, parentes e amigos. Ela contaria histórias de quando vivera numa cidade maluca chamada Lagos, e aconselharia as pessoas a nunca ir para um lugar como aquele em busca de um modo de vida degradante.

Sorriu para ninguém e moveu os lábios numa oração silenciosa: "Por favor, Deus, permita que essa criança fique comigo e realize todas as minhas esperanças e alegrias futuras".

Nnaife estava ali sentado, palitando os dentes. Viu o sorriso e franziu o cenho. Não adiantava perguntar à esposa por que estava sorrindo; ela se esquivaria à questão. De modo que se ergueu, saiu para a varanda e chamou Ubani, que àquela altura também já acabara sua refeição da noite. Nnu Ego ouviu os dois rindo e comentando as novidades daquela tarde.

Tirou a mesa e, enquanto fazia isso, debateu consigo mesma. "O outro bebê, Ngozi, era muito limpo e foi levado de mim. Mas este de agora era tão sujo que parecia abandonado. Era por isso que minha chi estava rindo, rindo de mim porque eu havia ficado com uma criança suja? Não faz mal. Menininhos sujos não continuam sujos depois de lavados; e depois de uns vinte anos de amor e cuidados, viram homens. É isso que meu filho vai ser. Um homem que todos respeitam. Isso, respeito".

Escreveu ao pai e lhe disse o que havia percebido: que ia ter outro filho. O pai respondeu dizendo que a previsão do oráculo era de que o filho dela seria um menino que iria longe no aprendizado moderno, mas que por isso mesmo atrairia muita inveja. Todos os sacrifícios regulamentares haviam sido feitos para protegê-lo de qualquer mau-olhado que as pessoas pudessem jogar para cima dele e para que ele fosse, ao contrário, amado por muita gente. Agbadi mandou amuletos para Nnu Ego usar em torno do pescoço, como uma espécie de proteção, e sabão feito em casa para que se lavasse, como parte do ritual.

E, como o pai previra, tudo correu bem. Mesmo o nascimento do menino foi indolor. Nnu Ego ficou exultante.

Meses depois, olhando para a criança que tinha nos braços, constatou que, enquanto o primeiro bebê se parecia com ela, este de agora tinha mais a ver com Nnaife, especialmente o rosto, levemente estufado, só que no bebê o rosto era tão suave e ao mesmo tempo tão firme que até dava para pensar que fosse uma menina, e sua pele era muito clara, como a dela.

Ela só lamentava não ter dinheiro para financiar uma cerimônia de atribuição de nome para o bebê como a que providenciara para Ngozi. Depois da morte dele, não se sentira disposta a fazer nenhum tipo de comércio e, durante toda a duração dessa segunda gravidez, ficara tão receosa de que alguma coisa acontecesse e provocasse um aborto que se concentrara em não fazer esforços, preocupada somente em ter o bebê em segurança. Pensara muito no velho ditado, segundo o qual dinheiro e crianças não combinam. Se você dedicasse todo o seu tempo a ganhar dinheiro e enriquecer, os deuses não lhe dariam filhos; se quisesse ter filhos, teria de esquecer o assunto dinheiro e se conformar com a pobreza. Nnu Ego não se lembrava de onde havia saído esse ditado, repetido por sua gente; talvez fosse porque em Ibuza a mãe que amamentava não podia passar muito tempo no mercado vendendo sem ter de correr para casa para dar o seio ao bebê. E, claro, bebês estavam sempre doentes, o que significava que a mãe perdia muitos dias de mercado. Nnu Ego se deu conta de que parte do orgulho da maternidade era ter um aspecto um pouco fora de moda e poder declarar, alegremente: "Não posso comprar uma roupa nova porque estou amamentando meu filho, por isso, entendam, não posso ir a lugar nenhum vender coisa alguma".

A resposta costumeira era: "Não se preocupe, ele não demora a crescer; vai comprar suas roupas e cuidar da lavoura para você. Assim, sua velhice será doce".

Enquanto isso, com alguns barriletes de vinho de palma e algumas nozes de palma, amigos e alguns vizinhos se reuniram e deram um nome ao novo bebê. Não houve comilança nem roupas festivas, mas todo mundo se divertiu até de manhã.

Nnaife, completamente saturado de bebida, anunciou aos amigos que, embora o primeiro bebê estivesse "no mato" – termo que designava o local de sepultamento –, esse de agora com toda a certeza viveria até a idade adulta. Quase todos os igbos presentes concordaram com ele que o nome Oshiaju, que significa "o mato não o quis", era adequado.

Mesmo falando pouco iorubá, língua usada normalmente em Lagos, Nnaife fizera muitos companheiros de vinho de palma entre os iorubás, e naquela noite um deles disse: "Vocês, igbos, acham que são os únicos que têm esse tipo de nome. Nós temos nossa própria versão, que vou dar ao menino". Juntando ato a palavras, avançou para a mãe e para a criança, deu-lhes dois xelins e disse: "Seu nome é 'Igbo ko yi', que também significa 'o mato não o quis'".

Assim, algumas semanas depois, cantando e embalando o novo bebê, Oshia, sobre os joelhos, Nnu Ego estava mais confiante. As vozes de todas as pessoas que os conheciam haviam declarado que ela merecia aquela criança. As vozes dos deuses haviam declarado a mesma coisa, como seu pai lhe confirmava em suas mensagens. Talvez não tivesse dinheiro para complementar os ganhos do marido, mas não estavam no mundo dos brancos, onde é dever do pai sustentar a família? Em Ibuza as mulheres contribuíam, mas na urbana Lagos os homens tinham de ser os únicos provedores; esse novo cenário privava a mulher de seu papel útil. Nnu Ego disse para si mesma que a vida que se permitira levar quando tinha o bebê Ngozi fora muito arriscada: estava tentando ser tradicional num cenário urbano moderno. Era por querer ser uma mulher de Ibuza numa cidade como Lagos que perdera o filho. Desta vez agiria de acordo com as novas regras.

Às vezes ela se perguntava por quanto tempo deveria agir assim. Em Ibuza, depois que o bebê desmamava, a mãe podia deixá-lo com uma pessoa mais velha da família e sair em busca de trabalho. Mas em Lagos não havia avós mais velhos. Depois se repreendia: "Nnu Ego, filha de Agbadi, não seja gananciosa. Vire-se com o que Nnaife ganha e cuide do seu filho. É esse o seu dever. Satisfaça-se com o que ele recebe. Deixe que ele faça o seu dever".

OS RICOS E OS POBRES

Era um dia úmido de julho de 1939. Que grossa estava a chuva naquele dia! Dava a impressão de que todas as torneiras do céu haviam sido abertas pela mão de seja lá quem for que se ocupa do tempo. Num instante, a propriedade do dr. Meers, as ruas e a vizinhança inteira viraram um emaranhado de córregos em miniatura. Mal dava para acreditar que apenas algumas horas antes a mesma área era um terreno completamente seco. A água escoava do céu, obscurecendo o sol que lutava para aparecer, até que a terra não pôde absorver mais nada e as pessoas pensaram que a própria terra também estava vertendo água. Quase todas as árvores que cercavam as casas, depois de horas encurvando-se e erguendo-se com a força do vento ululante, perderam os galhos. Enquanto isso, a chuva prosseguia.

Nnaife não gostava daquilo. Não teria onde secar sua roupa, e sabia que a madame ficaria desgostosa. Com a ausência de lógica típica das mulheres, irromperia na sala de passar pondo a culpa nele, falando naquela sua voz ao mesmo tempo abafada e estridente, como se ele, Nnaife, fosse o responsável pela chuva. Num instante espremeu à mão toda a água que conseguiu da roupa lavada e abasteceu o ferro com carvão. Pelo menos daria um jeito para que seus patrões tivessem alguma coisa seca para vestir, mesmo não havendo sol para alvejar bem a roupa. Concentrou-se na tarefa, dizendo para si mesmo que dedicaria o resto do dia àquilo. A chuva podia continuar despencando até tudo ficar como o dilúvio da Bíblia, mas ali, no lugar onde estava, ele se encarregaria de manter um cantinho enxuto.

Podia ouvir a madame arrastando os pés pelo chão, ainda de sapatos de andar em casa; não calçara os de caminhada que tamborilavam por todo lado, anotou Nnaife mentalmente. Depressa, parou de assobiar. Ela não veio direto falar com ele; primeiro foi até a cozinha e falou com o cozinheiro e seu "small-boy", que estava lá. Nnaife ouviu-a rir baixo, num tom condescendente, exibindo a atitude que os brancos adotavam para falar com os criados nas colônias. De todo modo, a julgar pelos grunhidos de Ubani, como os de um porco irado, ou ele não estava gostando do que a patroa lhe dizia ou não estava entendendo, embora não houvesse razão para que não entendesse, já que a madame se dirigia a ele no inglês pidgin usado para falar com os nativos. Nnaife sabia que era pidgin pelo tom da voz dela, mas não estava suficientemente perto para escutar o que dizia. Notou os passos arrastados vindo em sua direção – podia ouvi-la agora; sim, era sua vez.

Seu coração começou a bater acelerado. Resolveu voltar a assobiar, assim a madame não perceberia que ele sabia que ela estava vindo. Ao vê-la, endireitou as costas, com a barriga protuberante bem acomodada no short cáqui, e continuou passando a roupa com tanto empenho que até parecia que o mundo inteiro lhe pertencia.

A sra. Meers estacou junto à porta, ciente da pantomima que aquele homem estava encenando especialmente para ela. Não disse nada, mas ficou ouvindo o modo ruidoso e despreocupado com que Nnaife assobiava *Abide with me*, como se a melodia fizesse parte de seu repertório nativo de canções de vitória. Depois decidiu interromper o suspense em que ele estava, do contrário Nnaife seria capaz de queimar a casa inteira brandindo o pesado ferro de passar roupa daquele jeito.

"Arram! Naaaa-fy".

A mulher era incapaz de pronunciar o nome dele direito. No começo ele se incomodava, mas depois deixou para lá; afinal de contas ela não fazia parte de seu povo, e lhe dava uma espécie de prazer secreto constatar que os brancos, com toda a sua pose, não sabiam *tudo*. Se alguém tivesse lhe dito que ele tampouco pronunciava direito o nome Meers, que aos ouvidos de seus empregadores tinha um som parecido a "Miiaass", ele teria dito: "Mas eu não passo de um negro e não tenho a pretensão de saber tudo". Era um dos africanos que, naquela época, haviam ficado tão habituados a ouvir que eram burros que começaram a acreditar nas próprias imperfeições.

"Naafi!", insistiu a sra. Meers. Ela era uma mulher relativamente jovem, embora a intensidade do calor e do sol dos trópicos tivessem lhe dado um aspecto envelhecido. Tinha olhos cinzentos, fundos, e Nnaife sempre ficava tenso quando ela falava com ele, pois não só precisava observar seus lábios para entender o que ela estava dizendo, como precisava focar naqueles olhos lá dentro de seu crânio. Era como encarar os olhos de um gato.

"Pois não, madame!", respondeu, de cabeça inclinada, demonstrando submissão.

"A gente vai voltar para a Inglaterra!".

Nnaife ergueu a cabeça num gesto brusco e fitou os olhos dela com certa audácia. Aquilo não tinha graça, não era coisa para ser encarada com timidez. Do que ela estava falando? Conhecia o significado das palavras que ela pronunciara, só que elas não faziam sentido. Só uns poucos meses tinham se passado desde que ela e o dr. Meers haviam voltado das férias anuais. Iam viajar de novo? Nnaife não teria meios para enfrentar uma coisa dessas, porque quando o patrão viajava, eles, os empregados, só recebiam um mês adiantado, e se o amo resolvesse ficar três meses fora, como faziam em geral os colonizadores, eles eram obrigados a se virar sozinhos. As finanças de Nnaife ainda não haviam se recuperado desde a última ausência dos Meers. Então, por que iam viajar de novo? A madame continuava falando, cônscia da expressão abalada.

"Não esta semana, mas na outra", continuou ela.

O coração dele batia outra vez desabalado. Tomou a decisão de fazer uma pergunta e, embora soubesse que o questionamento seria considerado uma impertinência de sua parte, preferia isso a ter de encarar Nnu Ego ao chegar em casa e dizer-lhe que não sabia por que os Meers iam viajar nem por quanto tempo permaneceriam na Inglaterra.

"Férias, de novo?", gaguejou, com a garganta oprimida pelo medo.

"Não, férias não. A Inglaterra vai lutar contra os alemães". A madame voltou a sorrir, como se isso explicasse tudo.

Nnaife parou de passar roupa, pousando o ferro a carvão, ainda em brasa, sobre o suporte e pensando: *Bem, se é assim, o que eles têm a ver com o assunto?*

"Mas por que o patrão?", insistiu. "Por que ele precisa ir para a Inglaterra? Ele não é soldado. Por que, Madame?".

Havia muitas coisas que tinha vontade de perguntar, mas seu conhecimento de inglês era limitado, o que a sra. Meers sabia e agradecia aos céus, pois não queria ser obrigada a responder a muitas perguntas. Agora que tinha certeza de que estavam deixando a costa da África Ocidental, queria que os empregados guardassem uma memória afetuosa deles. Mesmo assim, por trás do decoro de um sorriso oco, a distância social precisava ser mantida. Como para tranquilizá-lo uma vez mais, repetiu em tom conclusivo impregnado de uma ponta de compaixão:

"Não esta semana, mas na outra. Não se preocupe em passar esses lençóis. Você e sua esposa podem ficar com eles".

Ao voltar atrás, a sra. Meers não arrastou os pés. Andou em passo firme, como alguém que, depois de recear uma tarefa desagradável, sente-se feliz por tê-la cumprido. Ao voltar para a parte residencial da casa, não disse nada ao passar por Ubani.

Depois que ela sumiu, Ubani e Nnaife olharam um para o outro. A pergunta não dita era: "O que nós vamos fazer?".

A chuva continuou caindo, decidida a derramar sem disfarce as lágrimas que os dois homens não podiam derramar.

O dr. Meers acertou as contas com eles e, antes de voltar para defender seu país, declarou a seus criados atônitos que podiam permanecer nas "dependências do pessoal" até a chegada do novo amo. Nnaife recebeu uma generosa carta de referências dizendo que era um criado dedicado, que sabia alvejar lençóis, conhecia a quantidade correta de anil para lavar camisas e nunca exagerava ao engomar os shorts cáqui de seu amo. Nnaife foi informado de que com aquele pedaço de papel certamente obteria uma nova colocação.

"Mas, Nnaife, aquele papel sozinho não vai lhe dar emprego, vai?", perguntou Nnu Ego. "Primeiro você precisa de um patrão. A única coisa que eu vejo por todos os lados são soldados de diferentes raças: alguns de rosto redondo, outros de olhos enterrados na cabeça. Serão eles, seus novos patrões? O que eles estão fazendo aqui em Lagos?".

"Está havendo uma guerra. Já lhe falei. Talvez o novo patrão seja do exército. Só espero que ele apareça de uma vez, porque nosso dinheiro está acabando".

"Eu tinha imaginado que Oshia começaria a frequentar a escola logo depois do Natal. Agora nosso dinheiro mal dá para a comida", disse Nnu Ego, desesperada.

Nnaife começou a sorrir, como num sonho. Fitava a parede em frente, não a mulher. "Está vendo, Nnu Ego, filha de Agbadi? Afinal, lavar a roupa de baixo da mulher branca era o que havia para nos manter vivos. Só agora você está entendendo o valor do meu trabalho, agora que perdi até isso".

"Para que desenterrar esse assunto? É porque falei na escola de Oshia? Todas as mulheres ficam decepcionadas quando chegam a esta cidade, então por que me torturar com isso? Você não era nenhuma maravilha quando eu cheguei, sabe?".

Nnaife não parou de rir; diante daquele riso desconsolado, Nnu Ego nunca sabia se ele estava sendo solidário ou zombando dela. Deixara de tentar entender a criatura. Às vezes ele era bem inteligente, mas era comum que adotasse uma atitude tão obtusa, especialmente quando ela puxava algum assunto importante, que parecia ser sua única maneira de encarar as situações difíceis. Ela sabia que se não tomasse alguma atitude quanto à situação em que estavam, Nnaife se conformaria, cheio de esperança, a esperar para sempre por um novo patrão, embora não houvesse o mais pálido sinal de que algum estivesse a caminho.

"Nnaife, já que não sabemos quando o novo patrão vai chegar, posso usar parte do dinheiro que ainda nos resta para comprar alguns estoques de cigarros e fósforos e tocar de novo meu pequeno negócio?", ela perguntou. "Não tem como dar errado, e assim arrumo alguma coisa para fazer".

"E Oshia? Você quer perdê-lo como perdeu Ngozi, enquanto andava atrás de dinheiro? Quem vai tomar conta dele enquanto você sai para vender sua mercadoria?".

"Ouça, Nnaife, às vezes não sei o que fazer de você...".

"Você vive repetindo isso, não comece. Não sou um marido ideal. Não sou como seu pai, não sou como seu primeiro marido. Ah, já sei, sei muito bem. Mas, mulher, você precisa cuidar do seu filho. É a função das mulheres, afinal".

"Ngozi tinha só quatro semanas de vida quando morreu dormindo. Oshia tem idade suficiente para me falar suas necessidades. Antes de sair de casa eu prepararia a refeição de vocês dois. Você só teria de ficar de olho nele".

"E se um novo patrão chegar amanhã?".

"Quando o novo patrão chegar, a gente resolve. Ele ainda não chegou, não é mesmo?".

"Mas Ubani e Cordelia não reclamam por ter de esperar pelo novo amo. Eles e os três filhos estão lidando perfeitamente bem com a situação", provocou Nnaife.

"Cordelia é uma boa mulher, mas eu não sou Cordelia. Não sei como eles conseguem. De todo modo, não esqueça que o jovem parente de Ubani, Dilibe, está trabalhando para ajudá-los. E nunca se sabe, talvez Ubani esteja procurando um novo emprego".

"Não acredito".

"Como você vai saber? As pessoas não ficam contando aos outros tudo o que acontece nas vidas delas, não é mesmo? Começo amanhã de manhã, Nñaife. Não vou perturbar sua vida, você vai ver".

Semanas se passaram e não apareceu ninguém para ocupar o lugar do dr. Meers. Nnu Ego tinha uma nova banca no mercado e às vezes, à tarde, levava Oshia para lá, embora ele quase sempre passasse as manhãs com o pai. Nnaife não gostava do sistema e resmungava ao falar no assunto, mas não havia nada que pudesse fazer. A vida em Lagos não só o despojara de sua hombridade e de desempenhar trabalhos difíceis, agora também o tornava supérfluo e o forçava a depender da mulher. Ele aproveitava toda e qualquer oportunidade para arrumar briga com Nnu Ego. Uma noite, quando os dois estavam no meio de uma discussão, alguém bateu na porta.

"Entre, está aberto", disse Nnu Ego com voz cansada.

"Ah, é você, Ubani", disse Nnaife.

"Pelo tom, parece que você prefere que eu não entre, meu amigo".

"Entre, fique à vontade".

Nnu Ego recolheu seu material de cozinha e deixou os homens conversarem, feliz por Ubani ter chegado bem a tempo de evitar uma briga das grandes.

Na cozinha, que partilhava com Cordelia, percebeu que a vizinha parecia estar recolhendo suas coisas. Nnu Ego não queria se intrometer no que a outra estava fazendo, porque nos últimos tempos houvera muito atrito entre as duas famílias. O fato de que os homens estavam desempregados não contribuía para melhorar as coisas. Contudo, de repente Cordelia pigarreou e anunciou:

"Mãe de Oshia, você sabia que estamos nos mudando daqui a dois dias?".

"O quê? Do que você está falando? Mudando para onde? Vocês não iam esperar o homem que vai chegar?".

"Não, minha amiga. Faz dias que quero lhe contar, mas você continuava zangada com nosso último desentendimento e eu não sabia como abordar o assunto".

"Ah, esqueça aquilo. Nós duas sempre brigamos, não é nenhuma novidade. Os amigos sempre brigam", disse Nnu Ego, rindo um pouco. "Aposto que os homens rezam para brigarmos bastante, já que em geral acertam nossas diferenças com vinho de palma. Meu Nnaife aproveita todas as oportunidades para comprar sua bebida".

"E Ubani não faz cerimônia para se servir. Mas não podemos continuar vivendo desse jeito. Ubani arrumou um emprego na ferrovia. Vai trabalhar lá como cozinheiro".

"Você tem muita sorte, Cordelia. Sabe, Nnaife ainda acredita que os elogios do dr. Meers vão resolver o problema, mesmo que a gente tenha sido inteiramente esquecido pelo dr. Meers. E isso que não sabemos se algum dia vai aparecer alguém para ocupar o lugar dele".

"Acho que Ubani resolveu rápido porque sabe que não tenho jeito para o comércio como você. Nnaife sabe que sempre vai poder contar com você. Acho que é isso".

"Você acha? Para mim, ele fica incomodado porque eu saio de casa. Ah, aquele homem, juro que não sei o que vou fazer com ele".

"Você não pode fazer nada. É o jeito dele. Ele é uma dessas pessoas que não se preocupam com as coisas enquanto não estiverem na cara delas".

"Hm. Desejo sorte para vocês. Vocês vão morar no alojamento da ferrovia, a poucas milhas daqui?".

"É, não é longe. A gente se encontra no mercado Zabo".

"E vocês vão estar suficientemente perto para que eu possa ir até a casa de vocês avisar quando o novo patrão todo-poderoso aparecer", disse Nnu Ego com sarcasmo.

As duas riam ao sair da cozinha com a refeição da noite, que tinham preparado para suas famílias.

A fisionomia de Nnaife era a expressão acabada da tristeza. Era óbvio que Ubani viera lhe contar sobre o novo emprego, mas Nnu Ego não era boba de puxar o assunto.

Depois que os Ubani se foram, alguns dias mais tarde, Nnaife disse: "Sabe, Nnu Ego, que eu poderia arrumar um bom emprego no exército?".

Nnu Ego recolheu depressa as tigelas nas quais eles haviam acabado de comer uma refeição sem carne, que era tudo o que podia proporcionar à família com o pouco que ganhava no comércio.

"É mesmo?", indagou. "Você já esqueceu que em Ibuza é uma maldição para uma mulher de respeito dormir com um soldado? Já esqueceu todos os costumes de nosso povo, Nnaife? Primeiro, lava a roupa de uma mulher, agora quer se reunir a pessoas que matam, violam e são a desgraça de mulheres e crianças, tudo em nome do dinheiro do branco. Não, Nnaife, não quero esse tipo de dinheiro. Por que você não começa a procurar um emprego decente? Você não faz o menor esforço!".

"No que você imagina que eu fico pensando aqui sentado dia e noite? Por favor, não me aborreça. Você já me insultou que chega".

Nnu Ego sabia que estava na hora de deixar o assunto de lado. Nnaife não tinha o hábito de pensar muito e, se havia chegado a essa conclusão sobre trabalhar no exército, o esforço devia ter sido monumental. Já era um consolo saber que ele dedicava alguma reflexão à situação em que estavam.

Agora eles eram a única família alojada nas dependências dos empregados, onde a grama crescera tanto que já estava quase engolindo as dependências. Os jardineiros e "small-boys" haviam partido um a um, para entrar no exército, para virar operários ou para voltar para suas aldeias. E nada de chegar um amo. Naquela noite Nnaife e Nnu Ego agarraram-se um ao outro por puro desespero, e ela parecia extrair energia daquele homem que nunca respeitara. Depois de viver cinco anos com ele, havia se habituado; enquanto ouvia seus roncos no escuro, encolheu-se em si mesma de vergonha, lembrando-se de algumas das maldades que já pensara a respeito dele. Sua nova religião cristã a ensinava a carregar sua cruz com fortaleza. Se a dela era sustentar a família, era o que faria, até o marido encontrar outro emprego. Enquanto isso, tinham de dar um jeito de manter o corpo e a alma reunidos. A mera ideia de ter de se mudar daquele quarto e pagar aluguel em outro lugar provocava nela um calafrio que percorria todo o seu corpo.

Nnu Ego virou-se na cama de colchão de palha onde dormiam e chamou Nnaife baixinho assim que apontou a primeira luz da madrugada.

"Esta manhã vou até a ilha. O navio atracou ontem à noite e quero ver se consigo comprar algumas caixas de cigarro no mercado clandestino dos marinheiros".

Agora Nnaife estava completamente acordado, fitando o teto da casa de um só aposento onde viviam. Essa faceta da atividade de sua esposa era ilegal e podia deixá-la em uma situação difícil se fosse apanhada. Mas o que ele podia fazer? Pedir-lhe que ficasse em casa? E como eles iam comer? Ele usara o que restava do dinheiro que recebera do dr. Meers para pagar um funcionário do porto que ia tentar arrumar uma vaga de lavadeiro para Nnaife, ou de qualquer coisa, por mais humilde que fosse, a bordo de um navio. Mesmo assim, até agora o funcionário não conseguira nada. Nnaife não podia voltar para Ibuza e reconhecer seu fracasso. Estava habituado à vida em Lagos, mesmo ela sendo difícil. Havia muitos desempregados pertencentes ao povo deles na cidade, alguns havia anos, de modo que não era o único. Mas aquela aquisição ilícita de pacotes de cigarro de marinheiros que os roubavam de seus navios... Ele não podia fazer um julgamento moral. Sabia que não havia saída. Ou aquilo, ou passar fome.

"Mas tenha muito cuidado, não confio nesses marinheiros", ele sussurrou.

Os dois falavam em voz baixa porque Oshia adorava ir até a ilha com a mãe e, se desconfiasse que ela estava a caminho do porto, com certeza criaria uma cena. Assim, com Oshia ainda dormindo, Nnu Ego se aprontou para sair, dizendo: "Se tudo der certo, volto antes do meio-dia".

Ia a pé para economizar, embora pretendesse voltar de ônibus se tivesse sucesso. Mas naquela manhã, no cais, não deu sorte. Na verdade, estava a ponto de perder a esperança de conseguir o que queria quando viu o marinheiro, um rapaz desengonçado, de andar esquisito. Já vira outros como ele em visitas anteriores, sabia que ele entenderia o que ela desejava sem necessidade de palavras. Ele fez sinal para que ela o seguisse até a cabine de baixo, onde lhe mostrou o que tinha para vender. Havia muitos pacotes, mas quase todos molhados. Só com muito tempo ela conseguiria secá-los. Contudo, era preferível aquilo a voltar para casa de mãos vazias, especialmente porque o jovem marinheiro cobrava só um décimo do preço.

Nnu Ego correu com sua compra, o coração batendo forte de emoção com a sorte que tivera. Chegou ao ponto de ônibus tonta de alegria. Calculava que o dinheiro que ia ganhar alimentaria a família durante um mês inteiro. Somava e subtraía mentalmente, com o resultado de que quando chegou em casa sua cabeça girava como se ela fosse morrer.

"Bem-vinda, bem-vinda!", gritou Oshia ao vê-la avançando em meio à grama crescida até a porta do aposento onde viviam. Ela respondeu com um sorriso desalentado.

"Olhe, mãe, olhe o que nós encontramos na casa grande. E sai música! Olhe!".

Nnu Ego olhou aturdida para o violão gasto que visivelmente conhecera dias melhores. Nnaife fez de conta que não ouvira a esposa voltar e continuou produzindo ruídos com o velho instrumento.

"De onde você tirou isso, Nnaife?".

"Você não ouviu o que seu filho disse? Eu não conseguia fazer nada para distraí-lo, por isso fomos até a casa grande para ver se encontrávamos alguma coisa. E encontramos isto. Passamos o dia inteiro fazendo uma limpeza nele. Agora já tenho com que distrair Oshia".

"E com que distrair você mesmo. Espero que isso não o impeça de procurar emprego, Nnaife, filho de Owulum, porque agora é importante para nós que você consiga um rapidamente".

"Por quê? Isso que você está carregando não é uma grande trouxa de cigarros? Dá para nos manter durante algum tempo, não é mesmo?".

"É, sim, dá para nos manter durante algum tempo, mas não para sempre. Não estou me sentindo bem o suficiente nem mesmo para secar os cigarros. Estou esperando outra criança, Nnaife. De modo que você precisa pensar depressa. Você sempre precisa de alguma coisa que o obrigue a agir. Pois bem, aqui está: outro filho a caminho".

"Que tipo de chi é essa sua, hã? Quando você estava desesperada para engravidar, ela não lhe dava filhos; agora que não temos meios para tê-los, ela lhe dá", exclamou ele, balançando a cabeça grande de um lado para o outro. De fato, sua cabeça parecia ter encolhido desde que cortara o cabelo rente para economizar os gastos com os cortes. "Bem, qual é a sua sugestão? Me abandonar e voltar para o seu pai?".

"Você sabe muito bem que não posso fazer isso. Mas por acaso sou obrigada a cantar e dançar de alegria? Levante e vá procurar emprego. Ande! Ande com isso! Você quer que eu lhe diga o que penso realmente?".

"Se você não parar com essa gritaria, vai apanhar. A madame não ia querer...".

"Rá, rá! A madame se foi para o país dela. Aqueles dois nunca vão voltar. Levante daí!".

Nnaife perdeu a paciência e golpeou a cabeça dela com o violão.

Nnu Ego começou a ofendê-lo com insultos, aos gritos: "Você é um homem preguiçoso, não tem sensibilidade! Não tem vergonha na cara. Se bater em mim outra vez, chamo os soldados lá fora. Você não tem vergonha?".

Nnaife fez menção de golpeá-la de novo, mas se conteve quando Oshia começou a uivar de medo. Virou-se para olhar a criança apavorada e, naquela fração de segundo, Nnu Ego ergueu a vassoura e bateu com força no ombro dele, depois correu, passando ao lado de Nnaife e puxando Oshia aos berros.

"Vá arrumar um emprego, homem! Que pai é esse seu, que você acha que pode chegar aqui e me bater, só porque estamos muito longe de tudo?".

Nnaife não foi atrás dela. Desmoronou numa cadeira, esfregando o ombro. "Se eu continuo vivendo com uma doida, ainda mato essa mulher...", murmurou para si mesmo. Depois foi até a cama deles, atrás da cortina, puxou as roupas de trabalho – o short cáqui que não usava havia muito tempo, a camisa cáqui feita especialmente para combinar com o short, mas que raramente usava, por causa do calor. Assim equipado, gritou na direção do lugar onde Nnu Ego se escondera com Oshia:

"Não volto enquanto não arrumar emprego; e se não arrumar emprego, me alisto no exército. Se eu sumir, é porque morri. E, acredite, meu chi nunca vai dar paz a você nem ao desgraçado do seu pai. Juro!".

"Vá! Vá procurar emprego", gritou Nnu Ego em resposta. "É só o que lhe peço".

Nnaife tinha uma vaga ideia de onde ia: no que lhe dizia respeito, aquela conversa sobre alistamento no exército era puro blefe, que teria valido a pena se tivesse assustado Nnu Ego um pouquinho que fosse. Nnaife sorriu, pensando em como ela ficaria preocupada.

Alguém lhe dissera que havia muitas residências europeias em Ikoyi, na ilha de Lagos, e era para lá que ele estava indo, com a intenção de verificar se havia alguma oportunidade. Não teria se incomodado em ser contratado como diarista, desde que pudesse contribuir em casa, pelo menos até que o funcionário que aceitara sua molhadura de cinco libras cumprisse a promessa de achar um emprego para ele. Ubani tinha sorte de ter encontrado um novo emprego tão rapidamente depois da partida do dr. Meers. Para Nnaife, era um pequeno consolo pelo menos sair de casa como qualquer homem que diz à esposa: "Estou indo para o trabalho". Ele nunca dissera isso antes porque seu trabalho era no local onde residia. Agora estava se sentindo como os outros homens, apesar de estar saindo de casa só à uma da tarde, quando a maioria dos homens já teria executado quase todo o trabalho do dia. Mesmo assim, sentia-se melhor por saber que a comida que deixara para trás alimentaria a família à noite: trataria de voltar tarde, tarde demais para qualquer tipo de refeição. Trocou o pêni que levava no bolso por quatro farthings e, com um deles, comprou um pedaço de noz-de-cola que mascou pensativo enquanto andava, feito um bode. Andar até Ikoyi era cansativo; eram quase dez milhas de percurso a partir do ponto de Yabá de onde saíra.

Suas indagações em muitos dos portões residenciais não deram em nada. No começo perguntava aos criados, quase todos igbos como ele, se na residência de seus patrões havia necessidade de um empregado. Eles não sabiam, e ele tinha a impressão de que, mesmo que soubessem, não lhe diriam. Mas não voltaria para casa sem notícias definitivas para a esposa e o filho. Estava agora muito cansado e faminto e tinha certeza de que seu jeito de andar denotava isso. Por sorte viu uma manga madura, embora até aquele momento só tivesse visto mangas verdes. Não sabia como era possível que aquela estivesse ali, pronta para ser comida. Como ninguém a colhera antes dele entrar em cena? Mas sentiu-se grato; o sumo aplacou sua sede e a polpa esponjosa saciou-o um pouco. Estava ocupado saboreando a fruta como um menino de escola quando viu um grupo de brancos entrando no parque Onikan para jogar golfe. Seguiu-os de longe, ainda chupando a manga. Depois de algum tempo um dos homens percebeu, olhou para trás, disse alguma coisa para os outros, e todos riram. Mas Nnaife não desanimou. Estava determinado a falar com aqueles homens, por mais que fizessem troça dele.

Durante algum tempo eles o ignoraram e, quando entraram no Onikan, Nnaife se instalou na grama fresca. Precisava repousar as pernas cansadas. Sem que ninguém lhe pedisse, começou a ajudá-los a recolher as bolas. Alguns garotos da escola St. Gregory, perto dali, chegaram para fazer o mesmo, mas bastou verem de relance os olhos injetados de Nnaife para que se dispersassem como um grupo de camundongos assustados; depois, de longe, provocavam-no chamando-o de "vovô gandula".

O homem que antes olhara para trás agora se aproximou de Nnaife e perguntou: "Podemos fazer alguma coisa por você? Se não pudermos, vá embora daqui, e depressa, antes que eu chame a polícia".

Os outros ouviram o que ele estava dizendo e caíram na risada. Um deles comentou: "Pense, ameaçar alguém com a polícia de Lagos quando basta dar uma libra à pessoa certa e o assunto está resolvido". Todos riram outra vez.

"Não, não, senhor! Polícia não, senhor! Estou sem trabalho. Sou lavadeiro, senhor! Olhe!". Nnaife mostrou ao homem a carta de referência que o dr. Meers lhe dera, e evidentemente o homem ficou penalizado.

"Eu sabia que você estava querendo alguma coisa, pelo jeito como nos seguia", observou ele em voz baixa – não que Nnaife fosse capaz de decifrar seu sotaque de escola pública inglesa de elite, embora, caso tivesse entendido o sujeito, a verdade é que nunca teria aberto a boca para responder. Por acaso os mendigos têm outra escolha?

"Ouça, old boy", gritou o homem para um de seus amigos.

Nnaife, compreendendo a palavra *boy*, achou que o homem estava falando com ele e respondeu: "Sim, senhor!".

O homem achou graça e riu, empurrando o boné para trás.

"Não, não estou falando com você, não é com você", continuou, sem parar de rir. O amigo dele acabou se virando depois de uma tacada na bola para perguntar qual era o problema.

"De acordo com isto aqui", disse o inglês, sacudindo o pedaço de papel no ar, "este homem é o melhor lavadeiro do país, e ouça, meu garoto, ele está atrás de emprego".

"É mesmo? E nós é que vamos empregá-lo? Por que nós?". O amigo endireitou o corpo e dirigiu um olhar inquisitivo a Nnaife. "Não gostei do jeito dele".

"Ele está com fome, só isso", respondeu o primeiro homem, ainda com a carta de referência de Nnaife na mão.

"O quê? Fome, com uma barriga dessas?".

"É vinho de palma, acho, muito vinho de palma", opinou o terceiro homem, que era mais magro do que os outros. Estava se aproximando dos amigos, cheio de curiosidade. "Provavelmente ele tem família, do contrário poderíamos levá-lo conosco a Fernando Pó amanhã".

"Hm", engrolou o primeiro homem. "Seria uma boa ideia. Vamos perguntar se ele gostaria de ir".

"Sim, pergunte a ele. Não consigo falar esse negócio que eles chamam de inglês, o tal inglês canary".

"Inglês pidgin, amigo, inglês pidgin".

O segundo homem conversou com Nnaife, e ficou decidido que ele os encontraria no dia seguinte no cais do porto. Nnaife lhes disse que embora tivesse família, sua mulher e seu filho ficariam encantados em vê-lo novamente empregado. Sim, disse ele, era igbo. Os europeus gostaram disso porque fazia muito que se dizia que os igbos eram bons empregados domésticos. Nnaife agradeceu efusivamente e alguma coisa em sua maneira de fazê-lo deu a entender ao primeiro homem que ele estava sem dinheiro e talvez gostasse de deixar algum com a família antes de partir para Fernando Pó.

O primeiro homem chamou os outros e disse: "Olhem, esse sujeito passou a tarde inteira recolhendo nossas bolas. Merece ganhar alguma coisa e, por Júpiter, acho que está precisando". Cada um deles investigou os próprios bolsos e, tendo conferido se haveria dinheiro suficiente para os drinques no Island Club no caminho de casa, entregaram a Nnaife a enorme quantia de dois dólares (como na época era chamada a quantia de quatro xelins).

O coração de Nnaife cantava. Num instante ele sumiu da vista e teve mesmo condições de voltar para casa de ônibus. Quando chegou ao mercado Loco, comprou um saquinho de arroz, uma lata grande de arenque e um pouco de fruta, que, juntos, totalizaram menos de um xelim.

Em casa, Nnu Ego estava agora tão indisposta que a refeição de Oshia se limitara a um pouco de garri que sobrara da tarde. Ela ficou aliviada ao saber que Nnaife havia voltado, mas como ia fazer se no dia seguinte ele ia embora outra vez? No fim os dois acabaram concordando que era melhor ele partir do que ficar em casa, consumindo as escassas reservas de que dispunham. "Pelo menos", acrescentou Nnaife, "vou embora levando meu estômago, e você não vai precisar se preocupar em comprar sabão para lavar minha roupa".

"Você também está levando a ajuda que poderia me dar", disse Nnu Ego com voz cansada.

Para Nnaife aquilo era novidade, quase um galardão. Quer dizer que ele ajudava Nnu Ego? Nos últimos dias sentira que era mais como uma espécie de pedra amarrada em torno do pescoço dela. Nunca tivera noção de que ela precisasse dele. Não que tivesse se preocupado excessivamente com isso, pois afinal de contas era homem e, se uma mulher gostasse dele, ótimo; se não gostasse, sempre haveria outra para gostar. Mesmo assim, era tão conveniente, tão organizado quando a mulher que gostava de um homem fosse, casualmente, sua mãe ou sua esposa. De certa forma, ficou com pena de Nnu Ego: até aquele momento ela só se dera mal; mas, observando como se sentava perto de Oshia, Nnaife percebeu que, se fosse preciso escolher entre ele e Oshia, a mãe não hesitaria em escolher o filho. De todo modo ele lhes deixava quatro xelins; quando eles tivessem acabado de gastar aquele dinheiro, esperava que Nnu Ego estivesse recuperada o suficiente para vender os cigarros que comprara por praticamente nada.

Naquela noite comeram bem, embora Nnu Ego não estivesse inclinada a consumir grande coisa. Nnaife preparou uma sopa farta, que os alimentaria por vários dias, desde que ela conseguisse levantar e aquecê-la a intervalos regulares. Ele a fez prometer que ia se cuidar e visitar as outras pessoas de Ibuza na ilha e também os poucos que moravam em Yabá.

Hesitante, Nnu Ego perguntou quando ele estaria de volta, mas Nnaife não sabia. A única coisa que sabia era que havia arrumado emprego. Estava feliz por não ter sido preciso negociar o salário; tinha certeza de que seria pago, porque simpatizara com os homens e porque eles tinham o aspecto de ser de boa estirpe. Havia neles um não sei quê, especialmente no que se aproximara primeiro dele, que o levava a ter inteira confiança neles e achá-los melhores que o dr. Meers. Aqueles homens encaravam você nos olhos e sustentavam o olhar. Para Nnaife, isso era prova de que eles considerariam desonroso mentir e, em decorrência, estava seguro de que seria pago corretamente, de que não seria ludibriado.

Nnu Ego passou a noite preocupada e ao mesmo tempo evitando demonstrar sua ansiedade por ele e, embora mal conseguisse dormir ao longo de toda a noite, ironicamente, assim que os primeiros galos da propriedade começaram a anunciar o início de um novo dia, caiu num sono agitado.

O sol se introduziu pela pequena abertura da janela do quarto deles e iluminou a cama. Seus raios matutinos aqueceram o rosto de Nnu Ego e ela abriu os olhos gradualmente, tentando entender onde estava, por que não estava fora, vendendo sua mercadoria de toda manhã. Relembrou a si mesma que Nnaife saíra para trabalhar, mas levou alguns minutos para se dar conta de que ele não havia simplesmente saído para lavar roupas ali mesmo, mas viajara para Fernando Pó. Onde ficaria essa cidade de nome tão estranho? O nome produzia uma espécie de música, mas como era estranho! "Por favor, Fernando Pó, trate bem dele", foi sua prece.

Certa noite Nnu Ego estava em sua cozinha aquecendo um pouco de feijão quando Oshia entrou correndo, os olhos redondos feito dois pires.

"Mãe, mãe, tem 'sodados' ali fora. Com caminhões grandes!".

"Soldados? Eu sabia que algum dia isso ia acontecer, agora que Nnaife não está e Ubani mora longe. O que será que eles querem?".

Foi espiar pela janela da cozinha, mas antes que pudesse fazer isso, um europeu baixinho irrompeu pela porta aberta. Atrás dele vinham dois grandes cães de aspecto feroz latindo furiosamente para Oshia, que correu e se escondeu atrás da mãe. Nnu Ego implorou ao homem em seu inglês pidgin claudicante que por favor fizesse o cachorro parar de assustar seu "pikin".

O homem recebeu a mensagem e latiu como os cachorros: "Sentem e se comportem!".

Mãe e filho ficaram tão surpresos que por um instante foram tomados de admiração por aquele homem capaz de fazer-se obedecer por cachorros de aspecto tão feroz.

Depois o homem latiu para Nnu Ego. "Seu marido... O pai da criança, hã?".

Nnu Ego não entendeu o que ele dizia e começou a falar em sua própria língua. O homem olhou para fora e chamou outra pessoa que estava no interior do conjunto residencial. Essa outra pessoa era um homem negro, também vestindo uniforme. Ele atuou como intérprete, dirigindo-se a Nnu Ego numa estranha modalidade de dialeto ibibio. Ela foi informada de que os membros veteranos do exército britânico estacionados naquela região de Lagos precisavam de casas como aquela. Ela deveria arrumar suas coisas e sair dali, Se deixasse um endereço, quando o marido dela voltasse eles lhe diriam onde ela estava. Tudo isso foi informado num alto volume de voz, como se Nnu Ego e Oshia fossem completamente surdos.

Ela tremia de medo e fúria, com Oshia agarrado à sua lappa como se quisesse arrancá-la de seu corpo. Pouco depois os soldados se afastaram, seguidos pelos horríveis cães.

"Eles já foram, Oshia, largue minha lappa. Precisamos sair daqui, e que Deus nos ajude!".

"A casa é nossa, mãe. Meu pai não vai conseguir nos encontrar quando voltar. A gente vai viver na rua, como os mendigos haussá?".

"Não, não vamos viver como os mendigos haussá, vamos procurar um lugar para morar e, se não encontrarmos, vamos viver com nossos amigos até seu pai voltar".

A ideia de dormir mais uma noite ali não lhe agradava nem um pouco. Não na companhia de homens que latiam daquele jeito. Só Deus sabia o que eles eram capazes de fazer a uma mulher. E aqueles cães rosnando... não, ela não passaria outra noite naquele lugar.

Tabuletas com o anúncio "Quartos para alugar, informações aqui" eram tão abundantes naquela época que mesmo Nnu Ego, que não sabia ler nem escrever, era capaz de reconhecê-las e saber o que diziam. Encontrou um quartinho na Little Road por quatro xelins por mês, pagos adiantado.

O senhorio iorubá perguntou por onde andava o marido dela, pois não gostava da ideia de abrigar em sua casa uma mulher igbo solteira que talvez viesse a andar com homens igbo de má conduta. Com isso Nnu Ego foi obrigada a contar a história de sua desgraça e, embora o homem não confiasse em igbo nenhum, acreditou em Nnu Ego porque houvera casos semelhantes no Departamento de Estradas de Ferro da Nigéria, onde ele trabalhava. Muitos mensageiros iniciantes haviam perdido o emprego porque os patrões a quem serviam haviam voltado para a Inglaterra a fim de entrar no exército.

Nnu Ego deixou Oshia com os outros inquilinos do novo conjunto residencial e foi correndo até a estação central pedir ajuda a Cordelia. Ubani ainda estava no trabalho, de modo que não pôde acompanhá-las, mas advertiu:

"Nnu Ego, tome muito cuidado. Você sabe, em seu estado...".

"Obrigada, vou tomar. Vai ser tão bom quando eu tiver me mudado daquela casa! Já não é a mesma coisa. Tudo mudou por lá, e os tais homens do exército foram a última gota".

Entardecia, e as duas mulheres dispararam para começar a transportar as poucas peças de mobília que equipavam o quarto onde Nnu Ego e Nnaife haviam vivido por mais de cinco anos. Já haviam feito três viagens quando Ubani foi liberado e pôde unir-se a elas. Ele ajudou a carregar as coisas pesadas. Juntos, os três transportaram a cama, as cadeiras, as tigelas da cozinha e o colchão. Por fim, levaram as galinhas cacarejando e seus ovos recém-postos. Nnu Ego cozinhou alguns deles e comeu-os na companhia dos amigos enquanto relaxavam na frente da varanda da casa nova, relembrando a vida de antes, na residência do dr. Meers.

"Vai ser bom voltar a viver com outras pessoas", disse Nnu Ego aos amigos.

"Entendo o que você quer dizer", disse Cordelia. "A vida nas casas dos brancos pode ser muito solitária. Ninguém fala com você e você não pode fazer barulho. No momento até que as coisas não estão tão ruins para nós, porque no alojamento da ferrovia cozinheiros e camareiros moram no mesmo lugar".

"Estou rodeada de gente. Até parece Ibuza".

"Você e sua Ibuza", riu Ubani. "É impossível repetir aquela vida aqui. Mas seus novos vizinhos parecem muito amáveis. Estou vendo que são iorubás".

"O senhorio é iorubá, mas todos os moradores são de outras partes do país".

"Então você não vai se sentir só. Os iorubás também são boa gente, o único problema é que eu acho que eles não têm boa opinião de nós, igbos".

"Especialmente se você não entende a língua deles", continuou Cordelia.

"Eu sei...".

Com o passar dos dias, ficou claro que o próximo bebê nasceria sem a ajuda de Nnaife. O navio dele se atrasara. Ato, cujo marido Nwakusor estava embarcado em outro navio, lhe contara na última reunião de Ibuza que corria o boato de que os japoneses e alemães estavam lutando contra os britânicos e que por causa disso Nnaife e muitos outros empregados de navios estavam impedidos de voltar para casa.

"Mas, Ato, de que lado nós estamos? Somos a favor dos alemães, ou dos japoneses, ou desses outros, os britânicos?".

"Acho que estamos do lado dos britânicos. Eles são os donos da Nigéria, sabe...".

"De Ibuza também?", perguntou Nnu Ego, sem acreditar numa só palavra do que a amiga dizia.

"Isso eu não sei", confessou Ato.

Ela estava em casa, acalentando a barriga, agora dilatada, no interior de sua nova moradia de um aposento, quando Oshia entrou correndo, chorando de raiva e frustração. O garoto estava se sentindo humilhado. A camisa de lona que ela comprara para ele meses antes estava rasgada dos dois lados, expondo a barriga grande em cima de pernas um tanto finas. No momento Oshia parecia possuir apenas cabeça e aquela barriga de aspecto pouco saudável, pensou ela enquanto olhava o filho bater com a cabeça na porta. O que devia fazer? A criança estava sendo alimentada regularmente, embora Nnu Ego tivesse se sentido muito ofendida se alguém lhe dissesse que garri pela manhã, garri à tarde e garri à noite em todos os dias da semana não era nutrição adequada para uma criança em fase de crescimento. Ela não conhecia outra maneira de alimentar uma criança, e o triste era que Oshia era um menino de sorte por receber garri suficiente para encher a barriga.

Nnu Ego sabia que alguém havia aborrecido seu filho. Só lhe restava assistir, enquanto ele desafogava sua emoção daquela maneira. Não podia sair para ver o que deixara Oshia tão furioso: além do fato de estar cansada demais, havia lavado a única roupa decente que possuía e agora precisava esperar dentro de casa, na única cadeira da família, até a roupa secar. Sua outra indumentária era muito chamativa para o uso diário; ela a guardava para a eventualidade de ter de vendê-la para os fulas nômades que batiam na porta das pessoas querendo comprar coisas velhas.

"O que foi?", perguntou finalmente, ao ver que o estado de espírito de Oshia não era tão violento. "Venha cá, filho, diga para sua mãe. Diga....".

Ele não se aproximou dela, mas ergueu os olhos cheios de lágrimas e enxugou um pouco da umidade com a mão e, sem se dar conta, emporcalhando mais ainda o rosto já sujo. O suor escorria dos lados de sua cabeça, formando dois traços mais sinuosos que complementavam os que haviam sido riscados pelas lágrimas.

"Eles me mandaram ir embora", disse num impulso.

"Quem mandou você embora?".

"Eles!", disse Oshia, apontando a porta. "Eles não me deixaram comer a sarah deles".

"Quem? A família do senhorio? Achei que o menininho deles, Folorunsho, era seu amigo!".

"Ele não é mais meu amigo. Eles me disseram para ir embora".

"Bem, Oshia, você não pode obrigar as pessoas a convidar você para a sarah delas!". Mas suspirou, sabendo que as sarahs eram festas não oficiais em que a comida era servida para todos, em especial as crianças; em geral eram oferecidas por mulheres que desejavam ter filhos e que invariavelmente eram informadas pelos médicos nativos que a única maneira que teriam de conceber era alimentando outras crianças. Nnu Ego podia imaginar o que acontecera. As outras crianças decerto tinham roupas bonitas, cabelo cortado com capricho e aspecto muito saudável e asseado; comparado a elas, seu Oshia parecia um pequeno vagabundo: a lavagem de sua camisa de lona teria lhe custado um bom dinheiro, de que ela não podia abrir mão. Imaginou-o de água na boca ao ver os montes de arroz fervente, akara, carne de cabrito, imaginou-o sentado com as outras crianças, esperando, cheio de ansiedade...

"Eu ia enfiar as mãos no arroz quando a mãe de Folorunsho veio e me empurrou. Ela me disse para levantar. Odeio os iorubás. Ela falou que eu não tinha sido convidado".

"Vai ver que foi engano", disse Nnu Ego, consciente de que Oshia escutava ansioso o que ela dizia. Para o bem dele, fez uma cara alegre. "Não se preocupe, filho. Quando a gente tiver dinheiro, você também vai para a escola como as outras crianças. Todas as pessoas de Ibuza que vivem nesta cidade mandam os filhos para a escola. Por que seria diferente com você? Você sabia que você é o menino mais bonito de todos? Você parece um árabe, ou um fula, e essas pessoas horríveis não podem tirar isso de você. Quando nós tivermos dinheiro suficiente e você andar com roupas bonitas, vai ver o que estou lhe dizendo. Lembre-se, filho, você é um menino muito bonito".

Oshia parou de chorar e ouviu atentamente a voz da mãe. Suas palavras reconfortantes tiveram um efeito sobre ele que se manteve durante a longa espera até Nnaife voltar de Fernando Pó; porque se sua mãe dizia que ele era bonito, pensou Oshia, então devia ser verdade.

O INVESTIMENTO
DE UMA MÃE

A luz do único aposento, que funcionava como dormitório, quarto de brinquedos e sala de estar para Oshia e sua mãe, fora apagada. A noite estava quente, e ele escorregara da esteira que a mãe abrira cuidadosamente para ele para o chão fresco de cimento. Sentiu o frescor na pele descoberta e teria adormecido com esse conforto não fosse o fato de uma formiga operosa ter mordido sua coxa nua. A ferroada ardeu como fogo e ele gritou de dor. Normalmente um grito daqueles teria acordado sua mãe, que sabia tudo sobre mordidas de formiga. Oshia gritou de novo e esfregou o local furiosamente, sentindo o pequeno inchaço. Se estivesse claro, veria a formiga correndo às pressas para um canto onde se esconder. Sabendo que a formiga estaria por perto, Oshia distribuiu pancadas por todos os lados, cheio de raiva e aflição. Nem assim sua mãe reagiu. A criança levantou e foi até a cama dela, atrás da cortina, ainda esfregando a coxa dolorida. Queria falar com ela, mas as roupas de cama estavam jogadas para um lado em desordem, como se tivesse havido uma luta, e ela não estava em lugar nenhum.

Oshia gritou com toda a força de seus pulmões: "Mãe!". Gritou uma e muitas vezes. Como ela tinha coragem de abandoná-lo sozinho numa noite como aquela? Não estava totalmente escuro: podia ver a luz da lua cortando o quarto deles como uma faca de fogo, mas a faca não era muito grande. Sentiu uma grande pena de si mesmo, como se ninguém em toda a história da humanidade tivesse sido tão maltratado quanto ele. Parou de gritar e ouviu vozes, o som de passos avançando depressa pelo corredor de cimento na direção do quarto deles. A pessoa abriu a porta e entrou, trazendo um lampião.

Oshia suspirou de alívio ao ver Iyawo, mulher de um itsekiri que vivia ao lado deles. Iyawo, termo iorubá que significa "nova esposa", era o nome atribuído a uma mulher sem filhos. Ela era uma pessoa alta, magra, com cabelo cortado rente e marcas tribais nos cantos dos olhos. Iyawo Itsekiri e o marido, um homem de ar altivo que trabalhava em algum lugar em Apapa, tinham dois aposentos, um para estar e comer, outro para dormir. Oshia ia muito à casa de Iyawo para ajudá-la a transformar mandioca numa substância semelhante à tapioca chamada "kpokpo garri". Como retribuição, Iyawo lhe dava um grande pote daquilo e, sempre que o marido dela chegava em casa, Oshia e a mãe ganhavam rabos de porco e às vezes também pés, pois no lugar onde o marido de Iyawo Itsekiri trabalhava, aqueles porcos eram mortos diariamente. Às vezes Oshia sonhava em trabalhar num lugar assim para que eles nunca mais precisassem comprar carne, só comer tanto quanto tivessem vontade.

Agora Iyawo estava sorrindo de forma um tanto enjoativa. Por que ela estava sorrindo assim, se ele estava naquela aflição?

"Minha mãe não está aqui. Onde ela está?", perguntou Oshia, quase sufocando de raiva.

Em vez de responder, Iyawo depositou o lampião numa mesa ao lado e, sempre com aquele sorriso tolo, disse, numa voz que parecia a voz de uma pessoa que recita uma oração, que sua mãe estava dormindo perto do fogo na cozinha porque estava cansada, e estava cansada porque ele, Oshia, tinha acabado de ganhar um irmãozinho.

"Um irmão!", disse ele, incrédulo. De onde as pessoas tiravam irmãos? Era por causa do tal irmão que sua mãe não estava ao lado dele para esfregar o lugar onde a formiga havia mordido? De todo modo, pelo menos amanhã ele teria com quem brincar. Mas agora queria sua mãe.

Iyawo lhe disse que ia demorar um pouco até ele poder brincar com o irmão, e que agora dormisse, porque sua mãe precisava descansar mais um pouco. Iyawo não quis nem permitir que ele a visse, insistindo para deixar para a manhã. Cansado de discutir e vendo que ela estava resolvida a não mudar de ideia, Oshia, magoado, permitiu que ela esfregasse óleo de coco na mordida e foi dormir, sentindo-se muito maltratado pela sorte. Sonhou como ele e o irmão iam brigar e dominar fracotes como Folorunsho, como os dois iam fabricar a maior armadilha do mundo e apanhar todos os caranguejos de Yabá inteira, como usariam roupas bonitas e iriam à melhor escola, e o tempo todo seu irmão faria tudo o que ele dissesse porque, segundo Iyawo, era muito menor que Oshia.

Mas Iyawo nunca lhe contara que o novo irmão era assim tão pequeno. Ele não sabia nem falar, não tinha nenhum dente, e sua cor parecia a de um porco. Nnu Ego dedicava toda a sua atenção a ele e não parava de dizer a Oshia que agora ele precisava ser um menino grande, porque era o irmão mais velho. Ele odiou a parte "irmão mais velho" da história, e também o fato de que sua mãe e os amigos dela estavam na maior animação com aquele irmãozinho minúsculo. Oshia sentia-se abandonado e tinha acessos de fúria por qualquer coisinha. Quando berrava, lhe diziam que parasse de ser criança, mas se o irmãozinho chorava, como fazia o tempo todo, era consolado e embalado, e sua mãe lhe dava o peito. Às vezes Oshia soltava berros de perfurar os ouvidos para chamar a atenção, mas também pela pura alegria da coisa, já que os adultos ficavam muito incomodados.

A pobreza deles estava ficando muito evidente e Oshia sentia fome o tempo todo. Tinha sorte se comesse uma boa refeição por dia. Desde que o irmão nascera, a mãe não conseguia mais sair para o mercado da tarde, de modo que armava uma banca do lado de fora da casa com latas de cigarros, caixas de fósforos e garrafas de querosene, e pedia a Oshia que se sentasse ao lado dos produtos. Se aparecessem fregueses, ele gritava e chamava um adulto para lidar com as complicações de troco e dinheiro.

Depois de passar muito tempo sentado ao lado do abacateiro, olhando o ir e vir das pessoas enquanto a mãe cuidava do novo irmão, Oshia sentiu tanto cansaço que não conseguiu mais manter os olhos abertos. Em seu sono à luz do dia, desejou andar pelas sangas em busca de caranguejos. Pelo menos seriam uma boa refeição, encheriam a barriga. Sorriu em seu sono da tarde, mas o lindo sonho foi interrompido por uma vizinha chamada Mama Abby, que gostava de usar roupas vermelhas.

"Acorde, Oshia, você está com febre. Onde está sua mãe? Mama Oshia, venha cá!", gritou, chamando Nnu Ego, dirigindo-se a ela do modo habitual quando se fala com uma mulher que tem um filho menino. "Seu filho está dormindo no meio da tarde e falando no sono. É melhor você vir dar uma olhada".

Oshia ficou um pouco surpreso ao ver a mãe atar o irmãozinho nas costas e vir correndo. Viu-a chorar enquanto as duas o levavam para o frescor da sala de casa. Ouviu quando ela disse, desesperada: "Tomara que não seja iba".

Iyawo Itsekiri estava em pé ao lado da porta com o queixo apoiado em uma das mãos, observando a agitação de Nnu Ego preocupada com o filho. Para Iyawo, o menino estava com alguma coisa não remotamente relacionada à comida, mas quem era ela para dizer alguma coisa?

De qualquer forma, Nnu Ego só tinha o kpokpo garri da véspera para oferecer a Oshia. A verdade era que ele não aguentava mais comer kpokpo garri. Era o que comera na véspera e também na antevéspera. Queria sopa de pimenta, foi o que disse à mãe. Com as poucas moedas que tinha em casa, Nnu Ego correu até o mercado Zabo e comprou um pedacinho de carne de vitelo para fazer um pouco de sopa de pimenta para o filho. Só que o organismo de Oshia, privado daquele tipo de luxo por tanto tempo, recusou a sopa. O menino vomitou repetidas vezes e, ao ver que no terceiro dia ele continuava sem apetite, Nnu Ego chegou à conclusão de que sem dúvida o filho morreria. As pessoas recomendavam uma coisa e ela a preparava; recomendavam outra e ela a preparava também. Vendeu todas as roupas que possuía por uma fração de seu valor aos fulas nômades das ruas, dizendo para si mesma que se os filhos vivessem e crescessem, eles seriam as únicas roupas de que ela teria necessidade na vida.

"Oshia, você quer morrer e me abandonar?", dizia baixinho ao menino.

O pobre garoto fazia que não com a cabeça.

"Então pare de ficar doente. Não tenho mais nada para lhe dar. Por favor, fique comigo e seja minha alegria, seja meu pai, meu irmão, meu marido – não, marido eu tenho, só que não sei se está vivo ou morto. Por favor, não morra, não vá embora também".

Sempre que a mãe começava a chorar, Oshia, percebendo que quando pedia alguma coisa específica, ela via como um sinal de que ele estava melhorando, fazia o possível para falar com voz firme e dizia: "Mãe, por favor, me dê um pouco de água, estou com sede".

Nnu Ego buscava a água alegremente, mas nem bem ele acabava de beber e a água saía outra vez, em uma ou outra direção. Ele não conseguia segurar nada. Oshia estava se transformando num punhado de ossos envolto pelo que parecia um pedaço de pele seca amarelenta, e a própria Nnu Ego dava a impressão de estar doente.

Na tarde seguinte, Iyawo Itsekiri preparou um delicioso cozido de inhame. Só, na cozinha, pensou naquela mulher igbo tão simpática com seus dois filhos, um deles às portas da morte. A própria mãe não estava nem um pouco longe de morrer, pois a pouca carne de seu corpo estava sendo sugada pelo novo bebê que ela alimentava ao peito. Iyawo fez uma boa quantidade de cozido, na esperança de conseguir interessar tanto Nnu Ego como Oshia, pois ainda desconfiava que a principal causa da doença do menino era desnutrição, e não malária. Porque, não fosse isso, o que poderia ter feito a barriga dele crescer tanto e o cabelo de sua cabeça ficar marrom-claro em vez do habitual preto?

Com um sorriso luminoso, exibindo plenamente os dentes perfeitos, Iyawo Itsekiri entrou no quarto de Nnu Ego levando a vasilha com o cozido de inhame, ao qual adicionara nacos de porco e bastante óleo de palma e cebolas frescas, de tal modo que o menino doente sentiu o aroma dos vegetais ainda antes dela entrar. Depositou o alimento sobre uma bandeja confeccionada com o bambu tão comum em Lagos. Sentia-se nervosa, não porque mãe e filho pudessem recusar, mas porque não queria que eles achassem que ela os estava alimentando, ou que pretendia lhes dizer que na verdade o problema que os afligia era falta de comida. Iyawo tinha a impressão de que depois de pagar o aluguel mensal ao senhorio, não lhes restava praticamente nenhum dinheiro para se alimentar, mas Nnu Ego jamais se queixara. Se você cometesse o equívoco de sentir pena dela, ela lhe diria o que os dois filhos seriam ao crescer; a prudência aconselhava que todo aquele que não tivesse "dois filhos", ou que só tivesse filhas, ou que não tivesse filho nenhum, como Iyawo Itsekiri, não abrisse a boca. Diminuída pelas surras constantes que recebia do marido, ela se tornara apática e estava sempre cautelosa e duplamente atenta.

"Vou até meu quarto buscar colheres", disse ela, em parte porque era verdade, mas em parte para dar a Nnu Ego o tempo de pensar se ela e o filho aceitariam ou não a comida.

Os temores de Iyawo Itsekiri se revelaram completamente infundados. Oshia nem esperou ser convidado. Rastejou da esteira em que estava deitado e, ao ver seus esforços para chegar à tigela de mingau, sua mãe chorou: ele parecia uma carcaça em movimento. Mas o menino recusou ajuda e chegou à bandeja de madeira no exato momento em que Iyawo entrava trazendo as colheres. Todos, exceto o bebê, que dormia tranquilamente sobre a cama, avançaram para o cozido. Nnu Ego jurou que jamais havia provado algum tão saboroso.

"Nem quando estávamos bem de dinheiro, trabalhando para o homem branco, compramos inhames como esse. Tão bom. Obrigada, Iyawo. Espero que Deus ouça suas orações e lhe dê seus próprios filhos".

"Amém", respondeu Iyawo. Depois caiu na risada quando o aparentemente curado Oshia rolou para sua esteira e adormeceu.

"Quer dizer que a fome é que estava levando meu filho!", exclamou Nnu Ego. Depois, passou um bom tempo pensativa, olhando para o menino.

Iyawo percebeu que, como o filho, Nnu Ego estava começando a cochilar. "Agora vou deixar vocês à vontade. Hoje meu marido chega às quatro, e preciso preparar a refeição dele".

"Obrigada, mensageira de Deus. Você é o doutor mais competente que eu já vi. Diagnosticou nossa doença em sua cabeça e, sem nos atormentar, preparou o remédio e nos medicou. E em menos de uma hora estamos perfeitamente curados".

"Bem, nós todos somos instrumentos de Deus. Fique com o resto do mingau. Não dê mais nada a Oshia hoje. Aqueça de novo amanhã".

Nnu Ego balançou a cabeça, concordando. "Não queremos começar a nos preocupar com indigestão, em vez de disenteria, ou fosse qual fosse o problema dele. Mais uma vez, obrigada".

Quando acordou para atender o bebê, ela pôs a mão na testa do filho e soube que ele viveria. Prometeu a si mesma que, assim que ele ficasse bem, voltaria para Ibuza com os dois filhos. Na casa do pai, nunca passaria necessidade. Quando Nnaife voltasse, aqueles vizinhos tão amáveis lhe diriam onde encontrá-la. No dia seguinte, sabendo que Nnu Ego só precisava de comida e de um pouco de gentileza, todos lhe deram o que tinham condições de dar; a maior ajuda que ela recebeu foi do senhorio, que lhe disse que naquele mês não precisava pagar aluguel. Seria uma economia de quatro xelins! Assim que Oshia ficasse completamente recuperado, poderia retomar seu comércio.

Mama Abby disse a Oshia: "Assim que você ficar melhor, vamos passar o dia na ilha. Portanto, fique bom logo".

Quando a lâmina aguda da pobreza perdeu o gume, Oshia recuperou o vigor num instante e em pouco tempo ficou incomparável ao saco de ossos que, menos de duas semanas antes, as pessoas haviam quase dado por morto. No dia da excursão com Mama Abby, vestiu seu melhor traje, feito de uma espécie de tecido cáqui que a mãe comprara dez meses antes, quando o dr. Meers estava de partida. Enquanto escovava o conjunto, agora pequeno para o filho, Nnu Ego relembrou como Nnaife declarara que ela era a mulher mais ilógica deste mundo: "Olhe para nós, olhe só! Temos pouco dinheiro para comida, pouquíssima esperança de encontrar outro emprego", ele dissera, "e o pequeno lucro que você tira do comércio você usa para comprar um tecido caro e fazer um conjunto novo para um menino de quatro anos que não faz a menor ideia da vida e não contribui com coisa alguma para a própria manutenção".

Ela suspirou enquanto alisava as dobras daquele conjunto. Não havia tempo para passá-lo a ferro, pois Oshia estava insistindo para que ela andasse depressa, do contrário Mama Abby podia mudar de ideia sobre levá-lo até a ilha. Nnu Ego sorriu com a impaciência dele. Enquanto se vestia, Oshia falava sem parar e a mãe concordava com tudo, até que de repente ele se calou, olhando aborrecido para a manga do casaquinho.

"Está muito curto, quase no cotovelo", reclamou.

A mãe não sabia como lidar com aquele constrangimento, aquela nova consciência de si que estava surgindo.

"E então? Não falei que você vai crescer, que vai ser realmente alto?", disse ela em tom despreocupado. "Um homem alto, bonito, parecido com um árabe...".

"Um árabe alto". Ele se alegrou, entrando no espírito do que a mãe lhe dizia. "E quando meu pai voltar, vou ganhar uma roupa nova... uma bem grande, que cubra direito meus braços! Vamos até precisar dobrar as mangas!".

Nnu Ego caiu na risada e havia lágrimas em seus olhos. Esperava ardorosamente que as previsões dos curandeiros se realizassem. Detestaria desapontar aquele mocinho entusiástico.

Os olhos castanhos de Mama Abby se iluminaram quando ela viu o entusiasmo de Oshia, pois a felicidade do menino se mostrava contagiante. O próprio filho dela, Abby, já estava com dezesseis anos e frequentava uma boa escola em Lagos. Ela também tinha uma filha, Bena, que fora obrigada a casar muito cedo e que nunca fora perdoada por desonrar a família daquele jeito; assim, Mama Abby não tinha netos para cuidar. Fazia questão de chamar Oshia de "nosso filho".

"Estou vendo que nosso filho já está prontinho", disse ela, sorridente. "Que roupa bonita!". Em pé diante de Oshia, ela o analisava com um ar de exagerada reflexão.

Enquanto dava o peito ao bebê, Nnu Ego disse, grata: "Muito obrigada por se incomodar com meu filho, Mama Abby".

A mulher mais velha riu. "Você sabe que minha situação não é melhor que a sua, mas pelo menos tenho um homem para pagar meu aluguel". O marido dela, o pai de Abby, era um europeu que fizera o serviço militar na colônia; voltara para seu país depois do bebê nascer, deixando Mama Abby muito bem de finanças, um dinheiro que a sábia mulher economizara para pagar a educação do filho. Ela própria tinha sangue branco; era da área de Brass, região dos rios na Nigéria cujos habitantes haviam tido contato mais prolongado com os estrangeiros que os do interior: em alguns lugares havia tanta gente de pele clara que até parecia que ali brancos e negros haviam tido sucesso nos casamentos mistos e produzido uma nação de mestiços. Àquela altura Mama Abby já passara da idade de procriar, embora preferisse morrer a admitir esse fato a quem quer que fosse. Tinha a silhueta esbelta de uma menina e aprendera a arte de parecer uma perfeita senhora de alta classe. Ainda frequentava a camada superior da sociedade, mas preferia uma vida de poucos gastos em acomodações alugadas e investir a maior parte de seu dinheiro no único filho tão inteligente, pois isso lhe garantiria uma velhice feliz. Para ela, não chegara o dia em que os filhos interpelam os pais dizendo: "Se você sabia que não tinha meios para me manter, então por que me trouxe ao mundo?". Assim a mãe de Abby, mesmo sendo uma mulher que muitos justos considerariam companhia indesejável para as esposas, comprara seu ingresso para a respeitabilidade por meio do filho, que estava destinado a se tornar um dos líderes da nova Nigéria. No caso de Nnu Ego, seu marido não estava lá para lhe dizer com quem falar e a quem evitar. Ela precisava comer e tinha necessidade de amigos. Era como uma mendiga, e desde quando os mendigos têm escolha? Além disso, Mama Abby era simpática de um jeito ríspido, forçado; mas nem por isso menos simpática e responsável.

"Até logo, até logo!", gritou Oshia, enfiando a mão confiante na mão receptiva de Mama Abby. Quando se aproximavam da porta, Oshia se soltou e correu num dramático regresso até atrás da cortina, reaparecendo com seu chapéu na mão. "Eu já ia esquecendo isto", bufou, mordendo a língua envergonhado.

Nnu Ego ouviu-o gritar suas despedidas a tudo e todos no pátio, enquanto avançava com Mama Abby rumo ao ponto de ônibus.

Aproveitaria ao máximo um dia sem Oshia em casa, depois de amamentar o bebê, a quem não daria um nome enquanto o marido não regressasse, e cujo nascimento não anunciaria ao pai, para não correr o risco de que lhe enviassem um nome de Ibuza antes de Nnaife ter oportunidade de ver o filho. Mas sabia que não poderia esperar para sempre; a criança já estava com seis semanas e todos a chamavam simplesmente de "Bebê". Lavou o menino e, levando o dinheiro economizado do aluguel, saiu em busca de um lugar onde comprar pacotes de cigarro no mercado clandestino. Ficou surpresa com as mudanças ocorridas durante o ano que se passara desde a última vez em que dispusera de capital suficiente para investir num pacote inteiro. Agora, por mais que olhasse, só via soldados de uniforme cáqui circulando pela marina. Não havia marinheiro amistoso perguntando-lhe se queria comprar algum excedente do estoque do navio. Incrédula, Nnu Ego tomou um ferry e cruzou até o cais de Apapa, mas lá foi a mesma coisa. Havia escassez de cigarros. Teve de voltar para casa, fazendo somente uma parada na loja John Holt para comprar um pacote pequeno pelo preço legal. Teria de inventar alguma outra coisa para vender. O bom da venda de cigarros era que ela os comprava por mais ou menos metade do preço de mercado e depois de vendê-los conseguia obter um bom lucro; lucro esse que ia para a alimentação da família. Estava com muita pena de si mesma. Que jeito ia dar agora? Bem, se as coisas continuassem como estavam, teria de voltar a Ibuza antes do vencimento do aluguel.

Tendo tomado uma decisão, andou resoluta com as compras do dia equilibradas na cabeça. Sorriu, feliz, ao ver a mãe de Abby e Iyawo Itsekiri às risadas, com ar conspiratório, por nenhuma razão que pudesse perceber. Talvez Oshia tivesse se comportado mal, preocupou-se.

Em voz alta, perguntou a Mama Abby: "Como foram? Quer dizer, como foi a excursão?".

"Ah, isso...", disse Mama Abby com voz arrastada, como se a pergunta fosse sem importância. "Foi tudo muito bem, acho".

Desconfiou que as duas amigas estivessem tentando esconder alguma coisa dela, algum tipo de surpresa. Fosse o que fosse, devia ser uma coisa que elas consideravam uma boa notícia para ela, a julgar pelo modo como ambas sorriam.

"Entre", acenou Iyawo Itsekiri, encaixando a palma da mão sob o queixo, como costumava fazer, e apontando com a outra mão. "Seu filho está tão satisfeito que parece um rei. Entre!".

"Bem, muito obrigada. Vou entrar e amamentar este aqui. Depois saio para conversar. Oh, vejam!", disse quando se aproximou dos largos degraus que conduziam à sua própria varanda. "Ele acendeu as luzes sozinho. Você deve mesmo ter feito alguma coisa com ele hoje".

Mas não era apenas Oshia que estava na sala. Ela podia ouvir os arpejos do velho violão, que trouxera na mudança apenas por razões sentimentais, não por gostar muito dele ou porque Nnaife soubesse tocá-lo muito bem. Agora, em pé do lado de fora da porta do quarto onde moravam, podia ouvir o som daquele violão velho e, a julgar pela música que o instrumento produzia, quem o tocava estava bem longe de ser um especialista; e mais, Oshia cantava junto. Olhou para trás, para as duas mulheres que a haviam ajudado nos últimos meses, e viu o que os rostos delas diziam. Estavam felizes por ela. Nnaife estava de volta, vivo! Aperfeiçoara um pouco seu desempenho ao violão, provavelmente dedicando-se a essa atividade durante o trabalho no navio. Tinha de ser verdade!

Seu coração pulava de excitação quando entrou no apartamento de um aposento e disse "Nnua, bem-vindo ao lar" a seu marido Nnaife, e também lhe disse: "Olhe, tive outro filho para você enquanto você estava longe nos vastos mares".

UM HOMEM PRECISA
DE MUITAS ESPOSAS

Os humanos, sendo quem são, tendem a esquecer as experiências mais desagradáveis da vida, e Nnu Ego e seu filho esqueceram todo o sofrimento que haviam enfrentado durante a ausência de Nnaife.

A primeira coisa importante a providenciar era a comemoração na qual a nova criança receberia um nome. Todas as pessoas oriundas de Ibuza vivendo em Yabá, em Ebute Metta e na própria ilha de Lagos foram convidadas para a festa. O vinho de palma corria como as águas de primavera dos regatos de Ibuza. As pessoas cantaram e dançaram até cansarem de fazer as duas coisas. Para completar, Nnaife contribuiu com um farto suprimento da bebida produzida localmente, o ogogoro, com que, discretamente, encheu garrafas com o rótulo "Scotch Whisky". Garantiu a Nnu Ego que vira o homem branco para quem trabalhava no navio beber daquele uísque. Nnu Ego perguntara, de olhos arregalados: "Por que eles falam que o nosso ogogoro é ilegal? Muitos dos amigos de meu pai foram presos só por beber ogogoro".

Nnaife riu, o riso amargo de um homem que se tornara muito cínico, que agora se dava conta de que não há pessoa pura neste mundo. Um homem que naqueles últimos meses descobrira que até ali vinha reverenciando um falso ídolo e que, por baixo de peles brancas, exatamente como por baixo de peles negras, todos os humanos são iguais. "Se eles nos deixassem desenvolver a produção de nosso próprio gim, quem compraria o deles?", explicou.

Contudo, a longa permanência de Nnu Ego em Lagos e as cerimônias semanais a que assistia na igreja igbo de São Judas haviam cobrado seu preço. Ela perguntou, desconfiada: "Mas o nosso gim é puro como o deles?".

"O nosso é ainda mais forte e mais puro. Mais autêntico. Eles bebiam o nosso nos navios em Fernando Pó".

Assim, no dia em que seu bebê recebeu um nome, Nnaife ofereceu aos convidados uma enorme quantidade de ogogoro, e os hóspedes ficaram deslumbrados com a quantidade de dinheiro que ele estava gastando, pois achavam que as bebidas que estavam consumindo tinham vindo da Escócia. Não consideraram a hipótese de duvidar dele, pois a maioria dos tripulantes dos navios chegava em casa com todo tipo de coisa. Seus patrões, impossibilitados de simplesmente comprar aqueles trabalhadores, de todo modo faziam-nos trabalhar como escravos, e permitiam que se apropriassem de todas as coisas inúteis que já não tinham valor para eles. Os trabalhadores eram pagos – escravos pagos –, mas ganhavam tão ridiculamente pouco que muitos cristãos brancos com um pouquinho de consciência se perguntavam se valia mesmo a pena alguém deixar mulher e filhos para trás e passar quase um ano numa viagem daquelas. Contudo, Nnaife estava encantado. Inclusive, nutria esperanças de fazer outra viagem como aquela. Mas, no dia da cerimônia de atribuição de nome a seu filho, gastou boa parte do dinheiro que havia trazido para casa. Ele e sua família haviam ficado sem nada durante tanto tempo que a ideia de economizar um pouco foi empurrada para segundo plano.

Nnu Ego, aquela mulher frugal, jogou a prudência para o alto e realmente aproveitou a ocasião. Comprou quatro indumentárias diferentes, de algodão, na UAC. Uma para usar de manhã, outra para a tarde, quando o menino recebeu o nome de Adim, sendo que Adimabua significa "agora sou dois": Nnaife estava anunciando ao mundo que agora tinha dois filhos, portanto era duas pessoas em uma, um homem muito importante. Outra indumentária era para o fim da tarde e a quarta para a noite – uma roupa cara, de belbutina. Esta última era tão bonita que mesmo as mulheres que a haviam ajudado em tempos de necessidade lançavam olhares de inveja. Mas Nnu Ego não se importou; estava feliz.

Sem querer ficar para trás, Oshia e o pai trocaram de roupa com a mesma frequência que Nnu Ego. Foi um dos dias mais felizes da vida dela.

Um mês depois, Oshia começou a frequentar a escola missionária local, a Yabá Metodista. Isso o deixou muito orgulhoso, e ele não se cansava de exibir seu uniforme cáqui guarnecido de trancinhas cor-de-rosa. Nos meses que se seguiram, Nnu Ego vendeu as coisas que o marido trouxera do navio, e com isso a família tinha como viver confortavelmente.

Nnaife estava desenvolvendo uma espécie de dependência de seu castigado violão. Gostava de cantar e tanger o velho instrumento, visitando um amigo após outro, sem pensar nem por um segundo em procurar um novo emprego. "Eles prometeram que iam me chamar", dizia. "Disseram que assim que estivessem prontos para voltar ao mar, mandavam me buscar".

Nnu Ego estava começando a perceber outra coisa. De repente, desde que voltara, Nnaife assumira o papel de amo e senhor. Tinha agora tanta confiança em si mesmo que muitas vezes nem se dava ao trabalho de responder às perguntas dela. A ida para Fernando Pó criara uma distância entre os dois. Nnu Ego não sabia se aprovava ou detestava essa mudança. Era verdade que ele lhe dera dinheiro o bastante para a manutenção da casa e um bom capital na forma das coisas que trouxera de Fernando Pó, mas mesmo assim ela não gostava de homens que passavam o dia inteiro em casa.

"Por que você não vai até Ikoyi e pergunta àqueles europeus se eles têm outros trabalhos domésticos para você, de modo que quando eles estiverem prontos para viajar, você vai com eles?".

"Olha, mulher, passei onze meses trabalhando dia e noite sem parar. Você não acha que mereço um pequeno descanso?".

"Um pequeno descanso? Será que três meses não é tempo que chegue para descansar? Você pode procurar alguma ocupação enquanto espera que eles o chamem".

Se Nnu Ego ultrapassasse esse limite de argumentação, ele saía de casa pelo resto do dia ou recorria a seu passatempo recém-descoberto: tanger o velho violão do dr. Meers. Ela resolveu deixá-lo em paz por um tempo. Afinal, ainda tinham dinheiro suficiente para pagar o aluguel. Além disso, tratou de adiantar o pagamento de mais um período letivo para Oshia. Agora podia manter uma banca modesta, permanente, só sua, no pátio da estação ferroviária, em vez de ter de espalhar suas mercadorias no calçamento, do lado de fora do pátio onde morava. Oshia também ajudava. Depois da escola, instalava-se ao lado da banca da mãe, na frente de casa, vendendo cigarros, parafina, graveto e anil. Assim que a mãe acabava de lavar e arrumar tudo o que fora usado na cozinha naquele dia, ela o deixava sair para brincar com os amigos.

Numa daquelas tardes, ela estava sentada com as vizinhas em frente de casa, perto do poste de eletricidade que fornecia luz para uma área de vários metros ao redor dali. Adim, o irmãozinho de Oshia, já completara quatro meses e estava escorado por um monte de areia, que o cercava e sustentava suas costas para que aprendesse a sentar-se com o corpo reto. O bebê a todo momento desabava sobre a areia como uma trouxa de trapos mal amarrada, para diversão de todas. Nnu Ego montava guarda em sua banca, com as mercadorias à mostra, e Iyawo Itsekiri começara a vender carne de porco, que expunha numa vitrine de vidro. Outra mulher, do pátio ao lado, trouxera uma grande bandeja cheia de pão, de modo que, à tarde, a parte da frente da casa da Rua Adam parecia um mercadinho.

As mulheres assim cuidavam alegremente de suas ocupações quando ouviram Nnaife, o tocador de violão, voltando para casa. Foi uma surpresa, porque por aqueles dias sempre que ele saía só voltava muito tarde, às vezes já de madrugada.

"Olhe!", mostrou Iyawo Itsekiri a Nnu Ego, que fazia o possível para se convencer de que não estava vendo coisas. "Olhe, seu marido voltou cedo, hoje. Será que aconteceu alguma coisa?".

"Vai ver que esta noite, para variar, ele resolveu usar a casa onde mora. E vejam o grupo de amigos que ele está trazendo. Será que vão fazer alguma festa, ou coisa do tipo? Até nosso velho amigo Ubani está com eles. Faz um bom tempo que não vejo Ubani". Com essa declaração, Nnu Ego deixou de lado os incômodos com o marido e correu, animada, ao encontro dos amigos. Eles ficaram igualmente felizes ao vê-la. Nnaife não parou de tocar seu violão durante as alegres efusões. Nnu Ego mostrou os filhos e Ubani observou que Oshia estava ficando muito alto. Depois disse a Nnu Ego que a mulher, Cordelia, ficaria muito feliz em saber que ele vira a família inteira e que todos estavam com ótima aparência.

"Ah, quer dizer que ela não sabe que você vinha aqui em casa hoje à noite?".

"Raros homens dizem à mulher aonde vão", intrometeu-se Nnaife, tentando fazer graça.

"Eu não disse a Cordelia que veria todos vocês porque encontrei seu marido por acaso, na Rua Akinwunmi, passando uma tarde agradável com alguns amigos. Foi aí que resolvemos vir até aqui para ver você".

Havia uma espécie de constrangimento na expressão das visitas, pensou Nnu Ego, embora Nnaife parecesse não perceber coisa alguma. Ela, porém, estava ficando preocupada. Mesmo assim, disse com amabilidade: "Por favor, entrem, entrem. Oshia, tome conta da banca. Não demoro".

Nnu Ego percebeu que Ubani era o único a fazer um esforço para falar. Os outros, Nwakusor, Adigwe e Ijeh, todos homens de Ibuza que viviam na área de Yabá, tinham uma atitude solene. Bem, havia muito pouco que ela pudesse fazer para amenizar o ar sombrio deles... Mesmo assim, tentaria. Serviu-lhes um pouco de noz-de-cola e ofereceu cigarros e fósforos. Nnaife apareceu com seu onipresente ogogoro e, em pouco tempo, a reunião adquiria um ar de festa. Depois das orações, Nwakusor ofereceu um trago a Nnaife e outro à sua esposa. Quando o amigo insistiu para que eles bebessem, Nnu Ego percebeu que havia algo de muito errado. Aqueles homens estavam ali trazendo más notícias. Mesmo assim, como uma boa mulher, tinha o dever de fazer o que lhe diziam, tinha o dever de não interrogar o marido na frente dos amigos. Seus pensamentos se voltaram para o pai, que agora envelhecia depressa, e o medo fez seu coração bater com força. Começou a ter arrepios, mas tomou a beberagem artesanal com um grande gole e tossiu um pouco, trazendo um sorriso aos rostos dos homens que a fitavam. Nnu Ego era uma boa esposa, satisfeita com sua sorte.

Nwakusor pigarreou, franzindo a testa normalmente lisa. Dirigiu-se a Nnaife de maneira formal, utilizando o nome do pai dele, Owulum. Lembrou-o de que no dia em que um homem nasce no seio de uma família, assume as responsabilidades em relação àquela família. Alguns homens tinham a sorte de contar com um irmão mais velho para carregar nos ombros a maior parte dessa responsabilidade. Os ouvintes confirmaram o que ele dizia balançando a cabeça, num assentimento sem palavras. Tratava-se de um fato inconteste.

"Você, Nnaife, até a semana passada era um desses homens de sorte. Mas agora seu irmão mais velho já não está entre nós...".

Nnaife, que até ali mantinha seu velho violão apoiado no joelho, esperando Nwakusor acabar de falar para poder dar início a uma das canções que aprendera durante sua curta permanência em Fernando Pó, jogou o instrumento no chão cimentado. O som metálico que ele produziu declinou com um eco tão intenso de vazio que todos os olhos acompanharam sua queda hipnoticamente, depois se voltaram para Nnaife, que soltou um gemido que era quase um grito. Em seguida houve silêncio. Ele encarou os amigos com olhos vazios. Quando se recuperou do susto do barulho produzido pela queda do violão, Nnu Ego começou a compreender o que havia sido dito. Então era isso. Agora Nnaife era o chefe de sua família.

"Ah, Nnaife, como você vai fazer? Todas aquelas crianças, todas aquelas esposas...". Nesse ponto ela se interrompeu, quando a verdade a atingiu como um soco. Quase perdeu o equilíbrio, enquanto o fato penetrava seu cérebro. O irmão de Nnaife, o mesmo homem que conduzira as negociações em torno dela, já tinha três esposas nos tempos em que ela ainda vivia em Ibuza. Com toda a certeza, as pessoas não estariam esperando que Nnaife as herdasse? Olhou em torno, em pânico, e pôde ler nos rostos de pedra dos homens sentados ao redor que eles haviam pensado nisso e estavam ali para ajudar o amigo e parente a resolver esse problema espinhoso. Durante algum tempo, Nnu Ego esqueceu o homem gentil que acabara de morrer; a única coisa em que conseguia pensar era no filho que mal entrara na escola. De onde Nnaife ia tirar o dinheiro? Oh, Deus... Correu para fora, deixando o bebê na cama.

Correu para Mama Abby, que, tal como muitas outras, tentava adivinhar o que significavam o ruído e o choro dentro da casa. Nnu Ego falou a primeira coisa que lhe veio à cabeça: "Talvez em breve Nnaife tenha cinco novas esposas".

Ao ver que as amigas não sabiam o que estava acontecendo, Nnu Ego tratou de explicar: "O irmão dele morreu, deixando várias esposas e sabe Deus quantos filhos".

"Ah, querida, você é obrigada a aceitar todos eles?", perguntou Mama Abby, que não conhecia bem os costumes dos igbos. "Você já tem seus próprios filhos para cuidar... imagino que as pessoas saibam que Nnaife não tem emprego estável...".

"Talvez ele tenha de voltar para casa e tomar conta da lavoura", disse uma das mulheres curiosas.

Todas começaram a falar ao mesmo tempo, uma dizendo a Nnu Ego o que fazer, outra lhe dizendo o que não fazer. As vozes se misturaram, mas Nnu Ego agradeceu e voltou para dentro, para perto dos homens. Seu marido estava sendo consolado pelos amigos, que haviam lhe oferecido outro copo de ogogoro. A Nnu Ego pediram que buscasse mais cigarros em sua banca, com alguém fazendo uma vaga promessa de remuneração. Muitos vizinhos e amigos foram chegando; juntos, todos fizeram um pequeno velório pelo irmão de Nnaife.

Ubani foi o primeiro a se despedir. Antes de partir, porém, chamou Nnu Ego e Nnaife para conversar no quintal, já que o quarto estava lotado de pessoas que vinham apresentar suas condolências à família enlutada e ficavam para um copo de gim ou uísque e uma baforada de tabaco. O ar de fora estava fresco, e o céu era de um negror aveludado. Estrelas cintilavam desordenadamente sobre aquele fundo escuro, e a lua estava parcialmente escondida. Ubani lhes disse que conseguiria uma colocação para Nnaife na ferrovia como cortador da grama que crescia incessantemente ao longo dos trilhos. A não ser que ele preferisse voltar para Ibuza, Ubani sugeria que ele começasse a trabalhar já no dia seguinte.

Nnaife agradeceu com sinceridade. Não, respondeu, não iria para Ibuza. Estava afastado do trabalho da lavoura havia tanto tempo que preferia tentar a sorte em Lagos. Em casa, as exigências da família não teriam fim. Achava que teria mais condições de viver por mais tempo se não entrasse no que lhe parecia um vendaval familiar. Claro, enviaria dinheiro para as esposas Owulum e ficaria atento para que os filhos delas cuidassem de pequenas lavouras. Mas seria de mais ajuda para eles se ficasse aqui em Lagos. Sem dúvida, iria com Ubani no dia seguinte assumir o trabalho, caso o aceitassem.

Ubani lhe garantiu que o aceitariam: ele próprio agora cozinhava para o diretor de todo o Departamento de Estradas de Ferro da Nigéria e numa base permanente. Seu empregador era o Departamento e não o diretor, de modo que no dia em que resolvesse abandonar aquele trabalho, simplesmente seria transferido para um outro patrão. Ubani riu com amargura: "Agora estou falando como um escravo velho, agradecido porque lhe dão de que viver".

"E não somos todos de certo modo escravos dos brancos?", perguntou Nnu Ego com voz estrangulada. "Se eles nos deixam comer, então comemos. Se dizem que é para não comermos, de onde vamos tirar comida? Ubani, você é um homem de sorte e me alegro por você. O salário pode ser pequeno e o trabalho pode ser de escravo, mas pelo menos sua esposa está tranquila, sabendo que no fim do mês vai receber algum dinheiro para alimentar os filhos e você. O que mais uma mulher pode querer?".

"Vejo você amanhã, meu amigo. Fique atento no trajeto, com todos esses soldados haussá andando pelas ruas".

Nnaife foi admitido como cortador de grama do alojamento da ferrovia. Recebeu um bom alfanje e usava roupas esfarrapadas enquanto passava o dia cortando grama, sob sol ou sob chuva. O trabalho era cansativo e ele não o apreciava muito, especialmente quando via muitos outros igbos assumindo cada um sua ocupação na oficina, pela manhã. Contudo, como Ubani, estava trabalhando para o Departamento e não para um branco específico, e pretendia beneficiar-se disso para conseguir ser admitido na oficina.

Uma coisa era certa: conquistara o respeito e mesmo o temor da esposa Nnu Ego. Agora podia até espancá-la, se ela ultrapassasse os limites do que ele tolerava. Dava-lhe uma pequena quantia para a manutenção da casa, o suficiente para comprar um saco de garri para o mês, mais alguns inhames; o que faltasse ela tinha de cobrir com os lucros de seu comércio. Além disso, ele pagava a escola de Oshia, que crescia depressa e era o orgulho e a alegria da mãe. Adaku, a nova esposa do falecido irmão, viria ao encontro deles em Lagos, e algum tempo depois a esposa mais velha, Adankwo, que ainda amamentava um bebê de quatro meses, talvez viesse também. Ego-Obi, a esposa do meio, voltara para sua gente depois da morte de Owulum, o irmão de Nnaife. Segundo a família Owulum, ela era uma pessoa arrogante, e ela, do lado dela, afirmava que fora tão maltratada por eles depois da morte do marido que tomara a decisão de ir viver com sua própria gente. Fosse como fosse, ninguém sentiu sua falta; primeiro, porque ela não tinha filhos, segundo, porque era muito desaforada. Adaku, por outro lado, tinha uma filha, era mais bonita que Ego-Obi e muito ambiciosa, como Nnu Ego constataria muito em breve. Fizera questão de ser herdada por Nnaife.

Nnu Ego não acreditou nos próprios olhos quando voltou do mercado uma tarde e viu aquela jovem sentada à porta da casa deles com uma menina de quatro anos adormecida no colo. Na opinião de Nnu Ego, ela era atraente a ponto de causar inveja, tinha uma aparência jovem e era confortavelmente rechonchuda, com o tipo de curvas que realmente caem bem numa mulher. Aquela mulher irradiava paz e satisfação, uma satisfação que claramente tinha uma influência saudável sobre a filha, igualmente rechonchuda. A mulher era escura, de um preto brilhante, e não muito alta. Seu cabelo estava trançado na última moda e, quando ela sorriu e se apresentou como "a nova esposa", sua humildade pareceu um tanto inconsistente. Nnu Ego tinha a sensação de que deveria se curvar diante daquela criatura perfeita, logo ela, que um dia fora aclamada como a mais bela mulher que já existira. O que acontecera? Por que se tornara tão abatida, tão áspera, tão gasta, enquanto aquela parecia um lago que ainda não fora perturbado? Nnu Ego foi tomada sucessivamente pelo ciúme, pelo medo e pela raiva. Detestava aquele tipo de mulher, que bajula o homem, depende dele, tem necessidade dele. Sim, Nnaife ia gostar. Instintivamente, ele se incomodara com a independência dela, embora gradualmente tivesse sido obrigado a aceitá-la. Mas agora aparecia aquela nova ameaça.

"Não se preocupe, esposa mais velha, eu levo as compras do mercado para dentro. Vá, sente-se, tome conta dos bebês. É só me mostrar onde é o local de cozinhar que num instante apronto a refeição para você".

Nnu Ego fitou-a. A tal ponto perdera o contato com sua gente que a voz daquela pessoa que se dirigia a ela como "esposa mais velha" a fez sentir-se não apenas velha, como completamente fora do cenário, como se fosse uma exilada. Ficou magoada. Uma coisa era receber aquele tratamento em Ibuza, onde a antiguidade significava valor; aqui em Lagos, embora ainda se cultivasse a mesma crença, era num grau diferente. Estava habituada a ser a única mulher daquela casa, acostumada a ter Nnaife só para si, planejando com ele o que fazer com o pouco dinheiro que ele ganhava, apesar de que desde a temporada em Fernando Pó, Nnaife se tornara um pouco evasivo – resultado do longo isolamento, ela achara. Mas agora, aquele novo perigo...

O que deveria fazer? Enquanto tudo não passava de uma possibilidade, ela não se incomodara. Sem notícias definidas de casa, começara a dizer para si mesma que talvez as esposas do Owulum sênior tivessem resolvido não vir. Afinal, ela mandara recados para Ibuza informando à família de Nnaife que as coisas em Lagos eram difíceis, que Lagos era um lugar onde não se encontrava nada de graça, que o emprego de Nnaife não era muito seguro, que ela precisava reforçar os rendimentos dele com seus magros ganhos. Podia imaginar aquela criatura ouvindo tudo isso e rindo consigo mesma, dizendo: "Se lá é tudo tão ruim assim, por que ela não vai embora? Será que não quer que eu vá?". Sim, era verdade, Nnu Ego não queria que ela viesse. O que mais Nnaife podia querer? Ela lhe dera dois filhos e, depois que deixasse de amamentar Adim, nada a impediria de ter todos os filhos que os dois desejassem. Conhecia aquele tipo de mulher: uma mulher ambiciosa que já estava imaginando que agora em Lagos comeria comida frita.

Nnu Ego sabia que o pai não tinha como ajudá-la. Ele lhe diria: "Ouça, filha, eu mesmo tenho sete esposas. Casei-me com três delas; quatro, herdei com a morte de parentes. Sua mãe era apenas uma amante que se recusou a casar-se comigo. Então por que você quer complicar a vida do seu marido? Por favor, não envergonhe outra vez o nome da família. Que maior honra pode haver para uma mulher do que ser mãe? E agora você é mãe – e não de filhas, que se casarão e partirão, mas de meninos bonitos e saudáveis, e eles são os primeiros filhos de seu marido, e você é a primeira esposa dele, a esposa mais velha. Por que quer se comportar como uma mulher que cresceu numa família pobre?". E tudo isso por causa de um marido que no início ela não queria! Um marido para quem fechara os olhos quando ele a procurara naquela primeira noite, um marido que até recentemente tinha pouca confiança em si, que alguns meses atrás era pesado e barrigudo em decorrência da inação. Agora ele estava perdendo peso por causa do trabalho pesado ao ar livre, como faziam os homens em Ibuza. Nnaife parecia mais jovem do que sua idade, enquanto ela, Nnu Ego, estava parecendo – e se sentindo – muito velha depois de dar à luz apenas três crianças. A coisa toda era tão injusta.

Nnu Ego tentou desesperadamente controlar os próprios sentimentos, fazer cara agradável, ser a esposa sofisticada de Ibuza e dar as boas-vindas a outra mulher em sua casa; mas não era capaz de fazer isso. Odiava aquela coisa chamada modo europeu de vida; aquelas pessoas denominadas cristãs ensinavam que um homem deve casar com uma única mulher. E agora ali estava Nnaife com não apenas duas esposas, mas planejando ter quem sabe três ou quatro num futuro não tão distante. Contudo, ela sabia a resposta que ele lhe daria para justificar o fim de sua monogamia. Diria: "Já não trabalho para o dr. Meers. Sou cortador de grama do Departamento de Estradas de Ferro da Nigéria, que emprega muitos muçulmanos e até pagãos". Só fora um bom cristão enquanto sua sobrevivência com o dr. Meers dependia disso. Fora justamente aquele trabalho, quando os dois se viam todos os dias e o dia inteiro, que a tornara tão dependente de Nnaife. Já fazia mais de sete anos que ela estava em Lagos e era impossível alterar os hábitos daqueles anos todos em dois minutos, por mais humilhante que fosse saber que aquela mulher recém-chegada de Ibuza a observava de perto, testemunhando todos os conflitos e deliberações que lhe iam pela cabeça. Adaku, porém, conseguiu disfarçar toda insatisfação que pudesse estar sentindo com um leve sorriso que nem se transformava em sorriso aberto nem degenerava para uma expressão severa.

Como alguém que acorda de repente de um sono profundo, Nnu Ego passou depressa pela outra e, em pé diante da porta de sua casa, com a chave na fechadura, disse com voz fosca: "Entre, traga sua filha".

Adaku, cansada da longa viagem, mordeu com tanta força o lábio inferior que quase o fez sangrar. Sem dizer palavra, levou a criança adormecida para o interior do aposento escuro, depois voltou para a varanda para buscar suas coisas e, como era seu dever, as compras de Nnu Ego. Havia se preparado para uma recepção relutante como aquela; e que alternativa lhe restava? Depois de um luto de nove meses desde a morte do marido, ficara farta de Ibuza, pelo menos por algum tempo. As pessoas haviam lhe dito que Nnu Ego seria uma pessoa de convivência difícil; mas, ou aceitava Nnaife ou passaria o resto da vida lutando para equilibrar o orçamento. O pessoal de casa a despachara para Lagos com todas as suas bênçãos, mas aquela filha de Agbadi lhe manifestava tanto rancor... Nnu Ego tinha sorte de não haver por ali nenhum homem ou nenhuma mulher de Ibuza para testemunhar aquele tipo de comportamento tão pouco igbo; muita gente não teria acreditado. Adaku, porém, não se importou. Tudo o que queria era um lar para a filha e os futuros filhos. Não almejava coisa alguma além de um lar, como faziam algumas mulheres que se casavam fora das famílias dos esposos mortos. Não, valia a pena aguentar uma certa dose de humilhação para ter e manter os filhos reunidos numa mesma família. Pelo bem dos próprios filhos, ignoraria aquela gata enciumada. Sabe lá... pensou consigo mesma, podia até ser que Nnaife viesse a gostar dela. Era só esperar para ver.

Nnaife ficou encantado com sua sorte. Com o rosto iluminado, como uma criança que recebe um brinquedo novo, mostrou a Adaku, na qualidade de sua nova esposa, tudo o que havia no pátio onde viviam. Mostrou-lhe isso e mais aquilo e comprou um pouco de vinho de palma para brindar ao fato dela ter chegado sem percalços. Assumiu a filha de Adaku como sua e prometeu ao irmão morto que tomaria conta da família dele como se fosse sua própria. Chamou Oshia e apresentou-lhe a menininha, Dumbi, como irmã. Oshia, que suspeitava que a mãe não gostava dessa nova irmã nem da mãe dela, perguntou:

"Quando elas vão voltar para o lugar de onde vieram, pai?".

Nnaife o repreendeu, chamando-o de garoto egoísta, e acrescentou que, se não tomasse cuidado, quando crescesse seria um homem egoísta que ninguém ia ajudar quando estivesse em dificuldades. Nnaife plantou o medo do Diabo em Oshia contando-lhe um caso que, segundo ele, acontecera no navio, de um branco que morrera sozinho porque só se ocupava de suas próprias coisas.

Nnu Ego, que estava atarefada servindo a sopa enquanto essa conversa se passava, sabia que metade daquilo não era verdade. Achou que Nnaife estava sendo ridículo, que ele próprio estava se comportando como criança, tentando exibir seu conhecimento do mundo para a nova esposa. Nnu Ego ficou ainda mais incomodada porque esta última produzia sons encorajadores, como se Nnaife estivesse contando uma viagem bem-sucedida à lua.

"Pelo amor de Deus, Nnaife, será que existe alguma coisa que não tenha acontecido nesse navio em que você navegou tanto tempo atrás?". Ela achava que os outros iam rir, mas seu filho Oshia estava tão embevecido com as histórias do pai que não gostou nem um pouco da interrupção da mãe, e reclamou, indignado:

"Mas é verdade, mãe!".

"Algumas coisas estranhas acontecem de fato nesses navios que atravessam os grandes mares, e os homens veem mesmo coisas incríveis. Todo mundo sabe disso, até em Ibuza", opinou Adaku sem ser convidada.

Nnu Ego congelou os movimentos. Sabia que se não tomasse cuidado ficaria numa posição de confronto na qual ela e Adaku começariam a disputar as atenções de Nnaife. Estranho como em menos de cinco horas Nnaife se transformara numa mercadoria rara. Ignorou a observação de Adaku por julgar que não havia o que dizer, mas ralhou com o filho:

"Que tipo de filho é você, respondendo a sua mãe desse modo? Um bom filho deve sempre respeitar a mãe. Num lugar como este, os filhos pertencem tanto à mãe como ao pai!".

Nnaife limitou-se a rir e disse a Oshia que não falasse mais daquele jeito com ela, acrescentando, com uma ponta de ironia: "É muito comum os filhos serem filhos das suas mães".

Mais uma vez ouviu-se aquela voz fresca, suave, que Nnu Ego passara o dia inteiro tentando aceitar como parte da vida deles, enquanto também dizia a si mesma que a dona da voz não era parte da vida deles, ou que, se era, seria uma coisa apenas temporária – mas Adaku, a dona da voz perturbadora, parecia decidida a fazer parte sim, desde o primeiro minuto:

"Em Ibuza os filhos ajudam os pais, muito mais do que ajudam as mães. A alegria de uma mãe fica só no nome. A mãe se preocupa com os filhos, cuida deles enquanto são pequenos; mas no que diz respeito a ajudar na lavoura, a preservar o nome da família, todos eles pertencem ao pai...".

A explicação de Adaku foi interrompida por Nnu Ego, que se aproximou com a sopa fumegante que pouco antes servira atrás da cortina. Ela fungou com desdém e disse, enquanto depositava uma tigela diante de Nnaife: "Por que você não diz à esposa de seu irmão que nós estamos em Lagos, não em Ibuza, e que Oshia não pode ajudar você porque você não tem lavoura no alojamento da ferrovia, que lá você corta grama?".

Todos comeram em silêncio: Nnu Ego, Adaku e as duas crianças, Oshia e Dumbi, que comiam da mesma tigela o inhame socado com sopa. A cabeça de Nnu Ego não estava na comida, seus movimentos eram mecânicos. Ela temia que sua autoridade na casa de Nnaife estivesse em jogo. Aproveitava todas as oportunidades para lembrar a si mesma que era a mãe dos filhos da família. Mesmo no momento de repartir o pedaço de carne entre as duas crianças, um dos deveres da dona da casa, ela disse a Dumbi que deveria respeitar Oshia, pois ele era o herdeiro e o futuro chefe da família. Seus poucos bens – a cama de ferro de quatro colunas que Nnaife comprara com o dinheiro da viagem a Fernando Pó e os grandes espelhos de parede – eram coisas de imenso valor para Nnu Ego e, caso seu filho quando adulto jamais fosse agricultor, queria ter certeza de que tudo o que houvesse seria dele. Mais uma vez teve consciência de estar sendo ridícula, pois ninguém a desafiava: aquele era um fato sabido. Mesmo assim, sentiu-se compelida a declarar o óbvio como forma de aliviar seu tumulto íntimo.

Concluída a refeição, Nnaife olhou para ela pensativo e disse: "A comida está muito boa; obrigado, esposa mais velha e mãe dos meus filhos".

Foi a vez de Nnu Ego ficar surpresa. O marido nunca lhe agradecera pela refeição antes, quanto mais mencionar que ela era a mãe de seus dois meninos. O que estava acontecendo com todos eles?

De sua cadeira, Nnaife continuava a observá-la; os outros membros da família comiam sentados no chão.

"Entenda... a morte de meu irmão vai trazer mudanças para nós todos. Agora sou o chefe, e você, a esposa do chefe. E como acontece com todas as esposas de chefes em Ibuza, há certas coisas que seria inadequado você comentar ou mesmo perceber, do contrário vai estimular as pessoas a zombar de você ou a ficar comentando. Ninguém desejava a morte do meu irmão. E você acha, conhecendo-o como o conhecia, que ele era o tipo de homem capaz de permitir que você e Oshia pedissem esmolas se alguma coisa acontecesse comigo?".

Nnu Ego não conseguiu achar nada adequado para dizer. Estava um pouco desconcertada. Tentar ser filosófica como Nnaife poderia levá-la a atribuir profundidade ao que era trivial. Mesmo assim, sentia-se intrinsecamente grata a ele por fazer o que devia ter sido um tremendo esforço.

Estava resolvida a enfrentar com paciência o que sabia que seria um imenso teste para ela. Não apenas era a mãe dos filhos dele como era a mãe espiritual e natural daquele lar, portanto deveria começar a se comportar como tal. Só depois de algum tempo percebeu que estava empilhando os pratos usados para a refeição da noite e levando-os para a cozinha para limpá-los.

"Eu é que deveria estar fazendo isso", arrulhou Adaku às suas costas.

Nnu Ego controlou a respiração e firmou as mãos trêmulas. Depois falou, numa voz que a surpreendeu: "Mas, filha, você precisa conhecer seu marido. Vá para perto dele. Tenho certeza de que ele tem muitas histórias para lhe contar".

Adaku riu, a primeira risada verdadeira que se permitira soltar desde a chegada naquela manhã. Era um som muito eloquente, dizendo a Nnu Ego que as duas seriam irmãs naquela história de partilhar um marido. Entrou na cozinha e ainda ria quando Mama Abby chegou.

"Sua nova esposa é uma mulher simpática. Rindo com tanta confiança e alegria no dia da chegada".

"Uma primeira esposa feliz faz um lar feliz", devolveu Nnu Ego. Desconfiava que àquela altura sua infelicidade com a presença de Adaku fosse de conhecimento geral, e não ia estimular falatórios. Afinal de contas, Mama Abby nunca tivera de viver como esposa mais velha antes, para não falar em acolher uma esposa mais jovem na família. Para evitar que ela fizesse outros comentários, Nnu Ego acrescentou: "Preciso ir tomar conta de nossas visitas".

Entrou apressada e, para afastar as ideias dos próprios problemas, cuidou de atender as pessoas que apareceram ao longo da tarde para ver a nova esposa. Nnu Ego segurou as lágrimas enquanto preparava sua própria cama para Nnaife e Adaku. Era uma boa coisa ela estar decidida a desempenhar o papel de esposa mais velha madura; não ia ficar sofrendo quando chegasse o momento de Adaku dormir naquela cama. Iria entupir as orelhas com trapos e enfiar o mamilo na boca do filho menor, Adim, quando todos se deitassem para dormir.

Bem antes da última visita sair, Nnaife já mandava Oshia para a cama porque estava ficando tarde.

"Mas em geral ficamos acordados mais do que isso, pai".

"Não discuta com seu pai. Vá, abra sua esteira e durma. Você também, minha nova filha Dumbi".

Os vizinhos presentes para dar as boas-vindas à nova esposa entenderam a indireta e se foram. Nnaife precisava se comportar com tanta obviedade?, perguntou-se Nnu Ego. Até parecia que Adaku ia desaparecer depois daquela noite.

"Você também, esposa mais velha, tente dormir", ele disse, e agora Nnu Ego tinha certeza de que ele estava rindo dela. Mal conseguia esperar que ela se acomodasse para puxar Adaku para a única cama da família.

Ainda bem que ela se preparara, porque Adaku mostrou ser uma dessas mulheres modernas desavergonhadas de quem Nnu Ego não gostava. O que ela pensava que estava fazendo? Então achava que Nnaife era seu amante, e não seu marido, para demonstrar seu prazer com aquele exagero? Tentou tapar as orelhas, mas mesmo assim ouvia as manifestações exageradas de Adaku. Nnu Ego passou a noite se virando de um lado para o outro em fúria e desespero, acompanhando na imaginação o que se passava atrás do cortinado da cama. Não que fosse preciso imaginar muito, porque mesmo que tentasse ignorar os acontecimentos, Adaku não permitia. Ria, guinchava, gritava e gargalhava sucessivamente, até Nnu Ego se convencer de que o espetáculo era dedicado a ela. Houve um momento em que Nnu Ego se sentou com o corpo muito ereto olhando para as silhuetas de Nnaife e Adaku. Não: não era preciso imaginar; Adaku se encarregou de garantir que ela soubesse.

Quando não conseguiu mais suportar, Nnu Ego gritou para Oshia, que surpreendentemente dormira o tempo todo: "Oshia, pare de roncar!".

Fez-se silêncio na cama, depois um ataque de riso. Nnu Ego podia ter mordido a língua até cortá-la fora; o que mais a magoou foi ouvir Nnaife observar:

"Minha esposa mais velha não está conseguindo dormir. Você precisa aprender a aceitar seus prazeres em silêncio, minha nova esposa Adaku. A esposa mais velha é como as madames brancas: não gosta de barulho".

Nnu Ego cravou os dentes na roupa de dormir do filho para se impedir de gritar.

PARTILHANDO UM MARIDO

Mais ou menos por volta de 1941, quase todo mundo no país sabia que havia uma guerra acontecendo em algum lugar. Muitos não faziam ideia nem mesmo da razão pela qual ela estourara. Mas os mais esclarecidos sabiam que tinha algo a ver com os governantes da Nigéria, os britânicos.

As mulheres que iam aos mercados perceberam que já não era possível comprar sal tão barato quanto antes. A escassez desse tipo de gênero era tal que nas aldeias do interior o sal em pedra era usado como dinheiro.

Na escola, crianças como Oshia não conseguiam deixar de ver imagens da guerra. As paredes da escola estavam decoradas com fotos de aviões de diferentes formatos, alguns parecendo pássaros, outros, peixes no mar.

Para o homem simples da rua, as coisas não estavam tão nefastas, exceto pelo fato de que não era possível encontrar peixe barato para comprar, por exemplo, peixe seco, e a maioria dos alimentos importados viraram coisa do passado. Mas muitas pessoas sofreram consequências diretas da guerra: pessoas como Nnaife e sua família, famílias que haviam deixado suas comunidades rurais para ganhar a vida nas cidades. Isso era relativamente fácil na época anterior à guerra: sempre era possível trabalhar como empregado doméstico. Agora os amos estavam no front, lutando. Havia escassez de dinheiro e de empregos. E na família de Nnaife havia muitas bocas somando-se às que já era preciso alimentar.

Nnu Ego e a nova esposa Adaku engravidaram quase ao mesmo tempo. Nnu Ego entrou primeiro em trabalho de parto e teve filhas gêmeas.

"Seu primeiro conjunto de meninas, esposa mais velha", disse Adaku, à guisa de cumprimento.

"Hm, eu sei, mas duvido que nosso marido goste muito delas. É difícil ter uma menina numa cidade como esta, quanto mais duas".

"Ah, esposa mais velha, às vezes tenho a sensação de que você é mais tradicional que nossa gente de Ibuza. Está sempre preocupada em agradar nosso marido".

Nnu Ego riu baixinho, olhando a mulher mais jovem limpar e vestir as recém-nascidas. "Acho que é por causa da influência de meu pai. Posso vê-lo com os olhos da imaginação, avaliando o assunto por todos os lados, depois dando uma risadinha e perguntando a seu amigo Idayi se está certo isso de minha chi mandar duas meninas para mim em lugar de uma só".

As duas riram. "Vivemos num mundo de homens. Mesmo assim, esposa mais velha, quando estas meninas crescerem vão ser de grande ajuda para cuidar dos meninos. E seus dotes de esposa também poderão ser usados para pagar a escola deles".

Nnu Ego olhou para Adaku com olhos especulativos. *Essa mulher até que sabe das coisas*, pensou. Tão independente em seu modo de pensar. Seria porque Adaku vinha de uma família simples, na qual as pessoas não eram obrigadas a agradar os outros membros, ao contrário dela, Nnu Ego, que precisava agradar seu importante pai, Agbadi, o tempo todo? Suspirando, observou em voz alta: "Você tem razão. O problema comigo é que acho difícil mudar".

Quando Nnaife voltou, à noitinha, e ficou sabendo que a esposa Nnu Ego dera à luz duas meninas ao mesmo tempo, ele riu alto, como costumava fazer quando era confrontado com uma situação insolúvel. "Nnu Ego, o que é isso? Não dava para ter se saído melhor? Onde nós todos vamos dormir, hã? O que elas vão comer?".

"Daqui a doze anos, quando os dotes de esposa delas começarem a entrar, você vai falar em outro tom", opinou Adaku, com um sorriso largo, como se não pretendesse magoar ninguém.

Nnaife não apreciou a ousadia da mulher, mas não disse nada. Se lavou e saiu para beber com os amigos.

"Ele nem chegou a sugerir os nomes delas?", resmungou Nnu Ego.

"Gêmeos não merecem nomes especiais. Esta chegou primeiro, portanto se chama Taiwo, e esta é Kehinde – 'a que veio em segundo lugar'".

Quando Adaku teve seu próprio bebê, algumas semanas depois, Nnaife ficou mais feliz porque a nova esposa lhe dera um filho. Infelizmente para todos, o menino não viveu mais que algumas semanas. Morreu de convulsões. A morte do bebê provocou uma profunda depressão em Adaku. Ficou quase impossível viver com ela, que culpava todos e tudo por sua perda.

Nnu Ego tentou argumentar com ela. "Você ainda é jovem e tem facilidade para engravidar: não desanime com esse pequeno contratempo".

"Agora você pode falar essas coisas. Não se lembra de como ficou triste quando teve as duas meninas, esposa mais velha? Teria ficado mais feliz se em vez delas tivessem nascido meninos. E eu tive um menino, meu único filho, e ele não viveu. Ah, Deus, por que você não levou uma das meninas e não me deixou com meu bebê homem? Meu único filho homem".

"Mas você ainda tem Dumbi", intrometeu-se Oshia.

"Você vale mais do que dez Dumbis", disse Adaku, impaciente, para o menino.

"Vá lá para fora brincar, Oshia, e não fique escutando as fofocas das mulheres".

Oshia ouvira o suficiente para entender que ele e seu irmão Adim eram mercadorias preciosas e que ele, por ser mais velho, valia ainda mais. E sua mãe não lhe dissera algum tempo atrás que ele era um menino muito bonito? Essa era uma questão, porém, de que ele estava começando a duvidar, agora que havia outras crianças na família. Sentia falta da atenção exclusiva de que desfrutava antes, como filho único; de repente, no período de alguns anos, sentia que fora relegado ao segundo plano e, sempre que queria alguma coisa, em geral lhe diziam para não ser tão infantil.

A mãe ficava o tempo todo lhe dizendo para agir de acordo com sua idade: "Então você não sabe que é o mais velho? Comporte-se e seja um bom exemplo".

Com relutância, Adaku interrompeu seu luto uma tarde em que era sua vez de preparar a comida. "Oshia! Dumbi! Vocês dois, vão buscar um pouco de água da bica para a refeição da tarde".

Dumbi veio, obediente, buscar seu balde, mas Oshia ignorou Adaku.

"Oshia, você ouviu o que eu lhe disse? Vá buscar água", repetiu Adaku. "Dumbi já foi".

"Não vou! Sou menino. Por que preciso ajudar na cozinha? Isso é trabalho de mulher", gritou Oshia em resposta, e continuou brincando com os amigos.

Todas as pessoas sentadas por ali riram. "Coisa de menino", murmuraram, achando graça.

Mas aquela observação de criança deixou Adaku fora de si. Ela começou de novo a chorar pelo filhinho morto, convencida de que as pessoas estavam fazendo troça dela por não ter um menino.

"Oshia, venha cá imediatamente!", chamou Nnu Ego. "Por que você é tão grosseiro com a esposa de seu pai? Então não sabe que ela é como uma mãe para você?". E bateu no filho de oito anos, que respondeu aos berros, furioso:

"Não gosto dela! Ela me dá dores de cabeça terríveis. Ontem à noite ela apareceu no meu sonho. Estava tentando me empurrar para dentro de um fosso. Não gosto dela!".

"De que sonho você está falando?", perguntou Nnu Ego, numa voz impregnada de medo. Fazia tempo que percebera que as queixas de Adaku não eram apenas por ter perdido o próprio filho. Eram também pelo fato de Nnu Ego já ter dois. Histórias de esposas mais jovens machucando os meninos de esposas mais velhas eram coisa corriqueira.

"Então por que você não me contou? Por que falar nisso agora, exatamente no momento em que está sendo repreendido?", insistiu Nnu Ego em voz baixa para Adaku não ouvir.

"Você não ia acreditar em mim", queixou-se Oshia. "Você sempre defende Adaku e me ignora, fica o tempo todo se preocupando com Adim e com as gêmeas. Você não ia acreditar em mim".

Sem demora, Nnu Ego mandou Oshia consultar o curandeiro local, que ouviu a história do menino. Não afirmou que ele estava imaginando a história toda nem lhe disse que estava mentindo; afinal de contas, precisava de seu ganha-pão. Em vez disso, o dibia dançou e engrolou palavras incompreensíveis e cuspiu e convulsionou, depois anunciou com voz estranha: "A criança tem razão. Você precisa proteger seus filhos do ciúme da esposa mais jovem. Se me trouxer duas galinhas e um metro de tecido branco, preparo amuletos para eles usarem. Não há ciúme capaz de prejudicar os meninos com essa proteção".

Oshia estava fascinado. Gostou da visita ao curandeiro e da sensação de importância que isso lhe deu, ainda mais que no caminho de volta sua mãe comprou uma grande banana assada para ele. Mais tarde, ele e Adim tiveram de engolir uma beberagem feita com diversas raízes, e suas veias foram massageadas com cinzas negras.

"Assim nós ficamos protegidos de Adaku?", cochichou Oshia para a mãe.

Nnu Ego confirmou com a cabeça e, apoiando um dedo sobre os lábios, disse, muito séria: "Mas não contem a ninguém".

O menino concordou, satisfeito por ver a própria importância restabelecida.

Adaku, porém, não alterou seu hábito de resmungar e reclamar a respeito de tudo. Uma noite ela estava vendo Nnu Ego contar seu dinheiro na varanda enquanto planejava as vendas do dia seguinte; era a última coisa que Nnu Ego fazia à noite, aproveitando a fresca antes de se retirar para o interior da casa, para os lugares abafados onde dormiam. O aposento estava repleto de utensílios e esteiras de dormir e, embora tivessem comprado outra cama para Nnu Ego, uma cama de madeira, que lhe dava uma certa dose de privacidade, o espaço entre as camas era mínimo.

"Não sei por que nosso marido precisa passar a noite fora com aquele maldito violão, bebendo pela vizinhança inteira", comentou Adaku.

"Coisa de homem. Eles gostam de se divertir", replicou Nnu Ego, sem prestar muita atenção, e rapidamente prosseguiu com seus cálculos. Por ela, quanto mais tempo Nnaife ficasse fora, melhor. Onde ele ficaria? Ali na varanda também?

"Você sabia que tocar música no meio da noite atrai maus espíritos para você e sua família?".

"O que você disse?", Nnu Ego ergueu os olhos para Adaku pela primeira vez desde que ela começara sua conversinha desnecessária.

Adaku repetiu o que dissera e Nnu Ego suspirou, pensando que talvez Adaku logo afirmasse que a música sem melodia de Nnaife havia contribuído para a morte de seu filho. *Oh Deus, por favor, dê outro menino a essa mulher para que todos nós tenhamos alguma paz.*

"Sei que em Ibuza as pessoas dizem que se alguém canta no meio da noite é porque está procurando encrenca; que eu saiba, as cobras adoram música. Sempre acho isso estranho, porém, porque música é uma coisa bonita. Não entendo por qual motivo animais perigosos como as cobras haveriam de sentir alguma atração por música. De todo modo, isso é em Ibuza. Aqui em Lagos quase não há cobras, e as de Ibuza nunca viram um músico tocador de violão". Nnu Ego soltou uma risadinha para ver se a atmosfera ficava mais leve. "A música que nosso marido toca, aquela música... espantaria toda criatura viva, em lugar de atraí-la".

Mas Adaku não achou graça. Em vez disso, continuou palitando os dentes, agitada, e retorcendo os dedos dos pés. "Não acho direito. Olhe só para nós, tentando equilibrar as contas, e ele jogando dinheiro fora com bebida. Ainda por cima, toca o violão até as primeiras horas da manhã, acordando os vivos e os mortos. Esta cidade é um lugar misterioso, não tão pequeno quanto a nossa Ibuza. Um dia desses ele traz um mau espírito para dentro desta casa", previu com voz malévola.

"Não, para dentro desta casa não. O que há de errado no fato de um homem se divertir um pouco com os amigos? Vou conversar com ele sobre o perigo dele voltar tarde, mas Deus não permitiria que nenhum mau espírito entrasse em nossa casa", disse Nnu Ego com aquele tipo de segurança que costumamos associar a portas fechadas. Empilhou as moedas que havia contado e as deslizou com um gesto preciso para dentro do cinturão onde guardava o dinheiro.

Como prometera, avisou o marido sobre o perigo, e Nnaife resmungou que o deles nunca fora propriamente um lar para ele. Adaku estava sempre gemendo, os bebês iam para cima dele, e ela, Nnu Ego, só se queixava do preço da comida. Ele ficava fora para esquecer.

"Bem, há um ditado que diz que se você não consegue morder, então cubra os dentes. Você a aceitou...". Nnu Ego se calou. Sabia que Nnaife ainda achava que tinha a responsabilidade de herdar as viúvas do irmão.

"Você acha que as outras esposas não estariam aqui conosco se eu tivesse mais espaço? Portanto, mulher, pare de ficar me lembrando qual é o meu dever. Sei muito bem qual é o meu dever. Volto para casa na hora que eu quiser".

O dia seguinte era um domingo e o amigo Nwakusor atribuía um nome ao seu filho. Nnu Ego, Adaku e as crianças haviam passado o dia com eles, cozinhando, comendo e dançando. As crianças se divertiram enormemente, olhando as mães dançarem uma modalidade complicada de dança igbo ocidental chamada "Agbalani". Corriam para dentro e para fora dos círculos, fazendo todo o barulho que conseguiam. Nenhuma delas estava bem vestida. Oshia usava a calça cáqui da escola com um dos panos lappa da mãe, estampado com borboletas, enrolado no corpo e amarrado com um belo nó sobre sua nuca; a maioria dos outros meninos vestia roupas semelhantes. Mas se divertiram como loucos. Nnu Ego ganhou tigelas de arroz para levar para casa e Adaku recolheu um pouco de chin-chin. As duas resolveram ir para casa assim que perceberam que as crianças estavam cansadas demais, e deixaram a diversão para os homens.

Não demorou muito para todas as crianças estarem profundamente adormecidas. Nnu Ego engatinhou com gratidão para o abrigo de sua cama cortinada de madeira. Viu o violão do marido e riu para si mesma. Naquela noite Nnaife ficaria fora até tarde e estava decidido a se divertir, por isso não levara o violão! E pensar que ele afirmara não ser supersticioso! Com um sorriso nos lábios, verificou se todas as crianças estavam bem instaladas em suas esteiras, depois se deitou também para dormir. Sabia que Adaku estaria fazendo o mesmo. Desejou-lhe boa-noite.

Ela não fazia a menor ideia de quanto tempo se passara quando foi acordada pelo barulho do violão. Resmungando, foi até a porta, meio tonta, abri-la para Nnaife. Mas Nnaife não estava do lado de fora! Então se lembrou: Nnaife não levara o violão. Nesse caso, quem estava tocando? Acordou Adaku e as duas ficaram ouvindo, amedrontadas. Não ousavam pôr a mão na coisa. Algum tempo depois, um Nnaife embriagado entrou na casa. Elas lhe contaram o acontecido e ele prontamente retirou o objeto ofensivo da parede e correu o mais depressa que pôde para golpeá-lo com força no chão, fora do pátio deles, dizendo que ouviria o conselho das esposas e nunca mais tocaria aquele malfadado instrumento.

Na manhã seguinte a história do violão que tocava sozinho ganhou tamanha consistência entre os amigos deles que as pessoas ficaram convencidas de que Nnaife fora seguido até em casa por fantasmas em ocasiões anteriores, e lamentaram que ele não os tivesse levado à cerimônia de atribuição de nome ao filho de Nwakusor.

Quando o curandeiro foi consultado, disse que os espíritos que Nnaife havia perturbado precisavam ser pacificados com sacrifícios. Sendo assim, Nnaife matou um cabrito e o lombo inteiro do animal foi enviado ao curandeiro como oferenda aos fantasmas. Os amigos foram visitá-los e dançaram e oraram para que tudo ficasse bem com a família.

Oshia não sabia o que fazer de tantas novidades. Aquele foi um dos acontecimentos que gravaram nele desde cedo a psicologia de sua gente. Talvez algum curandeiro fosse mesmo capaz de ver o futuro, mas aquele homem de Abeokuta que na época os atendia em Yabá não era muito confiável. Oshia sabia o fato verdadeiro do assunto todo: ele havia capturado alguns camundongos na véspera do incidente e, enquanto refletia sobre o melhor lugar para instalar os novos animais de estimação, a mãe entrara esbaforida no aposento. Sabendo que, se visse os camundongos, ela o obrigaria a desfazer-se deles imediatamente, enfiara-os depressa no buraco central do violão pendurado na parede.

"Vamos a uma cerimônia de atribuição de nome", a mãe dissera, "portanto vá até a bomba buscar um pouco de água para se lavar. Depressa. Precisamos ajudar nossos amigos a preparar a comida, do contrário eles vão achar que nós só queremos comer, sem trabalhar".

Oshia obedecera, e o restante do dia fora ocupado pela ida da família à casa de Nwakusor, de onde voltaram tarde e muito cansados. Embora suspeitasse que os músicos eram os camundongos que havia enfiado na caixa do violão, saboreou o cabrito e a decorrente celebração. Não tinha coragem de contar à mãe o que realmente acontecera, sobretudo depois da história ser repetida tantas vezes que Nnaife passou a ser considerado um herói. Garantiram a Nnaife que os espíritos só haviam tido o impulso de voltar para casa com ele porque sua música era muito boa. Nnaife chegou a afirmar que, na última vez em que saíra com o violão, havia sentido que não estava sozinho, que alguém o seguia. Mais tarde enriqueceu a história, dizendo ter passado pelo cemitério em Igbobi. As pessoas começaram a respeitá-lo ainda mais. Muitas vezes Oshia olhava para o pai e se perguntava se aquelas coisas faziam parte da arte de se tornar homem. Em pouco tempo deixou de pensar no incidente e mais tarde, quando as pessoas se referiam a ele, não tinha muita certeza de não ter se enganado. Mas Nnaife adquiriu a reputação de ser um músico exímio cuja habilidade era capaz de comover até os espíritos.

Se Nnu Ego alimentava alguma desconfiança, não era em relação ao filho. Ela desconfiava que Adaku angariara o auxílio do curandeiro que frequentava para tratar de sua dor nas costas, e que o curandeiro conjurara os espíritos das sepulturas para virem assustar Nnaife, que assim desistiria do violão e ficaria mais em casa. A ideia reforçou sua resolução de ser prudente com o modo como tratava aquela mulher. Adaku não tinha nada a perder, exceto a filha; mas ela, Nnu Ego, tinha tudo a perder.

O pai lhe mandava recados constantes para que fosse visitá-lo porque seu tempo estava chegando ao fim e, mesmo as pessoas afirmando que ele estava doente, Nnu Ego não conseguia se decidir a simplesmente partir, deixando os meninos em Lagos para que não interrompessem a escola. Ela acabara se convencendo, na imaginação, de que Adaku haveria de machucá-los assim que ela desse as costas. O máximo que conseguiu prometer para sua gente em Ibuza foi que iria até lá quando os meninos entrassem em férias, desse modo o pai também poderia vê-los. Enquanto isso, enviou vários medicamentos europeus e aconselhou-o a usá-los.

Nnu Ego pensava em falar a Nnaife de todos os agravos de Adaku, violão à parte, mas Adaku insistia que a única maneira de fazê-lo entender que elas precisavam de mais dinheiro para os gastos da casa seria parando de cozinhar para o marido. Na noite em que Adaku fez essa sugestão, Nnu Ego a encarou durante algum tempo, depois perguntou: "Quais são os seus planos? Concordo totalmente que não estamos recebendo dinheiro que chegue para os gastos da casa. Tenho certeza de que ele gasta mais dinheiro com bebida do que conosco".

Assim, pouco depois do episódio do violão, Adaku e Nnu Ego alimentaram os filhos secretamente e, quando Nnaife chegou do trabalho, cansado e faminto, ficou chocado ao descobrir que, na tigela cuidadosamente coberta, em vez de comida, suas esposas haviam deixado três notas de uma libra – todo o dinheiro do mês para a alimentação, tal como ele o dera a elas na manhã anterior.

"Como? O que é isto?", ele perguntou, muito irritado. Sua voz estava trêmula e ele focalizou seu descontentamento em Nnu Ego, que dava a impressão de estar encolhendo sob seu olhar. Se pelo menos ela pudesse explicar que estava fazendo aquilo pelo bem dos filhos... Ela afastou o olhar, com as mãos trêmulas montando a tira de contas que pretendia amarrar às pernas das gêmeas como enfeite.

"O dinheiro que você nos dá para a comida é muito pouco. Nwakusor e os outros homens dão às esposas o dobro do que você nos dá. Quando vamos ao mercado, temos de ir de banca em banca atrás de ofertas, porque nunca temos dinheiro para nada", disse Adaku, atropelando as palavras.

"E esta é a única maneira que vocês encontraram para me dizer isso? Nwakusor, Nwakusor! Quanto ele ganha? Vocês não sabem que os rendimentos dele são três vezes maiores do que os meus? Não sabem que ele é operário com uma especialidade reconhecida, enquanto eu não passo de um cortador de grama? Você é uma má influência nesta casa, Adaku. E piorou, desde a morte de seu filho, está espalhando sua amargura por toda parte. Por acaso não durmo com você? O que mais você quer?".

Nnaife se virou para Nnu Ego. "E você, minha assim-chamada esposa mais velha, deixa essa mulher mandar em você?".

"Sempre que o assunto é fazer sacrifícios, todo mundo me lembra que sou a esposa mais velha, mas quando há alguma coisa a ganhar, me dizem para ficar quieta porque desejar uma coisa boa não combina com minha situação. Posso entender a importância de ser uma esposa mais velha em Ibuza, aqui não, Nnaife. Isso não significa nada. Tudo está tão caro agora. Será que você é o único homem que não ouviu falar que está acontecendo uma guerra e está difícil encontrar as coisas no mercado? Adaku não me mandou fazer nada – nós precisamos de mais dinheiro!".

"E de onde você quer que eu tire o dinheiro, hã?".

"E as bebidas que você compra? O que você gasta num barril de vinho de palma pagaria uma refeição para nós todos".

"Se você não fosse a mãe de meus filhos, esta noite eu lhe daria uma lição. Mas pare de me provocar, porque ainda sou capaz de fazer isso. Quem paga por este quarto? Quem trouxe você para cá? Você acha que pode me desafiar só porque vende umas drogas de uns cigarros. Não fui eu que comecei a guerra, e o que a guerra tem a ver comigo?".

"Não vou responder ao seu insulto, Nnaife. Você está com fome e dizem que um homem faminto é um homem irado. Não vou dizer mais nada, apenas lembrá-lo de que o dinheiro que estamos pedindo é para alimentar seus filhos, não para comprar lappas para nós".

Essa observação irritou Nnaife de tal maneira que ele jogou um pano em Nnu Ego, mas ela se esquivou e correu para fora. Na varanda, Oshia se aproximou com olhos acusadores.

"Por que você não cozinha para meu pai? Por que não usou o dinheiro da comida? É só papel. Se aquilo é muito pouco, é só recortar que aumenta".

"Você não entende, filho. E as pessoas não rasgam dinheiro de papel assim como você diz. Precisamos de mais dinheiro para comprar mais comida".

"Mas a gente comeu bastante hoje. Ainda sobrou um monte de feijão para meu pai; por que você não dá a ele?".

"Ah, cale a boca. Você é um menino mimado que faz perguntas demais".

De repente Adaku gritou, do interior do quarto. "Socorro! Socorro! Ele vai me matar... seu louco!".

"Bem que ela merece", disse Oshia com um sorriso cruel, e correu para longe.

"Espero que você não vire um homem como seu pai, Oshia", gritou Nnu Ego para o filho. Podia ouvir as pancadas que Nnaife estava aplicando em sua coesposa. O que deveria fazer? Nnaife fechara a porta com violência, mas Nnu Ego ficou batendo incessantemente para que ele a abrisse.

"Deixe a coitada em paz. Você quer matar o novo filho que ela está esperando? Abra a porta!".

Quando Nnaife abriu, Nnu Ego agarrou a mão do odo que usava para socar alimentos e brandiu-o, ameaçadora, sobre a cabeça do marido, embora na ocasião houvesse mais gritaria do que violência física.

"Você não sabe que Adaku está grávida?", perguntou. "Não sabe?".

Nnaife deu um jeito de se libertar das duas mulheres que gritavam. Àquela altura, outros moradores do conjunto haviam se aglomerado para ver aquelas mulheres rebeldes perseguindo e admoestando o marido.

"Não vou aumentar o dinheiro, não dou nem uma moeda mais", dizia ele, inflexível. "Por mim, vocês podem morrer de fome". Dito isso, saiu e se encaminhou para as bancas dos vendedores de vinho de palma, perto de Surulere.

Quando tudo ficou em silêncio, as mulheres foram deitar,

cada uma de seu lado, tratando de se consolar e dormindo intermitentemente. Ninguém percebeu quando Oshia se levantou. Sem fazer barulho, o menino foi até a tigela onde o dinheiro era guardado e ficou ali sentado no escuro rasgando as notas meticulosamente em pedacinhos. Ainda estava ocupado fazendo isso quando Nnaife, embriagado, entrou com passos trôpegos.

"Onde está a dro... a dro... da vela?", falou, num arroto. "Oshia, o que você está fazendo?". Enquanto Nnaife tentava encontrar as velas, suas esposas fingiam dormir. Depois que ele acendeu uma, ouviram-no soltar uma gargalhada incontrolável.

"Suas mães vão gostar de ver isso, Oshia. Vão mesmo! Rá, rá, rá".

"O que foi, Nnaife? O que Oshia fez?", perguntou Nnu Ego, saltando da cama com tanto ímpeto que ficou óbvio que estava o tempo todo acordada.

"Olhe o seu filho, Nnu Ego".

"Ah, meu Deus, Oshia, o que você fez? Você picou todo o dinheiro! Agora mesmo é que não vamos poder comprar nenhuma comida. Ah, Oshia, o que a gente vai fazer?".

"Eu só queria fabricar mais dinheiro. Agora tem um monte e vocês não precisam mais brigar", concluiu Oshia. O único dinheiro que ele já manipulara antes era em moeda, e sabia que de alguma forma era possível trocar um pêni por quatro farthings.

Nnaife abafou uma risada ruidosa. "Agora vocês têm de levar essa greve até o amargo fim. Não vou dar nem um pêni porque não tenho nenhum pêni para dar. Vou para a cama. Boa noite".

Adaku e Nnu Ego acharam que Nnaife ia ceder, mas depois de alguns dias Nnu Ego percebeu que ele não ia mudar de ideia.

"Dê-nos o que tiver; a gente se arruma", implorou Nnu Ego.

"Como vocês vão se arrumar com menos, quando com três libras inteirinhas vocês fizeram greve? É melhor que continuem o que começaram. É responsabilidade de vocês alimentar seus filhos como puderem. Não se preocupem comigo. Eu me viro sozinho".

"Não tenho mais nada para dar a eles, Nnaife. Você quer nos ver morrer de fome?".

"Vendam as lappas de vocês. Você é a esposa principal. Use a inteligência. Afinal de contas, vocês me disseram que sabiam o que estavam fazendo quando resolveram não cozinhar para mim. Meu chi ensinou uma coisa: não brincar com o estômago de um homem. Eu não rasguei o dinheiro; foi seu filho".

Nnu Ego implorou até de manhã e, quando Nnaife saiu para o trabalho, ela correu atrás dele e continuou implorando. Tinha quatro filhos e estava esperando outro, precisava resolver as coisas; Adaku tinha apenas ela própria e Dumbi com quem se preocupar.

"Por favor, Nnaife, nos ajude, por favor!".

"Está bem, vou ver o que posso arrumar e entrego quando voltar hoje à noite. Vocês aprenderam uma lição, esposa mais velha".

Enquanto voltava para o quarto, ocorreu a Nnu Ego que ela era uma prisioneira: aprisionada pelo amor por seus filhos, aprisionada em seu papel de esposa mais velha. Dela, não se esperava nem que pedisse mais dinheiro para a família; essa atitude seria considerada inferior ao padrão esperado de uma mulher em sua posição. Não era justo, ela achava, o modo como os espertos dos homens usavam o sentido de responsabilidade de uma mulher para escravizá-la na prática. Eles sabiam que nunca passaria pela cabeça de uma esposa tradicional como ela a ideia de abandonar os filhos. Nnu Ego tentou imaginar a expressão de seu pai se ela voltasse para a casa dele alegando maus-tratos da parte de Nnaife. Seria expulsa em desgraça, para reassumir suas responsabilidades. Em casa, em Ibuza, teria possuído sua própria cabana e pelo menos seria tratada de acordo com sua posição, mas aqui em Lagos, onde era obrigada a fazer frente à dura realidade de equilibrar o orçamento recebendo uma ninharia, estava certo o marido apelar para sua responsabilidade? Tinha a sensação de que a única coisa que herdara de sua origem agrária era a responsabilidade, e nada da riqueza. Apesar de, no momento, ela ter cedido e admitido a derrota, naquela noite mesmo falaria de tudo isso a Nnaife, quando ele voltasse do trabalho. Tomada essa decisão, a confiança brotou dentro dela como água do interior da terra e lavou seus pensamentos sombrios com um jorro translúcido, cintilante.

Foi nesse estado de espírito expectante que ela gastou os últimos poucos xelins que possuía preparando o prato predileto de Nnaife, um cozido espesso de carne enlatada e condimentado com pimentas e tomates. Alimentou as crianças como se estivessem no Natal. Não tinha condições de manter a greve, não depois do que Oshia fizera; estava pronta para a reconciliação.

Quando viu a comida, Adaku tentou imaginar o que se passava. Será que Nnu Ego tinha ficado maluca, gastando daquele jeito o lucro de seu comércio? Qual era o problema dela? A nova gravidez não era razão para festejos; seria simplesmente mais uma boca para alimentar. Talvez Nnu Ego tivesse aceitado dinheiro de Nnaife pelas costas dela. Que mulher dissimulada! Provavelmente era o que acontecera, depois que ela saíra cedinho de manhã.

"Esposa mais velha, nosso marido lhe deu dinheiro para comprar comida?".

"Não, não deu. Prometeu trazer alguma coisa esta noite, por isso fiz esta sopa especial. Para que ele fique de bom humor".

"Não me arrependo do que fizemos", disse Adaku.

"Não estou dizendo que me arrependo. Só estou dizendo que não podemos continuar assim e deixar as crianças passarem fome".

"Ele não nos deixaria passar fome. No fim, cederia".

"Isso eu não sei. Só sei que não vou brincar de greve com o alimento dos meus filhos".

"Seja como for, não é direito vocês dois fazerem as pazes secretamente e me deixarem de fora. Quando um homem começa a mostrar preferência por uma das esposas, está procurando encrenca. Vou esperar por ele aqui e pôr tudo em pratos limpos hoje à noite".

Adaku foi sentar na varanda cantando trechos de canções, à espera de que Nnaife chegasse em casa. Queria que ele lhe desse algumas explicações. Muitas vezes tivera a impressão de que ele demonstrava preferir Nnu Ego, mas até agora resistira em discutir a questão às claras. O dinheiro da comida que ele dava às esposas era dividido entre as duas, e as duas o utilizavam para cozinhar pelo mesmo número de dias. O hábito era o marido partilhar a cama da esposa que estivesse cozinhando, a não ser que ela estivesse indisposta, grávida ou amamentando, embora Nnaife, como muitos maridos, infringisse essa regra conforme lhe apetecesse. Adaku ficava incomodada sempre que ouvia Nnaife se movimentar na cama de Nnu Ego quando, por direito, deveria ter ido para a cama dela, mas só agora lhe ocorria que talvez, sem ela saber, Nnu Ego costumasse atraí-lo com comidas deliciosas, reforçando o dinheiro que ele lhe dava com o que ela própria ganhava. "Essa tola sem-vergonha", disse Adaku baixinho. Não espanta que estivesse grávida de novo tão pouco tempo depois das gêmeas: sabia como se esgueirar pelas costas das pessoas e fazer as pazes com Nnaife. "Espere só aquele homem voltar", prometeu a si mesma. "Ele vai me ouvir".

Mas Nnaife não voltou para casa no horário habitual. As duas esperaram e, enquanto esperavam, Adaku cantou todas as canções que conhecia; depois, quando começou a escurecer, resolveu escovar o cabelo e fazer trancinhas. Quando acabou a tarefa, utilizando um espelhinho de mão encaixado entre os joelhos e sempre cantando com irritação, era quase noite e Nnaife ainda não havia aparecido.

Nnu Ego entrava e saía do quarto, numa dança doida de impaciência. Onde estava Nnaife? O que o retivera, logo hoje, quando as esposas estavam sem dinheiro para os gastos da casa, quando ela, esposa mais velha, se permitira gastar mais do que o bom senso recomendava, quando ela sabia que estava esperando outra criança, e quando planejava dizer ao marido que não aceitaria ter responsabilidade sem a devida recompensa? Sua exuberância daquele dia estava gradualmente desaparecendo. Às seis da tarde ela já requentara a comida tantas vezes que não queria voltar a fazê-lo por medo de que ela perdesse o sabor.

Adaku não falava nada, mas observava Nnu Ego com um prazer maldoso. Bem feito para a esposinha querida. Decerto Nnaife fora beber com os amigos e simplesmente não se preocupara em voltar para casa para comer. Cansada de ficar sentada, Adaku se levantou e perguntou à outra num tom de cortesia fingida: "Você gostaria que eu levasse a comida dele para dentro? Vai ficar difícil comer aqui fora na varanda, nesta escuridão".

"Sim, por favor, leve para dentro". Nnu Ego andava de um lado para o outro, permitindo-se por uma vez demonstrar ansiedade e agitação. "Nosso marido está atrasado hoje", murmurou. "Onde será que ele está? Cortadores de grama não fazem hora extra...".

"Talvez tenha ido direto beber nas bancas de vinho de palma em vez de voltar para casa e nos enfrentar".

"Nos nossos dez anos de vida em comum, ele nunca fez isso antes", disse Nnu Ego, descartando a hipótese.

"É mesmo? Mas você não vai negar que ele é um homem egoísta".

"Todos os homens são egoístas. Homem é assim".

Adaku começou de novo a cantar e levou o cozido frio e o arroz para dentro. Mas perto das sete horas, também começou a ficar preocupada.

"Acho que é melhor a gente mandar Oshia até a casa dos Nwakusor para ver se nosso marido está com eles".

Oshia voltou dizendo que o pai não estava lá e que ninguém o vira nas bancas de vinho de palma. Meia hora depois, não só Nwakusor, mas diversos outros amigos e vizinhos estavam lá, se preocupando com elas e se perguntando onde Nnaife poderia estar.

"Ele me disse que nos traria algum dinheiro esta noite", repetia Nnu Ego para todos os que apareciam para ajudar a procurar Nnaife.

No fim, Ubani e Nwakusor aconselharam as mulheres a ir para a cama. "Olhem, esposas, já é quase meia-noite e vocês duas estão em situação delicada. Nós ficaremos à espera do marido de vocês. Um homem não deveria ficar assim tão zangado com a família. Vão dormir".

Os homens ficaram sentados fora, na varanda, fumando infinitos cigarros.

No interior do quarto, Adaku esqueceu o ciúme mesquinho que sentia de Nnu Ego e disse em voz baixa, quase chorosa: "Se Nnaife morrer, vou sair correndo e vou correr, correr, ninguém nunca mais vai me ver. Em minha idade, perder dois maridos... deve ser maldição!".

"Shhh...", sussurrou Nnu Ego de sua cama, que rangia quando ela se contorcia e se virava, também tomada pelo desespero. "Não fale assim. Ele não está morto. Você não deve dizer essas coisas". Mas sua voz estava longe de ser convincente; ela própria estava quase chorando. Além disso, sentia medo, mas sua cultura não permitia que se entregasse aos seus temores. Esperava-se que fosse forte, já que era a esposa mais velha; que se comportasse mais como homem que como mulher. E já que os homens não podiam sofrer abertamente, ela tinha de aprender a também esconder sua dor.

Ouviu Adaku chorar e invejou sua liberdade.

HOMENS EM GUERRA

Homens sem qualificação profissional tinham dificuldade para encontrar trabalho no início da década de 40. Em números cada vez mais elevados, eles abandonavam suas aldeias natais para procurar emprego em Lagos, e esse fenômeno vinha privando muitas áreas de seus homens fisicamente mais capazes. Os que partiam achavam preferível trabalhar para um patrão ou uma empresa do que permanecer em suas próprias lavouras, onde os rendimentos dependiam dos caprichos do tempo e da força física que eles próprios tivessem. Nessas circunstâncias, quando os homens envelheciam, seus filhos naturalmente assumiam o cultivo das terras da família; suas filhas, dos locais onde haviam ido viver com os maridos, de vez em quando mandavam pequenas contribuições na forma de tabaco e sabão, ou feixes de madeira para aquecer as lareiras (pois, nas aldeias do interior, especialmente durante a estação do Harmatão, a temperatura tem quedas muito bruscas, às vezes chegando até doze graus centígrados ou menos, o que, para os mais velhos, habituados a temperaturas de mais de vinte graus, pode parecer extremamente frio). Mas a geração mais jovem, como a de Nnu Ego e seus amigos, preferia deixar esse tipo de vida para trás. Fazia muito tempo que os iorubás tinham ido para Lagos – desde a queda do grande Império do Benim –, mas os igbos foram um dos últimos grupos a seguir essa tendência. Embora sentissem falta da sensação de pertencimento existente nas comunidades de suas aldeias, a vantagem de trabalhar nas cidades era os salários serem mais regulares; o pagamento podia ser reduzido, mas os igbos logo aprenderam a adaptar suas necessidades aos meios de que dispunham.

As pessoas quase nunca eram levianas com relação a seus trabalhos: esse era um risco que ninguém podia correr. Nnaife era um dos raros privilegiados a ter encontrado trabalho com o governo; com esse tipo de emprego era muito difícil alguém ser demitido, e a pessoa podia ficar tranquila, sabendo que nunca chegaria a manhã em que alguém a mandaria embora porque não havia mais trabalho a fazer. E, para completar, se a pessoa ficasse a serviço do governo por tempo suficiente, mais tarde receberia uma pequena aposentadoria, coisa ainda muito nova para a maioria dos igbos. Raros eram os que desfrutavam dessas benesses; e esses poucos pertenciam às poucas famílias privilegiadas que haviam entrado em contato com os europeus desde cedo e que instintivamente reconheceram as tendências que se anunciavam e aceitaram as mudanças. Em lugares como Asaba e Ibuza, cidades igbos da Nigéria Ocidental, os habitantes eram muito hostis à vinda de europeus, de modo que os raros brancos que chegavam se retiravam o mais depressa possível. As sepulturas de muitos missionários e exploradores aninhadas no meio da vegetação da floresta testemunham isso.

No entanto, Nnaife desejara experimentar esse novo empreendimento. Não se incomodava com o fato de ser um cortador de grama, pois sabia que um dia a boa fortuna se apresentaria: haveria de apertar como convinha a mão do funcionário certo, que encaminharia seus papéis no escritório para que ele fosse transferido da função de cortador de grama para um emprego nas oficinas. Essa era uma das razões pelas quais ele às vezes ainda comparecia à igreja, pois a maioria dos pregadores e leitores laicos eram funcionários da ferrovia, e um deles, de nome Okafor, chegara a lhe prometer que daria uma olhada em seus papéis, isso depois de Nnaife lhe dar a molhadura adequada de cinco xelins. Ocasionalmente Nnaife avistava esse Okafor e gritava para ele: "Bom dia, sah!", e o outro grunhia uma resposta; ninguém esperava que um "grande homem" mostrasse maior familiaridade com subordinados como operários e cortadores de grama.

Em seu grupo eram cerca de doze; haviam inventado um jeito de trabalhar harmoniosamente em conjunto. Organizaram turnos com um responsável por montar guarda, atento para a chegada do capataz. Os outros cortavam a grama num ritmo sossegado, pois, como costumavam dizer: "Trabalho do governo não acaba nunca". Justificavam sua lentidão assim: "Se a gente acabar todo o trabalho, o que nossos filhos irão fazer? De modo que é melhor pegar leve". No alojamento da ferrovia, em Yabá, Lagos, os cortadores de grama não precisavam se preocupar com o que fariam no dia seguinte, porque antes da semana chegar ao fim a grama brotava outra vez, pronta para ser cortada. Assim, eles davam a impressão de andar em círculos, acabando no mesmo ponto onde haviam começado. Depois de algum tempo a pessoa se acostumava com aquele tipo de trabalho. Nnaife não apenas se acostumou com a rotina, como teria preferido continuar trabalhando nesse sistema, não fosse a ocasional falta de dinheiro. Habituara-se tanto a estar ao ar livre que receava ter de trabalhar na fundição, com uma temperatura tão elevada que seria obrigado a trabalhar quase nu, como vira alguns de seus amigos fazerem.

Na manhã que se seguiu aos problemas com as esposas, Nnaife se sentou embaixo do cajueiro com os colegas, nenhum deles com muita pressa de começar o trabalho cotidiano. Nnaife não trouxera marmita para o desjejum, e os outros sabiam o porquê.

"Suas esposas ainda estão em greve?", perguntou um homem magrinho chamado Ibekwe.

Os outros riram e Nnaife riu com eles, servindo-se do garri de Ibekwe e de um pouco de peixe seco de outra pessoa. Todos partilhavam os alimentos que traziam, por isso ninguém se importou com o fato dele pegar parte das provisões dos outros.

"Não", disse Nnaife entre dois bocados. "A porta-voz delas veio falar comigo quando passei pela estrada, lá adiante, para me dizer que está arrependida e que admite que estava errada".

Os outros riram de novo. "Quer dizer que elas desistiram depressa assim?".

Nnaife balançou a cabeça. "A outra, acho que não. A mais velha é comerciante e sabia que, se não fizesse alguma coisa, a família – exceto eu, é claro – acabaria comendo tudo o que ela consegue ganhar".

"Por isso é bom incentivar as mulheres a venderem, assim elas aprendem o valor do dinheiro. O que você disse a ela?".

"Não grande coisa. Entende, pelo comportamento dela, acho que está esperando outra criança. Em geral é uma mulher muito boa. Vem de uma família grande".

"Pena que não pôde trazer a família para cá para ajudar você a cortar a grama", palpitou outro trabalhador, levantando-se para vigiar o capataz. Deu o sinal de que o patrão estava se aproximando, de modo que todos os outros se dedicaram a balançar seus alfanges no ar, abandonando os alimentos semiconsumidos embaixo da árvore, e começaram a cantar enquanto trabalhavam. Um dos homens pigarreava e iniciava uma canção, e os outros respondiam de acordo com o modelo chama-e-responde, típico da música africana. Os alfanges subiam no ar durante o chama e no fim do refrão desciam sobre a grama com um zunido. Olhá-los trabalhar e ver o vaivém dos alfanges era, em si, uma distração. Um trabalhador entusiástico às vezes interrompia o trabalho por um momento para executar uma dança solo, antes de voltar à sua tarefa. Claro que, assim que o capataz se afastava, todos faziam uma pausa para recuperar o fôlego.

Naquela tarde, os cortadores de grama repararam que havia caminhões do exército entrando no pátio da ferrovia. Tentaram adivinhar o que estava acontecendo, embora não pudessem interromper o trabalho por muito tempo para observar. Viram oficiais europeus com bigodes estupendos que lhes pareceram homens fortes e malvados; também havia soldados haussá, altos, com seus cassetetes, conhecidos localmente como korofos, policiais do exército. Este último grupo era muito temido. Os métodos de busca que adotavam para localizar desertores eram conhecidos por todos. Muitos jovens nigerianos achavam que seria divertido se alistar no exército, especialmente depois de comparecer repetidas vezes ao Ministério do Trabalho e ver frustrados seus esforços para encontrar emprego. Na sequência, alguns descobriam tarde demais que os rigores da vida no exército não lhes convinham e fugiam para casa, para perto de suas mães. Esses policiais do exército não deixavam pedra sobre pedra para localizar os desertores. Talvez, em parte, a razão deles serem tão temidos era que no sul da Nigéria poucos entendiam sua língua; alguns diziam que eles falavam haussá, outros, que falavam um tipo de língua chamado "Munshi". Mas fosse lá o que fosse que falavam, não havia dúvida de que eram muito mais altos do que o sulino médio: a maioria deles media pelo menos um metro e noventa, e muitos eram ainda maiores. Naquele dia, no pátio da ferrovia, os korofos circulavam em todas as direções, como se procurassem alguma coisa. Observaram os cortadores de grama cantando, mas não esboçaram reação. Os oficiais europeus olharam através deles como se eles não existissem, exatamente como adultos que olham com indulgência para as crianças, encolhem os ombros e dizem: "Vamos deixar que se divirtam".

Quando o apito soou, houve a debandada de sempre: havia chegado a hora de se lavar e ir para casa. Alguns dos que se movimentaram depressa já cruzavam a ponte sobre a estrada de ferro. Nnaife desejou boa noite aos amigos e estava quase se reunindo ao grupo que recém chegara à ponte quando de todos os lados surgiram korofos brandindo seus cassetetes no ar. Um oficial europeu posicionado atrás deles dizia alguma coisa. Não dava para entender o que se passava, mas pelo jeito não era nada agradável. Muitos dos trabalhadores correram de volta para suas oficinas, outros correram para a estrada.

Os cassetetes subiram e os korofos começaram a dar ordens: "Daqui para lá! Para o caminhão, andem, andem!".

Homens gritavam como mulheres quando eram apanhados. Nnaife foi um deles. Quando viu, estava sendo empurrado e jogado para dentro do caminhão do exército coberto com uma lona.

"Por quê? Por quê?", perguntavam-se os trabalhadores uns aos outros. Ninguém sabia dizer.

Nnaife viu quando alguns dos homens tentaram fugir, mas tudo o que conseguiram foi receber duros golpes de cassetete nos ombros, e seus guinchos de dor aconselharam os outros a ficar quietos e ser "bons meninos".

"Não existe mais escravatura, então como é possível homens adultos serem capturados em plena luz do dia?", ponderou Nnaife. Estava atordoado demais para pensar na família; a única coisa que lhe passou pela mente foi a injustiça daquilo. Estava tão preocupado com essa questão que não conseguiu perceber se estavam indo para o quartel de Ikoyi, na ilha, ou para o de Apapa, ou quem sabe para os que vira tantas vezes em Igbobi, Yabá. Estava com fome, chocado e bravo. Como enfrentar homens armados com pesados bastões e revólveres?

Foram conduzidos para um terreno aberto e tiveram seus nomes anotados. Todos receberam ordens de comer alguma coisa e de esperar por um oficial que viria falar com eles. No início Nnaife relutou, mas ao ver os outros comerem, também se alimentou, dizendo para si mesmo que pelo menos o problema da fome ficava solucionado, de modo que, quando o deixassem partir, teria forças para andar até sua casa. Ficou realmente assustado quando, depois da refeição, um médico veio examiná-los, um a um. Foi então que Nnaife compreendeu que estava perdido. Nesse momento olhou em torno e viu que seu amigo Ibekwe também estava lá, tão perplexo quanto ele. Os dois se comunicaram com olhares; havia pouco que pudessem fazer além de esperar e ver o que aconteceria. O médico, um indiano, tamborilou no peito de Nnaife, examinou sua garganta e seus ouvidos, depois declarou que ele estava "aprovado". Até aí, Nnaife escutou. Aprovado para quê? Estava a ponto de se virar e perguntar, mas um korofo empurrou-o para abrir espaço para outro homem que entrava, despido até a cintura como ele próprio.

No corredor onde os mandaram esperar, quase todos ficaram em silêncio; enquanto isso, suas cabeças funcionavam em marcha incessante, como relógios, e seus olhos estavam vigilantes. O exame médico foi logo encerrado. Algumas pessoas foram chamadas, e Nnaife nunca mais as viu. Ele e Ibekwe e cerca de trinta outros ficaram, enquanto aproximadamente sessenta homens foram embarcados no caminhão.

Em outro aposento acabaram lhes dizendo que haviam sido alistados. De agora em diante fariam parte do exército.

"Do exército!".

Poucos indivíduos se atreveram a reclamar em altas vozes do desmando de que haviam sido vítimas; outros se juntaram a eles, e um oficial de bigode deixou que atingissem o máximo da exaltação. Depois de algum tempo, durante o qual alguns homens choraram derramando lágrimas que saltavam francamente de seus olhos, o oficial pediu silêncio. Mais tarde foram informados de que suas esposas e parentes seriam bem cuidados. Quando lhe perguntaram quem era seu parente mais próximo, Nnaife deu o nome da esposa Nnu Ego. Disseram-lhe que ela receberia a enorme soma de vinte libras e que de vez em quando lhe enviariam quantias similares. Depois de se recuperar do choque inicial de saber que sua esposa e família ficariam ricas graças ao fato dele partir para lutar pelo homem branco, Nnaife quis saber qual seria a frequência desse pagamento. Foi informado de que seria feito entre duas e quatro vezes por ano. Garantiram-lhes que não serviriam o exército por mais de um ano, já que o inimigo estava a ponto de ser aniquilado. O mais importante de tudo era que, ao voltar, todos seriam promovidos em seus locais de trabalho. Nnaife, por exemplo, iria para a oficina e aprenderia um ofício que lhe daria condições de ganhar melhor.

Depois de ouvir essas promessas, os homens começaram a pensar com cuidado. Estavam diante da oportunidade de tirar as famílias do tipo de vida que vinham levando; nunca antes lhes ocorrera que aquilo fosse pobreza. Por acaso não estava praticamente todo mundo vivendo do mesmo jeito? De qualquer maneira, entrar no exército teria o resultado de elevar o nível de vida de todos eles. Nnaife refletiu que, ao dar aquele passo, seus filhos Oshia e Adim receberiam uma boa educação. O mesmo aconteceria com os três filhos do irmão em Ibuza. Nnaife tomou a decisão de correr o risco. Todos receberam caneta e papel para escrever a seus dependentes dizendo-lhes qual seria a melhor maneira de gastar o dinheiro, e visto que muitos dos homens não sabiam escrever, a tarefa foi assumida por oficiais negros que haviam sido contratados para esse fim.

Mais tarde Nnaife viu Ibekwe com a cabeça raspada, envergando um uniforme novo. O amigo disse a Nnaife que pedira à esposa (só tinha uma) que fosse para a aldeia deles e esperasse por ele lá. Os pais dele se encarregariam de gerenciar os rendimentos. Seus filhos eram muito pequenos e de todo modo não iriam para a escola antes da volta do pai. Afinal, só iam ficar afastados das famílias por um ano. Nnaife concordou que Ibekwe tomara a melhor decisão.

Já Nnaife preferia que Nnu Ego permanecesse em Lagos e não interrompesse seu comércio, tomando conta da casa do melhor jeito possível. Disse-lhe para enviar duas libras para Ibuza a fim de pagar a anuidade escolar dos filhos do Owulum mais velho, que cursavam a escola católica local; a escola custava quatro xelins por ano letivo, portanto haveria o suficiente. Quando recebesse o pagamento seguinte, deveria agir do mesmo modo, mas a aconselhou a considerar cada pagamento como sendo o último que receberia; ele não sabia para onde iam e não sabia se voltariam vivos. Nnu Ego deveria dar cinco libras à sua coesposa Adaku para que ela pudesse iniciar uma atividade comercial. O saldo do dinheiro deveria ser usado para alimentar as crianças e pagar o aluguel. Nnu Ego precisava ficar atenta para que as taxas escolares de Oshia e Adim fossem pagas em dia.

Convenceu a si mesmo de que estava fazendo o que era certo. De todo modo, não tinha escolha. Como cortador de grama, ganhava apenas cinco libras por mês. Dessas, dava três às esposas para os gastos da casa, mandava dez xelins aos parentes na aldeia e contribuía com dez xelins para seu esusu, uma espécie de poupança coletiva de um grupo de amigos mediante a qual cada membro do grupo recebia as contribuições em sistema de rodízio. O que restava, Nnaife gastava consigo mesmo. Na época, tudo era barato; vários homens podiam se embriagar com um barril de vinho de palma que custava apenas meio xelim. A escola de Oshia e do irmão custava oito xelins a cada três meses. Assim, de um modo geral, haviam se virado bem com seu parco salário, até aquela turbulência. Estava bastante seguro de que sua esposa Nnu Ego saberia levar as coisas.

Na manhã seguinte Nnu Ego e Adaku foram despertadas por Ubani. Ele exibia uma fisionomia triste, e Nnu Ego teve certeza de que alguma coisa terrível acontecera.

"Nnaife morreu?", perguntou, preparando-se para o pior.

"Não, não morreu. Está vivo, só que foi obrigado a entrar para o exército".

"Exército?", exclamaram as duas esposas, sem acreditar em seus ouvidos.

"Como é possível obrigar uma pessoa a entrar para o exército?", foi a pergunta incrédula de Nnu Ego. "Ele é cortador de grama! Oh, meu Deus, o que podemos fazer, Ubani? Ser casada com um soldado, um saqueador, um assassino de crianças... Ah, Ubani, não podemos fazer alguma coisa?".

Adaku, chocada, começou a lamentar-se e a gritar. "Não sei se a morte não é preferível a isso! Pobre Nnaife! Por que ele? Por que ele?".

"Não há nada que a gente possa fazer. Nós pertencemos aos britânicos, assim como pertencemos a Deus, e, como Deus, eles podem se apropriar de qualquer um de nós quando tiverem vontade". Naquele tempo as coisas funcionavam assim: os nigerianos não tinham vontade própria. Nenhum jornal relataria o acontecido; e mesmo que o fato fosse noticiado, quantos dos afetados sabiam ler, quantos tinham dinheiro para comprar um jornal?

Nesse momento, Nnu Ego se entregou a toda a emoção reprimida que havia dentro dela. "Como vamos fazer?", perguntou a Ubani, que, mesmo sendo do leste, se tornara um amigo próximo. "Como vamos fazer, com todas essas crianças? Não tenho como alimentar a nós todos e ainda por cima pagar o aluguel!".

"Seus conterrâneos de Ibuza vão se reunir esta noite para discutir o assunto. Você vai precisar aprender a esquecer essas superstições sobre os soldados. Estar no exército é como qualquer outro emprego nos dias que correm. Na verdade, se tudo correr bem com meu amigo, ele vai estar em melhor situação quando voltar. Já não será cortador de grama; foi o que meu patrão me falou esta manhã. Por favor, não perca as esperanças. Em breve você terá notícias dele. Bom, agora preciso ir. Eu trouxe um saco de scones para as crianças, são um ótimo doce europeu. Espero que elas gostem". Dito isso, Ubani se foi.

Em pouco tempo o quarto e a varanda de Nnu Ego e Adaku ficaram repletos de pessoas solidárias. Até o senhorio iorubá, de quem Nnaife não gostava muito, lamentou: "Que tipo de vida é esse, em que um homem com família grande pode ser sequestrado em plena luz do dia?".

"É inacreditável", disse Mama Abby. "Já ouvi falar de coisas desse tipo acontecerem com outras pessoas, mas nunca achei que pudesse acontecer com alguém que eu conheço. Por que eles não lutam suas próprias guerras sozinhos? Por que arrastar africanos inocentes como nós para o meio?".

"Não temos escolha", concluiu o senhorio.

À noite todos ficaram ainda mais consternados quando Nwakusor lhes disse que soldados recém-recrutados costumavam ser levados para fora do país em não mais de vinte e quatro horas. Nwakusor tentou tranquilizar as mulheres dizendo: "Sabem, atualmente alguns jovens lavradores trocam Ibuza pelo exército porque ali a vida é mais segura e eles aprendem um ofício que mais adiante na vida lhes será útil. Nnaife mandará algum dinheiro. Assim, vocês é que sabem o que vão decidir. Vocês duas conseguem encarar a vida nesta cidade?".

"Bem, quando recebermos o dinheiro, posso me dedicar ao comércio. No momento só tenho uma criança para tomar conta, de modo que não será nenhuma tragédia. Depois que este meu bebê nascer, posso trabalhar de novo. Mas não sei o que minha esposa mais velha pensa".

"Nnu Ego, será mais fácil para você em Ibuza", era a opinião geral.

"É verdade, acho que seria a melhor coisa a fazer. As pessoas têm me falado da doença de meu pai. Ele já está muito idoso e gostaria de ver os meninos".

As notícias sobre o sequestro de Nnaife não demoraram a chegar a Ibuza. Agbadi mandou mensagens urgentes à filha para que voltasse para casa. Não queria que ela ficasse em Lagos, não queria que sofresse e, além disso, ele estava morrendo.

"Mas como vou fazer para viajar sem dinheiro, Adaku? E você sabe o que também me preocupa? Não sabemos nem mesmo onde está nosso marido, se ele está vivo ou morto. Não sei como eu me sentiria se me mandassem matar pessoas que nunca me fizeram mal. Pobre Nnaife, você já conheceu alguém mais azarado do que ele?". Adaku balançou a cabeça.

A carta de Nnaife acabou chegando, e Nnu Ego a entregou a Mama Abby para que a lesse para ela. Depois correu até o quarto onde moravam para contar as boas novas a Adaku.

"Nnaife está vivo e bem! Está a caminho de um lugar chamado Índia, embora não saiba onde fica. Nos enviou algum dinheiro e preciso recebê-lo na agência do correio. Sua parte será cinco libras; assim, depois que seu bebê nascer, você poderá alugar uma banca no mercado Zabo e começar seu comércio. Por enquanto não tenho como fazer a mesma coisa. Tenho muitos filhos e, além disso, há a questão da saúde de meu pai. Mama Abby me aconselhou a economizar uma parte do que me cabe; disse para deixar depositada no correio por enquanto".

"E quem vai tomar conta de seu dinheiro no correio?", quis saber Adaku.

"O governo. Mama Abby disse que o dinheiro depositado rende alguns juros e que, com esses juros, dá para pagar a escola dos meninos. Nnaife mandou vinte libras; duas são para Adankwo, nossa esposa mais velha em Ibuza. Portanto, tirando sua parte, o resto é para mim".

"Ah, esposa mais velha, você é uma mulher rica. Se ele mandar mais dinheiro, você vai ficar muito, muito rica".

"Você já esqueceu que tenho todas essas crianças para criar? E ele diz na carta que não é para esperarmos outra remessa. Mesmo que ele pretenda mandar mais quando for possível, nos aconselha a fazer render o máximo o dinheiro que temos, já que a vida está tão imprevisível...".

Mama Abby deixou as próprias tarefas domésticas de lado e foi com Nnu Ego até a agência do correio. Houve muitos pedaços de papel que os funcionários de lá quiseram que ela assinasse, mas depois de uma espera de três horas o dinheiro finalmente foi parar nas mãos de Nnu Ego, e Mama Abby a ajudou a abrir uma conta-poupança.

Depois que Adaku utilizou sua parte do dinheiro de Nnaife para se estabelecer no mercado Zabo, Nnu Ego concluiu que não podia mais adiar a viagem para Ibuza.

"Por favor, esposa jovem, se nosso marido mandar mais dinheiro, nos envie por qualquer pessoa que viaje para Ibuza. Nós receberemos. Meu pai está muito doente e preciso ir depressa. Não quero que ele parta sem nos ver, a mim e aos netos".

UMA BOA FILHA

A viagem até Ibuza foi longa e tortuosa. Oshia, que contava apenas nove anos mas era esperto, assumiu a tarefa de tomar conta da família durante o percurso. Graças ao fato de Nnu Ego estar grávida – e como seu marido era funcionário da ferrovia –, foram de trem até Oshogbo e ela pôde desfrutar do conforto adicional de viajar na segunda classe, já que Nnaife estava a serviço do rei da Inglaterra em algum lugar da Índia. Isso apesar de Nnu Ego não conseguir entender por que o marido lutava na Índia, quando as pessoas comentavam que a Inglaterra combatia para se defender da invasão de pessoas chamadas "os alemães". Assim que chegasse em casa, teria de providenciar boas oferendas para seu pobre esposo, pensou Nnu Ego. O problema era que Nnaife já não acreditava em nada. Teria de mandar erguer, sem falta, um santuário adequado para ele, agora que era o chefe da família Owulum.

Para sorte de Nnu Ego, a família chegou a Ogwashi-Ukwu no início da tarde. As garotas de Ibuza costumavam ir até lá vender amendoim torrado, e uma dessas garotas era a filha de quinze anos da viúva mais velha dos Owulum. Ao vê-los e reconhecê-los, ela entrou correndo na estação, abraçou cada uma das crianças e disse que ia até em casa no mesmo instante buscar os rapazes para que ajudassem a levar as coisas. Ao perceber que Nnu Ego estava grávida, disse-lhe que não se movesse nem uma polegada enquanto os homens não chegassem. Deixou suas tigelas de amendoim para as crianças, depois foi voando até o mercado buscar um pouco de bolo salgado de feijão ukwa, que os pequenos comeram com grande entusiasmo. O alimento era úmido e macio, diferente da versão que conheciam, que, depois de viajar de Ibuza até Lagos, costumava chegar bastante ressecada.

"Este é mais gostoso que o de Lagos", comentou Oshia. "Olhe, até as gêmeas gostaram. Em Lagos elas não comem ukwa".

"Volto em seguida", prometeu a jovem Ozili.

"Ibuza é longe?", quis saber Oshia.

"Não, não é longe. Só cinco milhas", respondeu Ozili, saltando num passo de dança para a trilha que formava uma fenda que parecia um buraco na verdura espessa da floresta antes que Oshia tivesse tempo de pedir para ir junto. Num instante ela desapareceu, como se tivesse sido engolida pela vegetação.

Todo mundo no mercado gritava saudações para Nnu Ego e os filhos, e pouco depois a recém-chegada havia fabricado um rolo com parte das roupas que trouxera e estava sentada confortavelmente sobre ele debaixo de uma árvore frondosa, conversando e rindo com algumas mulheres que Oshia jamais vira antes. Depois, com a ajuda de outras mulheres, ela lavou as gêmeas e Adim. Oshia foi levado até um regato próximo para se banhar e ficou encantado com o mergulho. Não demorou para as gêmeas adormecerem.

A família de Nnaife foi a primeira a chegar. Os bebês foram pendurados nas costas dos adultos, e até Oshia, por mais que já tivesse nove anos, foi carregado durante todo o trajeto. A bagagem foi dividida em volumes menores, para que cada rapaz pudesse equilibrar uma trouxa sobre a cabeça ou o ombro.

Depois de andarem por cerca de duas milhas, ao se aproximarem de um alojamento chamado Aboh, os jovens da família de Agbadi vieram ao encontro deles. Era um grupo grande, alegre e ruidoso. Mas Nnu Ego ficou sabendo que nos últimos cinco dias o pai já não conseguia falar, esperando por ela antes de se render à morte.

Quando chegaram a Ibuza, visitaram primeiro a família Owulum. A esposa mais velha, Adankwo, estava fora de si de felicidade.

"Bem-vinda, minha filha, bem-vinda. Ah, Oshia, você já é um homem. E as gêmeas, tão bonitas! Não demora e os rapazes começam a bater à nossa porta. Vocês não acham que elas se parecem com Ona?", perguntava a todo mundo, entusiasmada.

"Preciso ir ver meu pai, que está morrendo...", começou Nnu Ego.

"Isso mesmo, boa filha. Só que ele não está morrendo; morreu cinco dias atrás, mas não vai se entregar completamente enquanto não vir você. Por isso, está sofrendo em silêncio. Estou feliz por você estar aqui", prosseguiu Adankwo. "Mas primeiro vocês precisam comer, depois vamos todos juntos até lá. Leve as crianças também. Seu pai vai querer tocá-las. Ele está deitado no mesmo lugar onde dizem que você foi concebida, contemplando o espaço".

Contudo, assim que Nnu Ego entrou no pátio de Nwokocha Agbadi e que o reflexo da lua a iluminou, bem como aos dois meninos um tanto amedrontados que a acompanhavam, seu pai falou:

"Ona, Ona, Ona, pare de retorcer as mãos; nossa filha chegou".

Nnu Ego largou os filhos, esqueceu o cansaço. Correu para o pai, que se tornara tão nobre e ao mesmo tempo tão impalpável e frágil. O cabelo dele estava completamente branco, seu corpo, macilento. Mas os olhos, aqueles olhos vivazes e argutos ainda cintilavam, e os ossos de seu rosto se delineavam com nitidez, desafiando toda doença.

"Ah, pai... Eu não imaginava... Por que não vim antes? Olhe, veja os meus filhos, pai. Tenho filhos e filhas... As crianças... Ah, pai, pai".

Agbadi rolou para um lado da pele de cabra e soltou mais uma vez aquela risadinha baixa e sarcástica que os amigos conheciam tão bem, embora agora ela tivesse um som fantasmagórico. "Filha, eu não partiria antes de ver você. Sei que você está grávida. Levante, deixe que eu olhe para você. Sim, esplêndida. Uma mulher plena, cheia de filhos. Está bem. Ona, eu lhe disse que tudo ficaria bem...".

As pessoas olharam em torno, temerosas, sabendo que ele estava vendo uma alucinação. Ona, a mãe de Nnu Ego, talvez a única mulher que Agbadi amara na vida, morrera muito tempo antes e mesmo assim ele conversava com ela como se ela estivesse ali com eles no pátio.

Sua esposa mais velha, agora igualmente idosa, e exausta depois da longa vigília que todos ali vinham mantendo, se afastou, levando os dois meninos, e preparou um lugar para eles dormirem num canapé de argila, perto de onde dormiria a mãe deles. Depois da agitação do dia, em pouco tempo os dois pegaram no sono.

Agbadi despertou duas vezes naquela noite, contando a Nnu Ego fragmentos de histórias sobre sua infância, antes de cair novamente no sono. Nnu Ego estava deitada ao lado dele, com o bebê chutando furiosamente dentro dela, de modo que lhe restavam poucas dúvidas de que ele nasceria antes do tempo. Quando os chutes se tornaram intoleráveis, ela se levantou; pelo clarão da alvorada, sabia que o dia já ia nascer. Se virou e olhou para o pai. Os olhos dele estavam fechados, mas ele parecia consciente de que ela se movera e declarou, com um sorriso:

"Eu voltarei para sua casa, filha, mas desta vez venho com sua mãe". Ergueu a mão e tocou o ventre estufado da filha. Ela não ousou perguntar o significado do que ele lhe dizia.

Então o pai falou: "Preciso correr. A maioria das pessoas de meu grupo de idade está lá, esperando por mim. Até você, Idayi. Eu só queria me despedir da filha de Ona...".

Nnu Ego segurou a mão do pai, que pouco a pouco ficou rígida. E ela compreendeu que ele se fora.

"Adeus, pai, último dos grandes caçadores. Mas volte. Volte para mim e me console desta perda. Adeus, pai". Em seguida soltou um grito forte para dizer ao mundo que o pai, um dos caçadores mais valentes que o mundo já conhecera, o amante mais extraordinário, o mais nobre e mais gentil de todos os pais, se fora.

As pessoas acordaram e acorreram, homens que haviam ficado de sentinela durante a noite nas minúsculas cabanas que cercavam o alojamento. Os filhos de Agbadi com suas esposas, bem como todas as viúvas de Agbadi, ecoaram o grito de Nnu Ego. Canhões, preparados semanas antes, foram disparados para o alto. Em pouco tempo Ibuza inteira, bem como as cidades próximas, sabiam que uma pessoa importante deixara este mundo para se reunir aos seus ancestrais.

As lamentações, as danças e o velório prosseguiram durante dias. Nnu Ego perdeu a conta dos animais abatidos; enquanto um Obi não fosse enterrado, era preciso abater um cabrito por dia, e nenhum dos filhos de Agbadi teria sonhado em enterrá-lo antes do quinto dia. As outras filhas vieram e ajudaram Nnu Ego a raspar a cabeça das viúvas e vesti-las em trajes de luto. Nnu Ego estava tomada por um sentimento de exaltação, e o estranho era que, desde que o pai morrera, o bebê que esperava deixara de preocupá-la, e algo lhe dizia que daria à luz um menino.

Cercado de muitas danças e festejos, Obi Nwokocha Agbadi foi instalado em seu trono de Obi e ali ficou, no túmulo aberto no interior de seu pátio. O caixão, um caixão sentado, era muito comprido, já que abrigava um homem alto. O morto envergava seus ornamentos de chefe; o gorro e as presas de elefante repousavam sobre seus joelhos, assim como suas armas de caça, seu escudo, sua lança de ferro e seus sabres. Ele ficou ali sentado como se estivesse prestes a se levantar e falar. Nnu Ego sentia-se feliz. O pai foi enterrado assim, sentado, tomando conta da família inteira.

Depois do primeiro sepultamento, o físico, Nnu Ego precisava visitar a casa da família do marido. Por ser a primeira filha, a bem-amada, resolveu ficar em Ibuza para o segundo sepultamento, que finalmente despacharia o pai para junto de seus ancestrais. Em seguida as viúvas de Agbadi estariam livres para serem herdadas por qualquer dos membros da família que se interessasse por elas. Algumas das esposas, muito velhas, não seriam forçadas a aceitar novos maridos porque os filhos e filhas se encarregariam de sustentá-las.

Semanas mais tarde, Nnu Ego entrou em trabalho de parto. O menino que ela teve chegou ao mundo exatamente na mesma hora da madrugada em que seu pai morrera. Ela queria dar a ele o nome do pai, mas não sabia como dizer isso à gente de Nnaife, temendo que a considerassem uma mulher ultracivilizada, dessas que escolhem sozinhas os nomes dos filhos, só porque o marido estava lutando na guerra. Era uma preocupação desnecessária. Bastou um olhar para a criança de corpo alongado e pele seca deitada sobre a folha de bananeira para que Adankwo, a esposa Owulum mais velha, que auxiliara no parto, exclamasse:

"É Agbadi! Ele está de volta!".

O ruído despertou todos os que dormiam, assim como a morte de Agbadi despertara a todos em Ogboli apenas algum tempo antes. As pessoas acorreram, dizendo: "Bem-vindo, pai".

A essa altura o meio-irmão mais velho de Nnu Ego entrou e exclamou: "Nnamdio!", ou seja: "Este é meu pai".

"E esse será o nome do menino", disse Adankwo: "Nnamdio".

Houve danças e brincadeiras até o início da manhã, quando as pessoas tiveram de partir para suas lavouras.

No dia do segundo sepultamento de Agbadi, Nnu Ego estava rodeada por parentes das duas famílias, os Owulum e os Agbadi. Um curandeiro que os acompanhara ao longo de toda a cerimônia disse:

"Posso ver o pai de vocês, agora, no mundo dos mortos, vangloriando-se para os amigos sobre a boa filha que você é".

Poucas mulheres haveriam de sentir-se tão honradas e realizadas quanto Nnu Ego naquele momento. Parecia tão feliz que as pessoas lhe diziam, em tom de brincadeira: "Você não parece sentir muita falta de seu marido, não é mesmo?".

Mas ela sentia. Pensava o tempo todo no que poderia estar acontecendo com ele e com sua coesposa, Adaku, que raramente dava notícias, mas que, pelo que soubera, dera à luz outra filha. Nnu Ego sabia que em breve as pessoas começariam a dizer:

"Você já provou que é uma boa filha. Mas uma boa filha também precisa ser uma boa esposa".

SÓ AS MULHERES

passados sete meses da morte de Nwokocha Agbadi, as pessoas começaram a se perguntar quando Nnu Ego voltaria para Lagos. Rodeada pela família do marido, por sua própria família e por uma comunidade solidária, ela sabia que quando chegasse o momento de partir de Ibuza ficaria muito penalizada; mesmo assim, também sabia que não devia permanecer por muito tempo mais. Não porque não desejasse ficar à espera do marido até ele regressar da guerra, mas simplesmente porque relutava em voltar para uma cidade de condições tão exigentes. A vida em Ibuza podia carecer de sofisticação, o dinheiro podia ser curto, mas as preocupações eram poucas.

Numa noite clara, Nnu Ego estava sentada tranquilamente diante de sua cabana pessoal aproveitando a fresca da noitinha. Seus filhos, bem como as outras crianças da família, já haviam sido alimentados, e os ruídos que faziam em suas brincadeiras ao luar chegavam até ela de vez em quando. O bebê Nnamdio estava nas mãos prestimosas de Adankwo, mulher forte, de quarenta e poucos anos – uma dessas mulheres resistentes, confiáveis, que todos acreditam que estarão sempre por perto. No contato mais próximo com ela, tinha-se a impressão de uma certa rigidez; seca como um graveto na fala e na aparência, ela pouco dizia, mas em compensação ria muito, exibindo um conjunto de dentes magníficos, com uma fenda irresistível no meio.

Nnu Ego ouviu Adankwo se aproximar, com o pequeno Nnamdio equilibrado a cavaleiro sobre uma das ancas e segurando um banquinho do outro lado. Ao entregar o bebê à mãe, Adankwo observou:

"Ele passou a tarde mascando meus seios; acho que já está na hora de ganhar algum leite de verdade".

"Ah, mãe", disse Nnu Ego, usando a forma adequada para se dirigir à mulher mais velha da família Owulum, "você não é tão velha e seca. Deixe que ele sugue com força e tenho certeza de que vai começar a produzir leite para ele. A única coisa que eu quero é ficar deitada nesta areia olhando a lua".

"Meus dias de amamentar estão encerrados, filha. Levante e alimente seu filho: ele está com muita fome. Além disso, precisamos conversar. Levante". Além de autoridade, havia urgência em sua voz.

"Espero que esteja tudo bem com a família", disse Nnu Ego preocupada, embalando Nnamdio de leve antes de dar-lhe o peito.

Adankwo esperou que Nnamdio ficasse bem acomodado para mamar e depois falou, virando um pouco a cabeça para o lado como se temesse que algum inimigo ouvisse suas palavras. Começou de forma um tanto brusca e a partir de um ângulo que no início parecia não ter nada a ver com o tópico que Nnu Ego imaginara que seria abordado.

"Quem lhe disse que os mortos não estão conosco? Quem lhe disse que eles não nos veem? Uma boa pessoa não morre e desaparece para sempre; vai para um outro mundo, e pode até decidir voltar e viver sua vida outra vez. Mas será que não é preciso ser bom neste mundo para ter essa opção?".

Nnamdio gorgolejou ruidosamente, erguendo um pé gorducho e agarrando o outro seio da mãe em atitude de proprietário. Embora a noite estivesse bastante luminosa, Nnu Ego deu graças por ela não estar suficientemente clara para revelar o alarme em sua fisionomia. Seu coração batia depressa. Será que a mulher estava achando que Nnaife havia morrido? Teria recebido notícias por intermédio de alguém? Disse a si mesma que deixasse de ser boba. Notícias catastróficas não lhe seriam comunicadas daquela maneira, mas de modo mais teatral. Sentiu-se culpada por suas suspeitas; até parecia que desejava a morte do marido, quando, pelo contrário, a ideia de que ele pudesse ser ferido lhe dava pânico.

Se Adankwo fosse uma pessoa desembaraçada para falar, teria podido dissipar a ansiedade de Nnu Ego num instante, mas, além do fato de que era uma mulher de poucas palavras, tinha o hábito desastrado de fazer longos silêncios entre uma e outra de suas observações.

"Você não respondeu a minhas perguntas", disse ela, depois de quase um minuto.

"Eu lhe daria uma resposta se pudesse, mas não entendo o que você quer dizer", redarguiu Nnu Ego.

"Estou me referindo a seu pai". Adankwo fez uma pausa. Depois foi em frente depressa, como alguém que ensaiou o que pretende dizer, chegando, inclusive, a ser exuberante em sua exposição.

"Você se lembra da noite em que seu pai estava morrendo, quando ele falou que via sua mãe? Lembra de como ele dizia a Ona, que morreu há tanto tempo, que você havia chegado de Lagos? Bem, seu pai era um homem bom. Viu sua mãe e estava indo ao encontro da mulher que amava, da mulher de quem sentiu falta ao longo de tantos anos, desde sua morte. Mas todos sabemos que seu pai havia morrido, no sentido real da palavra, uns cinco dias antes de você chegar".

"Foi o que me disseram muitas vezes, mas como pode ser possível?".

"As pessoas morrem, ou deveriam morrer, gradualmente, se acostumando passo a passo com os entes queridos que estão do outro lado. Seu pai, porém, ia e voltava o tempo todo, esperando por você. Ele perguntava às pessoas: 'O que vou dizer à minha Ona se ela me perguntar como vai nossa única filha? Como posso responder que faz dez anos que não vejo nossa filha? Não, preciso ver Nnu Ego. Preciso ficar aqui'. E ficava, sofrendo em silêncio. Então... Seria correto você ofender um pai como esse?".

"Ofender meu pai? Mas o que estou fazendo para ofender meu pai?".

"Bem, vou lhe dizer uma coisa: você não está sendo leal a ele quando se esquiva da responsabilidade que ele lhe confiou. Ele sabia que suas raízes aqui são profundas e foi por isso que prometeu voltar para o seu lado... Sim, eu estava lá, nas sombras do pátio. Todos nós ouvimos as palavras que ele pronunciou".

"Mas que responsabilidade ele me confiou, que não estou cumprindo?".

"Você não vê, Nnu Ego, filha de Agbadi? Não vê que está fugindo da posição que sua chi lhe deu, deixando-a para uma mulher que seu marido herdou do irmão, uma mulher que todos aqui sabemos ser muito ambiciosa, uma mulher que nem sequer deu um filho homem à família? E você... você tem raízes profundas... O que pensa que está fazendo? Você quer andar sem se soltar da terra. Não dá! Você criou raízes na família Owulum. É a esposa mais velha de seu marido; é como um amigo homem para ele. Seu lugar é ao lado dele, supervisionando a esposa mais jovem. Você já ouviu falar em mulher completa sem um marido? Você fez o seu dever em relação a seu pai, um homem com tanta nobreza de espírito que seria difícil explicar. Agora está na hora de você ficar ao lado de seu marido".

"Mas...", Nnu Ego começou a protestar, "ele ainda está na guerra, lutando. Não negligenciei meu marido".

"Imagine que ele tenha corrido até em casa para ver você, para ver o novo filho homem que você deu a ele, e, em vez de encontrar você, encontrou Adaku com suas lamúrias e ambições? Acha que aquela figurinha esperta falaria bem de você? Nnaife terá chegado num instante à conclusão de que foi só ele partir para você preferir voltar para perto de sua gente".

"Eu não fiquei com minha gente, todo mundo sabe. Fiquei com a família dele".

"Isso é verdade, minha filha, mas você está lá para dizer isso a ele? Suponha que Adaku se aproprie de todos os presentes que ele trouxer de além-mar, inclusive do dinheiro? Não se esqueça de que ela está desesperada para ter um filho e que você já tem três. Você deveria estar lá para se certificar de que o que ele trouxer para casa não será desperdiçado. Você é a mãe dos filhos meninos que fizeram dele um homem. Se Adaku morrer hoje, será a gente dela, e não a do marido, que irá buscar seu corpo. Com você seria bem diferente".

"O que você acha que eu devo fazer com Oshia? Ele se adaptou tão bem à vida na lavoura quanto à de estudante. Adora estar aqui".

"Isso é verdade", respondeu Adankwo, pensativa. "Mas há algo novo chegando à nossa terra, você percebeu? Nós, como família, não precisamos viver e ser criados no mesmo lugar. Deixe que ele estude em Lagos, onde nasceu. Depois, poderá vir para cá trazendo aquela cultura para enriquecer a nossa. Em alguns anos terá condições de começar a tomar conta de você, do ponto de vista material. Oshia está com dez anos. Aos quinze, meus filhos já traziam seus próprios inhames para casa. Então você não terá de esperar muito". Adankwo fez uma pausa, como quem quer organizar os pensamentos. "Mas eu teria falhado como mãe se não estivesse aqui para garantir que as terras deles estavam seguras: do contrário, onde meus filhos iriam construir suas cabanas? Você enterrou seu pai há sete meses. É tempo suficiente. Agora precisa voltar e proteger a herança de seus filhos".

"Só que não temos grande coisa em Lagos para chamar de nossas. Não foi fácil: tive de penar o tempo todo para fechar as contas. Até o quarto onde nós moramos é alugado".

"Como você pode saber o que virá a adquirir no futuro? Como pode saber o que Nnaife vai trazer da guerra? As coisas vão dar certo para ele porque fiz muitos sacrifícios para sua proteção. Não quero que tudo vá parar nas mãos daquela moça ambiciosa, a Adaku. Conheço ela; foi a última esposa do meu marido... De modo que amanhã você deve começar a se preparar. E se algum dia ficar num aperto com a educação dos meninos, não se esqueça de que as meninas crescem muito depressa: os dotes de esposa das gêmeas vão contribuir. Mas a essa altura Nnaife já terá voltado. Vá, e salve a herança de seus filhos".

Quando Nnu Ego chegou a Lagos, não conseguiu acreditar em seus olhos. Era como se tivesse se ausentado por nove anos, e não nove meses. Tudo havia dobrado de preço, o que a deixou muito perturbada. O aluguel do quarto subira para sete xelins por mês, uma medida de garri custava o dobro do que custava antes, alguns alimentos comuns haviam praticamente desaparecido. E, para seu desalento, constatou que Adankwo estava certa quanto a Adaku. Nnaife estivera em casa para uma visita rápida apenas três semanas antes.

"Mas por que você não mandou me avisar?", perguntou Nnu Ego, aborrecida. "Nós teríamos voltado correndo para vê-lo. Eu teria gostado de mostrar o novo filho a meu marido".

"Ele não ficou por muito tempo, esposa mais velha. Ficou feliz ao saber que você estava em Ibuza, pois assim economizava. Deixou cinco libras para você. Eu ia lhe mandar assim que aparecesse alguém de viagem para lá, mas, como pode ver, andei muito ocupada".

"É, posso ver que você esteve muito ocupada ganhando dinheiro. Olhe essas mercadorias, olhe suas bancas... Tenho certeza de que o dinheiro de Nnaife serviu para construir seu comércio".

"Não é verdade, esposa mais velha. Para começo de conversa, eu não lhe pedi que fosse a Ibuza. Você que fez questão de ir. Portanto, não venha me culpar por ter perdido sua posição em Lagos. Aqui estão suas cinco libras. Não peguei nada para o meu comércio, ao contrário do que você parece imaginar".

"Estou vendo que você está zombando de mim. É verdade, Adaku, você pode se dar ao luxo de fazer troça. Pode até achar que tem razão, mas fique sabendo que está errada. Enquanto você valoriza o dinheiro e as roupas bonitas, eu valorizo meus filhos; mas não se esqueça de que minha família sempre teve fortuna. Só sou pobre em Lagos. Vá até Ibuza e veja como sou rica em pessoas, com amigos, parentes, parentes por casamento".

"Não sei o que você quer que eu faça, esposa mais velha. Nada a impede de montar sua banquinha na frente de casa, sua banca de cigarros...", acrescentou Adaku com uma risadinha contida, sabendo perfeitamente bem que os vizinhos haviam se aproveitado da ausência de Nnu Ego para inviabilizar seus negócios.

Havia quatro outras bancas de madeira no local onde antes a dela era a única. Uma das esposas do senhorio chegara a começar a vender objetos na frente de casa. Consciente de que não tinha como competir, Nnu Ego ficou perdida. Abrir uma banca no mercado estava fora de questão; os preços haviam subido tanto que se usasse o pouco dinheiro que sobrara comprando uma, não teria como adquirir as mercadorias para abastecê-la. Assim, começou a vender lenha. Isso não exigia muito capital, apenas uma enorme quantidade de energia. Era preciso buscar a madeira na margem do rio, rachá-la com o machado e depois amarrar os feixes para vendê-los. Muitas outras mulheres consideravam a tarefa cansativa demais.

Embora tivesse tentado retomar o hábito de comerem todos juntos – ela e os filhos, com Adaku e suas duas meninas – como faziam antes, Nnu Ego logo viu que já não seria possível. Adaku ficara muito rica. Tinha apenas duas filhas para alimentar; falava em providenciar aulas particulares para que elas aprendessem o alfabeto, embora até o momento não tivesse feito nada nesse sentido nem tivesse mandado as meninas para a escola. Na banca de Adaku no mercado Zabo, havia pilhas altas de feijão, pimenta, peixe seco, egusi e condimentos. Ela passava o dia inteiro no mercado, só voltava tarde da noite, portanto não havia sentido em Nnu Ego esperar por ela; aliás, a própria Adaku não estava interessada em comer quando chegava em casa, o que levava a crer que ela e as filhas comiam no mercado.

Essa era uma vida com a qual Nnu Ego não sabia lidar. Sentia-se à deriva, como se estivesse em alto-mar. Não recebia ajuda material de nenhum amigo, pois todos estavam ocupados demais ganhando o próprio dinheiro, e ela estava sempre presa em casa com Nnamdio e as gêmeas. Fazia raras visitas às pessoas, não querendo que pensassem que ia a suas casas para ganhar comida. Deixou de comparecer a praticamente todas as reuniões de família; para manter contatos sociais, era preciso se vestir na moda. Adaku ia às reuniões e na volta lhe relatava o que fora discutido. Nnu Ego aceitou a sorte que lhe cabia, consolando-se com o fato de que um dia seus meninos seriam homens. Mas uma perda tão considerável de status – que praticamente a transformava em criada de uma esposa mais jovem, e ainda por cima de uma esposa mais jovem herdada – amargurava seu espírito.

Quando Nnaife viajara para Fernando Pó, pelo menos era só ela e mais ninguém. Uma coisa era ser pobre, outra era ser vista como pobre. Se pelo menos... Se pelo menos Adaku tivesse achado outro lugar para morar! E nem a alternativa de voltar para Ibuza era viável; certamente não depois da conversa com Adankwo. Além do fato de que faria um papel ridículo, seria vista como um ser ingrato, desconsiderando a conversa franca com Adankwo, sabidamente taciturna. Não, concluiu, teria de trincar os dentes, encontrar coragem e ir em frente; tudo entraria nos eixos quando as crianças crescessem.

Nnu Ego era como os cristãos não muito informados que, tendo-lhes sido prometido o Reino dos Céus, acreditavam que o lugar ficava logo ali, virando a esquina, e que Jesus Cristo chegaria já no dia seguinte. Muitos deles pouco contribuíam para este mundo, pensando: "Para quê? Cristo já vai chegar". Essas pessoas ficavam de tal modo isoladas em suas crenças que não apenas pouco se relacionavam com os pecadores comuns, uma gente ocupada com o trabalho cotidiano, como chegavam a sentir pena deles, e em muitos casos os desprezavam porque o Reino de Deus não era para tais pessoas. Talvez essa atitude fosse um mecanismo de defesa, elaborado para salvá-los de realidades dolorosas demais para serem aceitas.

Nnu Ego começara a agir como eles com o passar dos meses. Fazia o que podia para deixar Adaku com ciúme de seus filhos. Aproveitava todas as oportunidades para chamá-los por seus nomes completos, dizendo a si mesma que estava recuperando o que lhe pertencia. Desentendimentos irrelevantes eram frequentes entre as duas mulheres, e Ubani, Nwakusor e os outros amigos costumavam ser chamados para resolver as brigas.

Estavam em junho, um mês muito úmido. Era necessário algum tempo para habituar-se à quantidade de água que caía naquela época do ano. Nesse dia, a chuva foi tão inesperada que Nnu Ego se impacientou. Claro, houvera nuvens pesadas anunciando a chegada, mas elas haviam aparecido tão de repente que, antes de Nnu Ego ter tempo de ajustar seus planos para mais tarde, o aguaceiro despencara do céu em torrentes. Nnu Ego saíra da cama cedo e dispunha de lenha suficiente para o resto da semana; segundo seus cálculos, teria o suficiente para a própria cozinha e ainda poderia ganhar um dinheirinho vendendo o resto, o suficiente para comprar feijão para o desjejum das crianças. Ela e os bebês costumavam sentar do lado de fora do quarto, perto do pão e dos outros alimentos que negociava em sua vendinha em frente à casa; Oshia saía para vender sabão, cigarros, fósforos e velas, enquanto seu irmão Adim vendia os amendoins torrados que ela estava preparando naquele momento. Nnu Ego acabara de sair da cozinha com os amendoins fumegantes quando a chuva começou. E agora, o que ia fazer? Se deixados de um dia para o outro, os amendoins ficariam murchos – e nem passaria pela cabeça de Nnu Ego mandar Oshia sair com um tempo daqueles. As pessoas que sabiam que ela vendia lenha talvez aparecessem para comprar um pouco, mas mesmo assim perderia boa parte de seus ganhos por causa da chuva. Na situação financeira desesperada em que estava, não tinha condições de perder nem metade do movimento de um dia. Andou de um lado para o outro no pequeno espaço entre as camas do quarto. Lá fora, as crianças soltavam guinchos de felicidade, correndo para baixo da chuva e em seguida se protegendo, desfrutando o frescor das gotas depois do calor opressivo que invariavelmente precedia as chuvaradas. "O que vou fazer?", murmurou Nnu Ego, quase aos prantos. "Só tenho as cinco libras que Mama Abby me aconselhou a economizar dois anos atrás. Se usá-las agora, como vou manter Oshia na escola? E o que será de Adim? O pequeno Nnamdio também está crescendo. Ah, essa guerra, essa guerra... Ninguém explica nada. Ninguém sabe onde está Nnaife. Talvez na Índia, talvez no Céu, quem sabe no norte da Nigéria. Como saber?".

"Mãe, mãe!", gritou Taiwo, uma das gêmeas. "Chegou visita. Venha cá, mãe. Ela quer entrar".

Visita, com aquele tempo? A menina devia ter entendido mal. Quem, em seu juízo perfeito, lhe faria uma visita naquele momento? De todo modo, melhor verificar do que se tratava.

Do lado de fora da porta estava uma mulher de Ibuza, a esposa de Igbonoba. Ela era aparentada de Adaku e, tal como Adaku, estava se dando bem nos negócios. A mulher tinha a sorte adicional de ter se casado com um homem mais velho, que não se qualificara para ser enviado à guerra, e o marido era uma das pessoas bastante prósperas de Ibuza. Para completar, aquela mulher, diferentemente de Adaku, tinha muitos filhos, tanto meninos como meninas: em suma, possuía tudo o que qualquer mulher poderia desejar. *E olhe só para ela,* pensou Nnu Ego, irritada, *olhe aqueles sapatos caros que ela está usando, olhe aquele pano de cabeça, até uma corrente de ouro ela tem. Tudo isso só para fazer uma visita à sua parente Adaku, e nessa chuva! Meu Deus, imagino só o que terá custado aquele pano de cabeça! O dinheiro que ela pagou por ele daria para alimentar a mim e às crianças por um mês inteiro. E isso que ela é filha de um joão-ninguém! Agora olhe para mim, a filha de um chefe famoso, reduzida a isto...*

"A chuva está muito forte... Não vai me convidar para entrar? Sua varanda está ocupada pela lenha e por sua vendinha", disse a mulher de Igbonoba, em parte de brincadeira e em parte a sério, irritada. Seus olhos estavam fixos nos de Nnu Ego, e com isso pôde adivinhar algo do que Nnu Ego estava pensando. Adaku dissera que naquele dia voltaria cedo para casa; talvez a chuva a tivesse impedido. A esposa de Igbonoba pretendia esperar por ela.

Nnu Ego fitava a visitante, fascinada. Então as pessoas ainda viviam assim, com ostentação? De fato, vira coisas no mercado como aquela sombrinha colorida, embora jamais tivesse imaginado que elas pudessem caber no orçamento de uma mulher de Ibuza. Ah, o que teria feito para merecer ser punida daquele jeito? Não conseguia tolerar a situação, não conseguia. Teve ganas de gritar, mas cobriu a boca com a mão e apertou-a com força.

"Bem, se você vai ficar aí parada olhando para mim, fico na sua varanda para esperar por minha prima Adaku". A mulher subiu os dois degraus de cimento e olhou em volta em busca de uma cadeira. Não havia nenhuma. Então começou a sacudir a água de suas roupas caras.

Nnu Ego olhava para ela, sempre cobrindo a boca com a mão, de corpo trêmulo.

A mulher ergueu os olhos e perguntou: "Você está passando bem, esposa de Nnaife? Por que me olha desse jeito? Não sou sua inimiga, hein? Por que você me olha assim, como se não quisesse me ver? Vim até aqui de Obalende, do outro lado da ilha de Lagos, e não ouvi uma única palavra de boas-vindas sair da sua boca...".

"Cale-se! Cale-se e saia! Você não pode ficar aí! Meu bebê está chorando... vá embora!". A voz de Nnu Ego, de tão forte, era mais tempestuosa do que o som da chuva. "Entrem, crianças, está chovendo". Os pequenos entraram e Nnu Ego bateu a porta.

A esposa de Igbonoba abriu e fechou a boca, abismada. Nunca, em toda a sua vida, vira um comportamento tão antissocial. Nunca fora tão insultada. Qual era o problema daquela mulher? Agia como se seus nervos estivessem no limite, quase arrebentando. Responder àqueles gritos com outros não levaria a nada; de todo modo, a chuva uivava seu protesto, e sua voz seria encoberta pela água, como tudo mais. Se seu marido, Igbonoba, ficasse sabendo daquilo, faria um escândalo. Enquanto se esforçava para se recuperar do choque, ouviu Nnu Ego e as crianças cantando, com alegria forçada, e pensou: "Graças a Deus, tenho meus próprios filhos; do contrário só poderia concluir que ela está dando esse espetáculo de maternidade para me deixar com inveja". Ficou ali parada, esperando que a chuva estiasse e que Adaku chegasse; sabia que a prima ficaria preocupada com ela.

Enquanto isso, Adaku cansou de esperar que a chuva parasse, pois, pelo jeito, ia prosseguir a tarde inteira. Ela e suas duas menininhas decidiram enfrentá-la e, sob a proteção de uma velha lona do exército que haviam encontrado no mercado, correram para casa.

Os olhos da esposa de Igbonoba continuavam cravados na porta fechada quando ela ouviu os passos de Adaku e das duas filhas, que riam alto. Estavam completamente empapadas, pois a lona não era suficientemente larga para cobrir as três cabeças.

"Eu sabia que você estaria aqui me esperando", disse Adaku, ofegante, pulando para a varanda, "por isso enfrentamos a chuva. Está caindo tanta água que até me deu dor de cabeça".

"Eu sei", respondeu a prima. "Algumas gotas até parecem pedrinhas ao bater na gente; e foi tão repentino! Achei que ia parar logo, já que começou quase sem aviso".

"Bem, estamos todas aqui, sãs e salvas", disse Adaku. "Bem-vinda, estou vendo que você também acaba de chegar. Eu ficaria furiosa comigo mesma se você tivesse sido obrigada a esperar por muito tempo. Seja como for, a esposa mais velha está lá dentro, ouça como ela canta! É tão dedicada aos filhos...". Estas últimas palavras foram ditas com uma piscadela conspiratória.

Adaku abriu a porta e todas se espremeram no pequeno espaço do aposento. Nnu Ego cumprimentou-as com um ar tranquilo, e a esposa de Igbonoba percebeu que ela estava se comportando como se tudo estivesse na mais perfeita paz. Devia ou não contar a Adaku o que acontecera? Resolveu que não. Só serviria para causar confusão, e ela teria de prestar testemunho. A ideia não lhe pareceu nem um pouco atraente.

Poucas coisas são piores do que uma consciência culpada. Nnu Ego cercou a visitante de amabilidades, fazendo de conta que nunca a vira antes, e foi buscar noz-de-cola para lhe oferecer. A outra se divertia com a situação. Adaku ficou um pouco surpresa com o procedimento da coesposa, pois em geral ela demonstrava pouquíssimo interesse por suas visitas. Pelo jeito gostava muito da esposa de Igbonoba, concluiu Adaku. Nnu Ego evitava encontrar o olhar da outra, mas a esposa de Igbonoba sabia que a forma como ela estava agindo era um jeito de implorar seu perdão. A visitante sentiu pena de Nnu Ego. Imagine só, uma esposa mais velha se rebaixando assim. Mas não disse nada. Nnu Ego percebeu que, do ponto de vista social, levara sua obsessão um pouco longe demais; só podia rezar para que aquela mulher não contasse a ninguém o que se passara.

Adaku, porém, ficou sabendo do caso três dias depois, não pela esposa de Igbonoba nem por Nnu Ego, mas pelo pequeno Adim. Adaku ficou furiosa demais para dizer alguma coisa a Nnu Ego; simplesmente correu para pedir auxílio ao conterrâneo Nwakusor, o homem que salvara Nnu Ego da morte muitos anos antes, e também convocou o bom amigo de ambas, Ubani. Os dois foram à casa delas e o caso foi exposto, mas, em vez de pôr a culpa toda em Nnu Ego, eles fizeram Adaku perceber que, visto que não fornecera nenhum filho homem à família, não tinha o direito de se queixar quanto ao comportamento da esposa mais velha.

"Então você não sabe que, de acordo com o costume de nosso povo, você, Adaku, filha de seja lá quem for, está cometendo um pecado imperdoável?", relembrou-a Nwakusor. "Nossa vida começa em imortalidade e termina em imortalidade. Se Nnaife fosse casado apenas com você, você teria concluído a vida dele nesta etapa de sua visita à terra. Sei que você tem filhas, meninas, que em alguns anos partirão e ajudarão a construir a imortalidade de um outro homem. E você, com suas belas roupas e seu comércio lucrativo, causa infelicidade à única mulher que está imortalizando seu marido. Por que você não vai até Ibuza consultar seu chi para descobrir por que está sendo privada de uma descendência masculina? Em vez disso, aqui está você, discutindo o caso de sua visitante. Aliás, por que ela precisava se vestir de maneira tão luxuosa, ainda mais em dia de semana?".

Embora os homens de Ibuza admirassem uma mulher trabalhadora e rica, a vida dessa mulher perdia toda a relevância caso ela não deixasse filhos homens atrás de si quando partisse, filhos que fossem sua carne e seu sangue para herdar a fortuna. De que valia amealhar riquezas se não houvesse ninguém para herdá-las?

Nwakusor fez uma advertência a Nnu Ego. Ela que cuidasse de sua reputação. Os filhos eram uma coisa ótima, mas os filhos só sentiriam orgulho dos pais, só retirariam prazer da existência dos pais, se eles se encarregassem de deixar atrás de si um nome bom e sem manchas. Ela não deveria jamais permitir que alguém repetisse que a filha de Nwokocha Agbadi com sua eterna namorada Ona desconhecia a arte da cortesia perante uma visita.

"Você não se dá conta de que a casa pertence a você? Então, por que relutar em receber uma visitante, ainda mais quando é uma mulher de Ibuza?", perguntou Nwakusor.

Nnu Ego não podia dizer que aquilo acontecera porque a mulher tinha a aparência de uma pessoa muito rica e porque, desde que Nnu Ego voltara de Ibuza, Adaku não parava de pavonear a própria riqueza. Assim, guardou silêncio, limitando-se a murmurar: "Às vezes esta cidade de Lagos me faz esquecer minha posição. Não vai acontecer de novo, prometo".

"Bem, você vai ter de pagar uma multa de um barril de vinho de palma e uma lata de cigarros".

Adaku, em pé ao lado, acompanhava a conversa. Viu que estava sendo inteiramente ignorada. Os homens não instruíram Nnu Ego a lhe pedir desculpas e, em certo momento, teve a impressão de que eles já não se lembravam de quem os chamara para resolver a questão. O recado era claro: ela não passava de uma inquilina, sua posição na família Owulum, de Nnaife, não fora ratificada, e o fato de que estava ganhando muito dinheiro não a tornava especialmente querida aos olhos deles. Adaku recebeu o recado.

Assim que os homens saíram, Nnu Ego engatinhou para sua cama, agora coberta com esteiras tramadas a mão, já que não tinha dinheiro para comprar colchas. Seus sentimentos eram confusos; sentia vontade de chorar, mas não sabia por quê. Sentia pena de Adaku pelo tratamento ofensivo que recebera dos homens. Mas será que Adaku entenderia, se lhe dissesse isso? Também sentia alívio, sabendo que sua própria sorte poderia tão facilmente ter sido a mesma de Adaku. Contudo, só por ser mãe de três filhos, era obrigada a ser feliz em sua pobreza, em sua agonia que a levava a roer as unhas, em seu estômago convulsionado, em seus farrapos, em seu quarto atulhado... Ah, que mundo desconcertante! Quando começou a sentir pontadas de fome comprimindo as laterais do estômago, mudou levemente de posição, na esperança de, assim, amenizar a necessidade de comer um cavalo inteiro. Da manhã até aquele momento, comera muito pouco. Os pacificadores haviam lhe dado um par de moedas – uma parcela ínfima do que fora obrigada a gastar pagando a multa de vinho de palma e cigarros –, que estava guardando para comprar um desjejum decente para os meninos antes deles saírem para a escola na manhã seguinte.

Ouviu Adaku fungar. As camas das duas ficavam tão próximas que mesmo separadas por uma cortina era possível ouvir a pessoa da cama ao lado respirar. Nnu Ego estava desarvorada de pena de Adaku, mas como lhe dizer isso? Os homens haviam sido injustos em seu julgamento. Ela, Nnu Ego, agira de forma cem por cento errada, mas claro que eles haviam transmitido a impressão de que ela era inocente, só por ser mãe de meninos. Os homens eram tão espertos. Ao admoestá-la e dizer-lhe para viver de acordo com sua posição de esposa mais velha, haviam dado a entender que sua situação era invejável, que valia a pena uma mulher lutar por ela. Nnu Ego não deu importância ao fato. Falou para Adaku:

"Desculpe. Talvez fosse melhor você não ter chamado os homens".

Houve um curto silêncio, depois Adaku disse: "Ainda bem que chamei. Suponho que recebi o que merecia. Eles me disseram o que você está tentando me dizer desde que voltou de Ibuza. Sou grata a eles por terem feito isso".

"E então, o que vai fazer, Adaku?".

"O que você tem esperado que eu faça. Sair deste quarto fétido. Por que razão eu deveria aceitar esta situação por mais tempo? Nnaife não quer saber de mim, o povo dele também não, então por que ficar aqui? Quando ele veio até em casa na folga do exército, ficou bravo comigo porque você tinha viajado para Ibuza para enterrar seu pai. Ficou magoado ao pensar que você dava mais importância ao seu pai do que a ele; e quanto a mim, me acusou de não ter impedido você de partir. Por isso, só esteve em minha cama por não ter outra opção. Não me incomodei, porque a única coisa que eu queria dele era um filho homem. Mas não engravidei. E você voltou apenas alguns dias depois, com tantos filhos dele... Quase não aguentei. E agora esses homens vêm aqui esta noite esfregar tudo isso na minha cara, como se eu já não soubesse".

Adaku suspirou. "Todo mundo me acusa o tempo todo de ganhar dinheiro. E o que mais eu poderia fazer? Vou gastar o dinheiro que ganhei dando boas condições a minhas filhas para que elas construam suas vidas. Elas vão parar de ir ao mercado comigo. Vou tomar providências para que comecem a frequentar uma boa escola. Acho que isso vai ser útil para elas no futuro. Hoje em dia, muitas famílias iorubás ricas mandam as filhas para a escola; vou fazer o mesmo com as minhas. Nnaife não vai entregar as meninas para marido nenhum enquanto elas não estiverem preparadas. Não vou deixar! Estou saindo deste quarto abafado amanhã, esposa mais velha".

"Para ir adorar seu chi?".

"Meu chi que se dane! Vou ser prostituta. Meu chi que se dane!", repetiu Adaku, feroz.

Nnu Ego não conseguia acreditar em seus ouvidos. "Você sabe o que está dizendo, Adaku? O chi, seu deus pessoal, que lhe deu a vida...".

"Não estou nem aí para a vida que ele ou ela me deu. Vou sair daqui amanhã com minhas filhas. Não vou para Ibuza. Vou viver com as mulheres da Montgomery Road. É, vou trabalhar com elas, dar felicidade a alguns de nossos homens que estão voltando da batalha".

"Cale a boca! Cale a boca!", gritou Nnu Ego. "Não se esqueça de que temos meninas dormindo neste quarto, e não ouse me insultar dizendo essas coisas no meu ouvido. De que mulheres você está falando? Não acredito que esteja se referindo a mulheres 'daquele tipo'! Você não pode. E suas filhas? Nenhum homem de Ibuza vai querer se casar com moças criadas por uma prostituta".

"Desculpe se a insultei, mas você perguntou, está lembrada? Quanto às minhas filhas, elas vão ter de tomar suas próprias decisões neste mundo. Não estou disposta a ficar aqui e deixar que me enlouqueçam só porque não tenho filhos homens. Do jeito que todos insistem com isso, até parece que sei onde os filhos são feitos e que fui negligente por não proporcionar nenhum ao meu marido. Até parece que nunca tive um filho antes. As pessoas esquecem. Bem, se as minhas filhas não puderem me perdoar quando crescerem, vai ser uma pena. De todo modo, quando eu morrer vou ser jogada fora, enquanto pessoas como você, esposa mais velha, criaram raízes, como dizem; você será enterrada adequadamente no alojamento de Nnaife".

Nnu Ego ficou em silêncio. Deveria se culpar? Havia empurrado Adaku para aquela saída? Não, a mulher que toma uma decisão desse tipo devia ter aquilo em si o tempo todo. Mesmo

Adankwo, em Ibuza, se referira à personalidade ambiciosa de Adaku. Se quisesse, ela podia ficar até a volta de Nnaife.

Nnu Ego suspirou tristemente. "Acho que você está cometendo um erro, Adaku. Além disso, poderia ter um filho homem quando nosso marido voltar".

"Pode ser que você tenha razão de novo, esposa mais velha. Só que quanto mais eu penso no assunto, mais me dou conta de que nós, mulheres, fixamos modelos impossíveis para nós mesmas. Que tornamos a vida intolerável umas para as outras. Não consigo corresponder a nossos modelos, esposa mais velha. Por isso preciso criar os meus próprios".

"Que seu chi seja o seu guia, Adaku", suspirou Nnu Ego de forma quase inaudível, rastejando mais para o fundo das esteiras manchadas de urina em sua cama infestada de percevejos, feliz com a sabedoria que lhe conferia a maternidade.

O PAI SOLDADO

A notícia de que Adaku abdicara de suas responsabilidades e se tornara uma mulher pública se espalhou por toda Lagos como uma labareda. Os homens de Ibuza se fartaram de discorrer sobre a infidelidade das mulheres: "Basta deixá-las sozinhas por dez minutos e elas viram outra coisa". Muitas pessoas punham a culpa na própria Lagos; diziam que era uma cidade dissoluta, capaz de corromper a mocinha mais inocente. As mulheres estremeciam só de pensar numa possibilidade pavorosa daquelas. Procuravam Nnu Ego para indagar sobre os mínimos detalhes do caso. A maioria achava estranho quando ela dizia que não houvera conflito, Adaku simplesmente tomara a decisão de partir.

"Sabe", declarou uma dessas mulheres de Ibuza que gostavam de visitá-la, "eu entenderia se você abandonasse Nnaife e deixasse todos os filhos dele para trás, mas Adaku eu não entendo. Ela foi realmente abençoada por seu deus nesta cidade. Que mais ela poderia querer? Não entendo".

Nnu Ego concordava com elas, mas no fundo ainda se perguntava se havia alguma coisa que pudesse fazer. Quanto mais demorasse, mais impossível seria fazer qualquer coisa. Tentou alertar Adaku sobre os comentários das pessoas, mas seus esforços não deram em nada. Na última vez em que a vira em sua banca no mercado, voltara a insistir com ela para que não seguisse seu plano, embora no instante mesmo em que insistia, já soubesse que não restava esperança. Nesse dia mesmo, Adaku já vivia de acordo com o significado de seu nome: "filha da riqueza". Disse a Nnu Ego que deixaria de vender feijões e pimentas, pois estava comprando uma banca maior, onde venderia tecidos abadá para a confecção de lappas. Sorriu ao ver o espanto e a surpresa no rosto de Nnu Ego. Teria transferido sua banca antiga para Nnu Ego, disse, não fosse o fato de que ia alugá-la para uma pessoa que lhe pagaria uma quantia anual.

"Pelo menos o assunto do meu aluguel está resolvido", concluiu, com uma risada.

"Quer dizer que você não vai precisar depender de amigos homens para resolver seus problemas?".

"Não", respondeu a outra. "Quero ser uma mulher sozinha digna. Vou trabalhar para dar educação a minhas filhas, embora não pretenda fazer isso sem a companhia masculina". Com outra risada, completou: "Eles até que servem para certas coisas".

Nnu Ego percebeu que Adaku estava mais bem vestida; não que estivesse usando alguma peça nova, mas envergava suas melhores roupas nos dias comuns de mercado. Agora Adaku ria com gosto; Nnu Ego nunca percebera que ela possuía tanto senso de humor. Adaku declarou que agora vivia em um quarto separado só para ela, muito maior do que o partilhado pela família inteira antes. Nnu Ego ficou curiosa para vê-lo, e só um esforço de autocontrole impediu-a de dizer: "Eu gostaria de visitar sua casa nova". O que as pessoas iam dizer?

Depois dessa conversa, deixou de visitar Adaku no mercado, mas não antes de aceitar todos os comestíveis da sua antiga banca. Comprou o peixe seco a bom preço, e ela e os filhos ficaram bem alimentados durante mais ou menos um mês. Para que se iludir? A outra mulher estava em melhor situação agora; a única consequência seria um certo menosprezo social. Nnu Ego disse para si mesma: "Talvez eu não seja menosprezada, mas será que consigo me virar? Se não tenho dinheiro nem para a comida, como vou comprar abadás para ir às reuniões e à igreja?".

Nnu Ego teve de economizar e raspar o tacho para pagar os dois últimos períodos escolares de Oshia e Adim, e se felicitava por ter conseguido fazer isso quando as pessoas começaram a dizer que a guerra tinha acabado, que o inimigo, fosse lá quem fosse, havia se suicidado. Isso significava que logo Nnaife estaria de volta, pensou, encantada. Para não incomodar Mama Abby, que a essa altura havia se mudado para acomodações mais amplas e vistosas, foi sozinha até a agência do correio e retirou três das cinco libras que havia depositado lá. Disseram-lhe que agora havia uma libra inteira a mais por causa dos juros, embora o atual valor de compra do dinheiro não chegasse nem perto do que era quando ela o depositara, dois anos antes; mesmo assim, sentiu-se como uma pessoa que herda uma fortuna. Correu até o mercado e comprou um corte de carne de verdade para preparar uma refeição decente para si mesma e as crianças. Oshia ficou numa alegria tamanha que empilhou diversas colheradas do arroz nas latas vazias de massa de tomate que a mãe usara para fazer o cozido e saiu com elas para mostrar aos amigos, com ar de importância. "Como no Natal", vangloriou-se para os colegas de escola no dia seguinte. "Entendem? A gente ganhou a guerra. Meu pai e todos os outros soldados mataram o inimigo. Ele se chama Hitler".

Era verdade, a guerra acabara, e o que se comentava era que os soldados que haviam sobrevivido iam voltar. Ninguém sabia quando, e Nnu Ego não tinha como descobrir se Nnaife estava vivo. Mas confiava na própria intuição. Que bom que Nnaife ia voltar: o trabalho de cuidar da numerosa família dele sozinha estava começando a extenuá-la. Nos últimos tempos andava sempre doente, fosse com breves crises de malária, fosse com exaustão, que, bem sabia, decorriam da falta de alimentação. Sentia-se tão segura de que o marido estava vivo e prestes a voltar que gastara a metade de suas economias em comida, roupas e taxas escolares, e passou as duas semanas seguintes cheia de esperança. Depois começou a se preocupar.

E se Nnaife não voltasse a tempo de assumir o pagamento das taxas escolares seguintes? Sabia que a Missão Metodista faria a próxima cobrança em uma ou duas semanas, e já atrasara tanto o pagamento antes que Oshia e Adim haviam precisado passar duas semanas inteiras sem ir à escola porque ela deixara de pagar o último trimestre. Seria tão bom se Nnaife fizesse um esforço para escrever e contasse à família o que estava acontecendo com ele... Mas esse era um desejo impossível, porque embora o marido tivesse aprendido os rudimentos da leitura e da escrita com um colega de trabalho em Fernando Pó, não era propriamente um homem culto. Sem dúvida muitos soldados do exército eram alfabetizados, mas Nnaife, em sua insegurança, jamais sonharia em pedir aos companheiros de batalha que escrevessem para ele; sem dúvida preferiria deixar a coisa para lá e afastá-la da cabeça com uma risada, ou tocar o violão, que não conseguia deixar de lado por muito tempo. Nnu Ego sabia de outras famílias que recebiam notícias esporádicas de seus homens; mas de Nnaife, nada. Nunca passou pela cabeça dele que sua gente pudesse estar preocupada; ele sabia que conseguiam se virar sem sua ajuda. Afinal, a vida era um jogo e, a partir do dia de nascimento, o sujeito não tinha outra saída senão continuar jogando. Assinara o formulário para que parte de seus rendimentos fosse paga a Nnu Ego, e quando fora até em casa naquela folga, tomara as providências necessárias para que o dinheiro não fosse parar nas mãos de Adaku, em Lagos. Mal sabia ele que a partir daquele momento a coisa toda se complicara. Agora Nnu Ego estava em Lagos com as crianças, mas sem dinheiro. Adaku, que ele estava tentando castigar, se afastara do grupo familiar para viver com sucesso por conta própria. Nnu Ego fora abandonada com esperanças cada vez mais reduzidas e filhos para sustentar.

Uma manhã, Nnu Ego chamou Oshia depois de observá-lo enquanto o menino se vestia para a escola. Era um daqueles dias em que se sentia inclinada a parar de fazer de conta. O filho estava com dez, quase onze anos. Em Ibuza já teria feito sua iniciação para a vida adulta. Por acaso não fora de grande ajuda para os primos na lavoura de Ibuza, reunindo-se a eles à tarde, depois da escola, como sempre fazia? Talvez ainda não soubesse ler tão bem, mas sabia escrever o nome, e isso era mais do que o pai fazia na idade dele. Assim, mesmo que fosse preciso que Oshia saísse definitivamente da escola, ele ainda estaria mais preparado para a vida do que o pai. Tudo o que Nnaife fizera sem ter ido à escola! Tinha todos aqueles filhos, era o único filho homem vivo na família Owulum, era responsável pela família do irmão e pela própria, pensou consigo mesma, com amargura. Se alguém tivesse lhe perguntado qual fora a ajuda financeira que Nnaife já oferecera a essas pessoas, rebateria com simplicidade: "Mas eles têm o nome dele, nome que levarão consigo para a imortalidade. Ele gerou essas crianças e é para isso que os homens existem. O fato de não conseguir alimentá-las não é culpa dele: teve de partir para a guerra. Elas têm mãe, não têm?".

"Oshiaju", chamou com delicadeza.

O menino ergueu os olhos, surpreso com o olhar pensativo que viu no rosto da mãe, e perguntou, despreocupado: "Você está precisando de alguma coisa?".

Ela sorriu: "Não, filho, não preciso de nada. Mas agora meu dinheiro acabou. Entenda, seu pai, o soldado, ainda não voltou, e não sei quando vai voltar. Assim, aprenda tudo que puder na escola, porque quando eles cobrarem as próximas tarifas, acho que não vou ter condições de pagar".

Oshia era a imagem do desalento quando exclamou: "Mas, mãe, eu adoro a escola! Todos os meus amigos estão lá! Por que preciso interromper os estudos tantas vezes? Folorunsho e os outros não precisam".

"Nós estamos em Lagos, Oshia, e somos imigrantes aqui. Com Folorunsho é diferente. Eles são daqui mesmo. São os donos de Lagos. Mas não se preocupe, filho, seu pai não vai ficar na guerra para sempre. Um dia ele volta para casa e você recupera o que tiver perdido. Você se lembra do que eu lhe falei? Que você é bonito? Agora eu sei que além de bonito você é inteligente. Você demonstrou isso em Ibuza. Trabalhou bem na lavoura e, quando voltou para Lagos, alcançou os colegas como se não tivesse perdido um só dia de aula. Eu sei que você se recupera".

"E o Adim? Ele vai continuar na escola?", perguntou Oshia, sem a menor lógica.

"Não, ele vai sair e esperar pelo pai, como você. Os dois vão começar a ter aulas particulares. São mais baratas, custam só um xelim por mês".

"Mas as meninas recebem aulas particulares e não aprendem nada...".

"As meninas vão ter de sair e me ajudar com a casa e no meu comércio. Se tiverem sorte, também irão para a escola quando o pai de vocês chegar. Elas não precisam ficar muito tempo na escola, só um ano ou dois".

Assim, no início do período letivo seguinte, Oshia e seu irmão Adim começaram a frequentar um curso particular na Adam Street, onde a professora lhes ensinou a escrever com capricho e a fazer algumas somas. Todas as outras matérias complicadas foram deixadas de lado. Oshia sabia que o arranjo não tinha nada a ver com uma "escola de verdade", mas não havia nada que pudesse fazer a respeito e manteve seu ar taciturno.

Nnu Ego ainda vendia lenha, garri e outros comestíveis. Todas as manhãs os vizinhos a ouviam chamar: "Oshia, Adim, gêmeas, acordem, vamos até a beira do rio!". Lá, obtinha a lenha para as vendas do dia e todos a carregavam para casa. Em geral deixava Nnamdio com Iyawo Itsekiri. Olhando para as crianças em bando à sua frente carregando seus pequenos feixes de lenha, ela costumava dizer: "Obrigada, minha chi, por meus filhos serem fortes e saudáveis. Um dia eles viram gente".

Em casa, depois do almoço, Nnu Ego costumava se instalar ao lado de sua banca e as meninas percorriam as ruas apregoando os artigos comestíveis em busca de compradores. Adim e Oshia recebiam suas aulas particulares. No fim do dia, Nnu Ego contava o dinheiro, separava os magros lucros que destinava ao pagamento dos alimentos que a família consumiria no dia seguinte e depois ia dormir. A mesma sequência de acontecimentos se repetia todos os dias.

Uma manhã, Kehinde, a gêmea mais calada e reflexiva, foi lavar as tigelas do desjejum e anunciou à mãe que haveria sol quente outra vez.

"O que isso tem de tão importante?", comentou Oshia.

"Bem, você sabe como é Kehinde. Calada e observadora... Ela deve ter alguma razão para dizer o que disse".

"Nossas verduras ugu vão ficar secas, mãe", ouviram Kehinde declarar, do lado de fora da casa.

"Viu? Eu não disse?", falou Nnu Ego para Oshia.

A família inteira saiu correndo do quarto. Se todo o ugu deles secasse, seria uma calamidade sem tamanho, porque Nnu Ego não comprava verduras: plantava o que consumiam, e o ugu, com suas grandes folhas verdes, era uma parcela importante da dieta da família.

"Vamos precisar vender uma parte logo, antes que as folhas amarelem", sugeriu Kehinde.

"Ótima ideia. Mas você e sua irmã vão ter de aguar o ugu durante o dia".

"Os meninos também podem ajudar", grunhiu Taiwo, a outra gêmea, conhecida na família como a reclamona.

"Eles precisam ir ao curso, Taiwo, e pare de se queixar. Você é menina, sabe muito bem".

"Eu sei, mãe. Você passa o tempo todo nos lembrando disso".

Kehinde se limitou a rir e continuou lavando suas tigelas.

"É, vamos precisar vender uma parte", disse Nnu Ego, mais para si mesma do que para os outros.

Iyawo Itsekiri, que passava naquele momento, soltou uma risada. "Vocês, igbos, será que existe alguma coisa neste mundo que vocês não vendam para ganhar dinheiro? Vocês seriam capazes de vender até os filhos, se fosse possível!".

"Pois não é possível! Não pretendo vender meus filhos. Mas não me importaria de mandar as meninas para algum lugar, para que elas aprendessem um ofício, caso me dessem algum dinheiro pelos serviços delas".

"Ah, não é possível que você esteja desesperada a esse ponto, Nnu Ego. Elas são apenas bebês".

"Mas são boas ambulantes", disse Nnu Ego, rindo. "O dinheiro que eu poderia ganhar com elas me ajudaria a cuidar dos outros. Em geral as crianças enviadas para outros lugares desse jeito aprendem alguma coisa, sabe, inclusive bons ofícios. Assim elas estariam bem preparadas para tomar conta de si mesmas mais tarde".

"Ah, pare com isso, Nnu Ego. Com você elas já aprendem que chegue sobre como sobreviver. Não poderiam encontrar melhor professora".

Talvez Iyawo Itsekiri tivesse razão, pensou Nnu Ego, sem deixar de afagar suas preciosas verduras e de conversar com elas, rogando-lhes que não secassem. Estava tão entretida em suas elucubrações que Kehinde teve de repetir várias vezes a exclamação "Mãe, mãe!", até ela virar a cabeça.

"O que você quer agora, Kehinde? Por acaso percebeu um sol ainda mais quente?".

A menina correu na direção da mãe, agitando um envelope amarelo na frente do nariz dela até Nnu Ego manifestar alguma reação. Acordou de seu devaneio e viu quando o carteiro montou em sua bicicleta desengonçada e se afastou dali.

"Oh!", exclamou. "Aquela bicicleta parece a de Nwakusor". Sua mente estava prestes a relembrar aquele dia na ponte em que Nwakusor salvara sua vida, mas a menina não a deixou fazer isso.

"Mãe, mãe, carta!".

"Certo, carta, dei...". Podia ser de Nnaife. É, podia. Ela já vira aquele tipo de envelope: igual ao que recebera quatro anos antes, quando ele mandara dinheiro para casa pela primeira vez. Nnaife, Nnaife... dinheiro...

E agora? Quem leria a carta para ela? Mama Abby se mudara. Não podia confiá-la a nenhuma pessoa de Ibuza: eram chegados demais. Todos os parentes próximos estavam habituados a vê-los na pobreza, só os mais maduros teriam condições de tolerar que saíssem dela. Impulsivamente, correu até a parte dianteira da casa, onde morava o senhorio, sr. Barber, que trabalhava na Secretaria dos Ferroviários. A família dele a tratava com gentileza, num clima não muito familiar, distante, de vizinhos. A meio caminho mudou de ideia; não, se o dinheiro fosse muito, aumentariam seu aluguel e as esposas ficariam enciumadas. Era melhor ter paciência, encaminhar as crianças para as respectivas obrigações do dia e depois ir atrás de sua velha e confiável amiga, a mãe de Abby. Já estava quase na hora do almoço quando Nnu Ego conseguiu sair. Encarregou Oshia de tomar conta da banca, o que levou Taiwo a perguntar por que só ele estava livre da tarefa de buscar lenha enquanto ela e os irmãos precisavam ficar vendendo laranjas.

"Não se preocupe, é só hoje", garantiu à filha. "Amanhã ele vai. Para hoje, temos lenha que chegue. Volto antes da hora da aula".

Taiwo fez bico. "Os meninos podem sair à tarde para aquelas aulas idiotas e não têm que ir buscar a lenha que a gente precisa vender para ter o que comer".

Desesperada, Nnu Ego gritou com as meninas de olhos arregalados. "Mas vocês são meninas! Eles são meninos. Vocês precisam vender para que eles cheguem a uma boa posição na vida e tenham condições de tomar conta da família. Quando os maridos de vocês se comportarem mal, eles é que vão defender vocês!".

"Maridos! Que se comportam mal!". As duas começaram a rir.

Quando chegou à casa de Mama Abby, Nnu Ego quase chorou ao dizer: "Recebi uma carta! Ah, Mama Abby, acho que é do pai das crianças. Acho que é...".

Mama Abby estava envelhecendo, mas continuava extremamente elegante e bem-vestida, e exibia um ar de satisfação que antes não tinha. Nnu Ego ficou surpresa ao ver o lugar onde ela vivia. Havia espelhos por toda parte e o quarto era separado da sala, de modo que ela não precisava fazer tudo num único aposento, como antes. Seu filho Abby realmente cercara a mãe de riquezas. Nnu Ego mordeu os lábios. Oh, Deus, quem sabe o mesmo acontecesse com alguns de seus filhos para que ela não precisasse sofrer na velhice nem agora.

Mama Abby acomodou os óculos no nariz, coisa que antes nunca precisara fazer, e o primeiro impulso de Nnu Ego foi perguntar à amiga se por acaso ela estava ficando cega. Mas se controlou. Devia ser apenas outro sinal de fortuna.

"Ah, é um recado das autoridades do exército em Yabá. Eles querem saber se você continua no endereço acima ou se está em Ibuza. Se você continua no mesmo endereço, como está, ao que me consta...". Mama Abby queria fazer graça, mas ao ver que a mulher na frente dela não estava para brincadeiras, retomou depressa a leitura. "Se você estiver aqui, e se você for Nnu Ego Owulum, eles querem que você vá até o quartel buscar um pacote".

"Um pacote? Que pacote Nnaife poderia nos mandar da... onde mesmo ele estava quando escreveu essa carta?".

"Ele não escreveu", respondeu Mama Abby. "O escritório daqui é que escreveu. Não fala onde ele está. Eles só querem saber se você está em Lagos e, se estiver, querem que vá até o quartel. Sabe onde é? Não é longe".

Nnu Ego entrou em pânico. Talvez Nnaife tivesse morrido havia muito tempo, vítima das bombas, e seu corpo estivesse espalhado por muitos mares. Nem sequer um local de sepultamento decente. *Ah, Nnaife, o que aconteceu com você?* Em voz alta, disse: "Por favor, me diga, Mama Abby, ele está vivo? Leia bem essa carta. Ele morreu?".

Ao se dar conta do que ia pela cabeça de Nnu Ego, Mama Abby se perguntou o que poderia fazer. Será que teriam enviado uma carta como aquela se o marido tivesse morrido? Não sabia a resposta. Não estava familiarizada com os procedimentos do exército. Se Nnu Ego fosse sozinha até o quartel e lhe dessem péssimas notícias... ela era uma pessoa muito emotiva. Seria o caso de aconselhá-la a pedir a alguém da família que a acompanhasse? Mas isso levaria séculos, e quase nenhum dos homens da aldeia de Nnu Ego teria autorização para se afastar do trabalho. Mesmo não querendo se intrometer na vida de Nnu Ego, Mama Abby percebeu que era a melhor pessoa para ir com ela. Pelo menos, em caso de más notícias, poderia impedi-la de se machucar. E se fossem boas notícias que ela preferisse não contar a ninguém? Bom, por acaso ela, Mama Abby, não tinha conhecimento das primeiras economias da amiga?

"Vamos juntas até lá. Esta tarde, Abby só chega em casa depois das três. Se formos agora, ligeirinho, em pouco tempo estamos de volta".

Não as fizeram esperar muito, embora houvesse muitas famílias no local. Receberam um envelope coberto por vários selos esquisitos.

"Onde está o pacote?", estranhou Nnu Ego ao deixar a impressão digital do polegar no papel. "A carta não falava em pacote?".

"O pacote é esse aí", rosnou o oficial no balcão.

"Você quer que eu abra aqui mesmo?", perguntou Mama Abby, cautelosa. "Quem sabe a gente leva para ler em casa?".

"Não, por favor, me conte logo o pior. Sabe, hoje pela manhã quando recebi a carta, só estava interessada em saber o que ele havia escrito para mim e se tinha mandado alguma coisa para nossa sobrevivência. Agora, a única coisa que me interessa saber é se ele continua vivo. Alguma coisa me diz que sim, mas preciso ter certeza", implorou ela, aflita.

Mais uma vez, Mama Abby envergou seus elegantes óculos, depois olhou por cima das lentes, em busca de um recanto tranquilo onde pudesse decifrar em paz os garranchos infantis de fosse lá quem fosse que Nnaife convencera a escrever por ele. Enquanto lia, seu rosto foi ficando afogueado até que, ao chegar ao fim da carta, seu sorriso era tão cintilante que Nnu Ego entendeu que o futuro trazia esperanças e a concretização dessas esperanças. Em qualquer circunstância, agora estava inclinada a esperar.

Sempre sorrindo, Mama Abby entregou à amiga um pedaço de papel esverdeado e disse à amiga para apalpá-lo. Depois perguntou: "Você sabe o que é isto?".

Nnu Ego começou a rir. "Acho que é a mesma coisa que ele mandou da última vez... algum dinheiro. Como ele está?".

Enquanto as duas esperavam sua vez em outra fila, Mama Abby comunicou à amiga o conteúdo da carta. Nnaife estivera doente por ter sido mordido por cobras d'água, isso porque ele e os companheiros haviam precisado ir até um lugar chamado Burma. Pedia notícias dela e das crianças. Contava que, de acordo com alguns boatos, a guerra estava chegando ao fim. Agora tinha esperanças de revê-la. No começo estava desanimado, principalmente durante a doença.

No todo, eram três cartas, todas dizendo praticamente a mesma coisa. Nnu Ego perguntou ao oficial do balcão por que ninguém lhe entregara nada, já que a primeira delas datava de quase um ano antes, e o oficial gaguejou uma resposta irritada:

"Você não está satisfeita de receber uma bela quantia de sessenta libras, que é o que um soldado ganha em três anos?", disse. "E fica aí resmungando que a carta chegou com atraso? Por acaso sabe quanto sangue seu marido precisou derramar para ganhar esse dinheiro? Mulheres... Às vezes nossos homens são muito bobos, dão todo esse dinheirão para uma analfabeta".

Nnu Ego ficou chocada com a quantia. Quer dizer que Nnaife não ficara sem mandar dinheiro. Podia imaginar facilmente qual fora o problema: o marido devia ter dito a eles que ela estava em Ibuza. É evidente que o escritório local não se dera ao trabalho de verificar se ela havia voltado ou não, e ela própria não tinha como verificar se havia chegado alguma coisa. Com os olhos marejados de lágrimas de alívio, prometeu-se que todos os filhos, meninas e meninos, receberiam uma boa educação. Se ela própria tivesse recebido alguma, teria podido comparecer àquele escritório para descobrir se havia dinheiro. Pelo menos, teria sabido como entrar em contato com Nnaife – e ele também poderia ter feito a mesma coisa. Ela e o marido estavam despreparados para uma vida como aquela, na qual só a caneta, e não a boca, tinha condições de ter conversas sérias. Seus filhos precisavam estudar.

Nnu Ego e Mama Abby, a mulher de Brass, voltaram para casa sem abrir a boca. Diante da porta de casa, Nnu Ego quis implorar à amiga que não comentasse o assunto com ninguém, mas intuía que seria inútil. Mesmo que Mama Abby contasse a alguém, pretendia negar. O oficial do quartel dissera que Nnaife ganhara aquele dinheiro com o próprio sangue, e ela usaria o dinheiro para engrandecer o marido. Agradeceu a Mama Abby e a teria convidado a entrar e saborear um pedaço de noz-de-cola se não fosse a outra dizer que precisava correr para casa e preparar a comida de Abby, que já ia chegar.

Nnu Ego aprendera com a vida: não disse nada às crianças. Sabia que aproximadamente seis libras pertenciam à esposa Owulum de Ibuza. Faria a remessa. Enquanto isso, depositaria quarenta libras na agência do correio, e não esperaria o dia seguinte para isso. Aflita, como se alguém fosse chegar para lhe tirar o dinheiro, preparou rapidamente o garri das crianças e as empurrou para fora para brincar, dizendo que estava cansada. Em seguida separou o total correto e disse a Oshia que naquele dia ele teria de faltar à aula porque precisava tomar conta da banca.

Na manhã seguinte as crianças ficaram boquiabertas quando ela lhes disse que voltariam para a escola, depois da ausência prolongada.

No início o diretor mostrou relutância em aceitá-las, achando que ela não teria condições de pagar pelos estudos dos filhos, como já acontecera antes, mas Nnu Ego disse a ele que não se preocupasse. As crianças, exultantes, demonstraram sua gratidão dando duro nos estudos.

Nnu Ego não falou nada a ninguém, mas ou as pessoas percebiam por conta própria ou Mama Abby comentara alguma coisa. A própria Nnu Ego abriu sua banca num mercado maior, em Oygbo, e passou a vender panos para abadás. Embora houvesse um longo caminho a percorrer entre o mercado e o lugar onde moravam, em Yabá, ela não se importava, pois só precisava ir até lá a cada cinco dias. Mantinha sua banca de madeira; precisava dela porque assim tinha tempo para ficar ao lado da família. Deixou de vender lenha, a mais exaustiva de suas tarefas. Finalmente, deixou de se preocupar com a comida. As meninas foram estimuladas a manter seu comércio miúdo, mesmo frequentando a escola. Depois das aulas, ainda vendiam laranjas pelas ruas porque, como sua mãe, Nnu Ego, não parava de dizer, "Toda menina tem de saber um ofício para não passar necessidade mais tarde". Os meninos, por outro lado, foram estimulados a dedicar mais tempo aos deveres da escola.

"Mãe, na escola todo mundo está dizendo que a guerra acabou e que o inimigo, Hitler, morreu. Mas quando nosso pai volta para casa?", perguntou Taiwo uma noite, quando a família inteira estava sentada ao lado da banca, na parte da frente da casa.

"Já me disseram isso tantas vezes no mercado que parei de sentir esperança. Tudo o que eu sei, filha, é isto: quando seu pai chegar, chegou. Não sabemos nem onde ele está lutando sua própria guerra", respondeu Nnu Ego.

"Não é boato, mãe. Um grupo de alunos vai até o porto receber uma parte dos soldados que estão voltando. Espero que me escolham para ir também, e que meu pai esteja entre eles. Vou acenar até não poder mais", declarou Oshia.

"Você não pode correr ao encontro dele e dizer 'Seja bem-vindo, pai, eu sou seu filho'? Se fosse eu, faria isso".

"Você sabe qual é o seu problema, Kehinde? Você é inteligente demais para a sua idade, impulsiva demais. Faz pouco tempo que está na escola. Se tivesse estudado mais, saberia que não pode ficar fazendo tudo o que lhe passa pela cabeça".

As crianças continuaram discutindo os prós e os contras da guerra. Outras crianças, moradoras do conjunto ao lado, entraram na conversa, e o assunto quase terminou em briga. Ninguém sabia mais quem havia puxado aquele assunto.

"E tudo por causa de seu marido soldado", disse Iyawo Itsekiri, rindo. Também ela tinha uma banca, logo ao lado da de Nnu Ego.

"Não sei nem quando aquele homem está voltando. A última carta que recebi dele foi há mais de um ano, e nessa carta ele falava que não demoraria a vir para casa. Como eu falei, isso foi há mais de um ano. Mas ainda se veem caminhões e lambretas do exército por todo lado, e as coisas continuam tão caras".

"Talvez leve tempo para tudo se normalizar".

"Bem, a única coisa que eu preciso saber é se ele está vivo e bem. De todo jeito, nunca tive um casamento normal. Ele sempre estava aqui ou ali".

"Já, já, isso muda. Você vai ver", garantiu Iyawo Itsekiri à amiga.

Embora esperasse a chegada de Nnaife a qualquer minuto, não queria ficar pensando no assunto. Os negócios iam bem porque ela dispunha de capital, mas não poucas vezes desejou relaxar e não ir a lugar algum, para simplesmente ficar em casa e tomar conta dos filhos.

"Fui escolhido para ir receber os soldados hoje, mãe, porque meu uniforme está sempre em ordem", gabou-se Oshia algumas semanas depois.

"Mentiroso! Mentira sua", declarou Taiwo sem constrangimento.

Adim e Kehinde se limitaram a rir. Não ousavam enfrentar Oshia assim abertamente.

"Por que ele foi escolhido então?", Nnu Ego queria saber.

"Porque a turma dele foi escolhida", disse Taiwo.

No dia da visita ao porto, quase todas as crianças de Lagos, envergando seus elegantes uniformes escolares, foram dar as boas-vindas aos heróis da guerra. Oshia passou dias falando neles sem interrupção.

"Precisava ver, mãe, a elegância dos soldados. Andavam erguendo as pernas lá em cima, marchando e acenando para nós. Milhares e milhares de soldados!".

"Você viu seu pai?", perguntavam todos.

"Não... Impossível reconhecer meu pai no meio de tanta gente".

Espero que esse homem esteja vivo, orava Nnu Ego por dentro.

Ainda estava tomada por esses pensamentos sinistros, contando a féria do dia, quando ouviu os gritos de saudação das esposas do senhorio, que ainda não haviam entrado para suas casas.

"Sejam bem-vindos, nossos heróis!".

As crianças correram para fora para ver quem havia chegado. Nnamdio foi junto, misturado às pernas deles, e Nnu Ego alertou: "Cuidado para não derrubar o irmãozinho de vocês".

"Mãe! É o pai! Nosso pai! Ele voltou!".

Nnu Ego largou o dinheiro, correu para fora e lá estava Nnaife. Os dois começaram a rir, envergonhados, sem maiores manifestações de afeto.

Nnaife perguntou, sem parar de rir: "E como vai nossa esposa mais velha?".

"Por que você não me falou que voltava hoje?", foi tudo o que Nnu Ego conseguiu dizer, sem saber como agir.

Todos se amontoaram na varanda. Claro que os vendedores de vinho de palma da área se animaram. Bem que haviam sentido falta, durante todos aqueles anos, de seu freguês igbo.

Os festejos se estenderam por vários dias. Nnaife gastava e gastava um monte de dinheiro, até que Nnu Ego foi obrigada a lembrá-lo de que havia crianças a alimentar e taxas escolares a pagar.

"Você não está feliz por me ver de volta? Eu não tinha certeza de voltar, sabe? Não vê que andei mal de saúde? Olhe meus pés inchados... Meus pés apodreceram no pântano, em Burma. E lá vem você querendo me atormentar. Me deixe em paz".

Nnaife estava doente. Sua pele tinha uma espécie de cor amarelada que não parecia nada saudável. Ele dava a impressão de estar mais rotundo, mais nervoso que antes, e tinha tendência a falar num sussurro constrangedor. Num minuto estava rindo e no seguinte, sussurrando como um menino. Uma coisa não se alterava em Nnaife: sua ausência de bom senso. Agora que tinha dinheiro, precisava gastá-lo.

Estava feliz pelos filhos e muito orgulhoso com as notícias sobre a família em Ibuza. Descartou Adaku, com a afirmação de que ela era uma mulher má, e declarou: "Depois que eu tiver descansado, preciso ir visitar aquela boa mulher em Ibuza. Ela deve estar ansiosa por um homem. Para uma mulher, passar cinco anos sem homem... Meu irmão nunca me perdoará".

"Sei que por direito ela é sua, mas ela está feliz como esposa mais velha da família. Os filhos cresceram e viraram agricultores cheios de disposição, sabe? Não vão gostar da ideia de outro marido para a mãe", avisou Nnu Ego.

"Não sou 'outro homem', sou o irmão do marido dela. Você não mudou, Nnu Ego, filha de Agbadi".

Todos os visitantes homens riram ao presenciar a cena.

Então Ubani exclamou, brincando: "Meu amigo, Nnu Ego se portou muito bem em sua ausência, sabe? Também lutou na guerra, aqui, com sua família".

"Ela seria uma desgraça para sua gente se não tivesse se comportado bem".

Todos riram de novo. O aposento onde viviam, juntamente com a varanda, parecia uma colmeia de tanto movimento. E finalmente as crianças conheceram a alegria de ter um pai.

Mesmo isso, porém, teve curta duração. Nnaife insistia ser um dever visitar a esposa do falecido irmão e família. Precisava ir até Ibuza agradecer a Adankwo, disse, pela ajuda que prestara a Nnu Ego. Mas Nnu Ego estava longe de se iludir com essa explicação. Sabia que Nnaife ficara com o orgulho ferido ao se inteirar de que Adaku saíra da casa dele; entendeu, pelo que tanta gente lhe dizia, que a jovem estava se virando muito bem sem ele. Nnu Ego desconfiava que ele queria ir até Ibuza para tornar Adankwo sua esposa da maneira normal, estabelecida pela tradição. Aquela mulher lhe pertencia por direito de herança, mas esse direito nunca fora exercido. Agora Nnaife estava querendo reivindicar o que lhe pertencia. Não mudou de ideia nem mesmo quando Nnu Ego lhe disse, depois de algumas semanas, que pelo jeito estava esperando outro bebê.

"Será que você está com medo de ter um bebê sozinha, esposa?".

"Medo, não. É só que a coisa toda parece estar ficando mais dolorosa e inquietante à medida que vou ficando mais velha".

"Não se preocupe. Volto antes da criança nascer. É possível que eu seja readmitido em breve para trabalhar na oficina. Imagine só! Vou trabalhar no interior da oficina e não mais do lado de fora, na grama!", anunciou, cheio de orgulho.

Como todos os heróis de guerra da época, Nnaife foi para Ibuza com pompa. Adankwo, aquela mulher tão composta, caiu na conversa e, em pouco tempo, também engravidou de seu último bebê menopáusico. Para consternação de Nnaife, se recusou a ir para Lagos com ele.

"Preciso tomar conta da família, aqui. Não quero ir viver naquele único aposento de vocês", declarou, e seus filhos adultos, do casamento com o marido anterior, apoiaram-na em sua decisão.

"Mas preciso de alguém para ajudar Nnu Ego! Ela está achando as coisas mais difíceis agora. Precisa de ajuda", insistiu Nnaife.

"Você está me dizendo que precisa de uma nova esposa?", indagou Adankwo.

A "ajuda" não tardou a chegar, na forma de uma garota de dezesseis anos chamada Okpo. Os pais dela não quiseram saber de aceitar menos que trinta libras pela filha; por acaso Nnaife não voltara para casa trazendo aquele dinheiro todo dos brancos? Para não ferir os sentimentos de sua gente, Nnaife pagou o que lhe pediam, deixando a família Owulum orgulhosa com o fato de seu filho, que estivera na guerra, ser uma das primeiras pessoas a determinar o passo dos hábitos que ainda viriam. Pagou trinta libras por aquela mulher em vez de pagar as vinte libras de sempre, fixadas pelos costumes de Ibuza. Alguns dos mais velhos, ao tomar conhecimento da história, se limitaram a balançar a cabeça, prevendo: "As coisas não serão mais as mesmas". E tinham razão.

Nnaife voltou correndo para Lagos. Gastara quase todo o seu dinheiro do exército e sabia que se não voltasse depressa cairia para um nível ainda mais baixo. Teria de pedir um empréstimo aos agricultores de seu grupo de idade. Para que isso não ocorresse, voltou para Lagos e para uma Nnu Ego irada, acompanhado da nova esposa Okpo e de sua nova autoconfiança.

Dessa vez, Nnu Ego não se deu ao trabalho de disfarçar sua desaprovação. Se recusou a dividir o quarto com a garota nova e todos os filhos. Consultara seu curandeiro e o farmacêutico do hospital, que a ajudava sempre que estava grávida, e os dois haviam dito que ela estava de novo esperando gêmeos.

"Onde a gente vai pôr todos eles?", urrou para o marido e para a garota, que na opinião dela não demoraria a começar a procriar também. "Você ficou maluco ou o quê?". E continuou, amarga: "Só temos um aposento onde viver com meus cinco filhos, e estou esperando mais dois; mesmo assim, você traz mais uma pessoa. Será que os brancos por quem você lutou o encarregaram de substituir todas as pessoas que morreram durante a guerra? Por que você não deixa uma parte da tarefa para os outros homens? Até mesmo Adankwo, que consideramos nossa mãe, está esperando um filho seu. Sempre você! Precisa fazer alguma coisa. Não quero essa garota dormindo na minha cama. Desta vez não vou ceder. Não me importa o que seus amigos digam".

Nnaife mandou chamar os amigos para que pacificassem sua esposa mais velha, mas o bom Nwakusor disse que Nnu Ego tinha razão, embora devesse dar algum tempo ao marido para encontrar novas acomodações.

"Você sabe como as coisas estão", disse ele a Nnu Ego em voz de súplica. "Antes era possível achar um quarto em menos de um dia. Hoje, com todo esse pessoal do exército por aí, e com todo o dinheiro que eles têm, tudo ficou muito difícil. Lembre que a garota está aqui para ajudá-la a cuidar de seus filhos. Seus filhos, não esqueça. Alguns anos atrás – na verdade, parece que foi ontem –, quando vi você na ponte Carter, você não tinha filhos para cuidar, quanto mais precisar de ajuda para tomar conta deles. Então, Nnu Ego, filha de Agbadi, você precisa agradecer a nosso deus Olisa e à sua chi por ter recebido essa bênção. Seu pai não ia gostar de ver você se comportar desse jeito".

Nwakusor sabia que esse era um ponto sensível. Mesmo na morte, Nwokocha Agbadi controlava a filha. Ela pertencia aos dois homens, o pai e o marido, e em último lugar aos filhos homens. Sim, ela teria de agir com cautela se não quisesse que as futuras esposas dos filhos dissessem: "Mas sua mãe sempre ficava enciumada quando o marido levava uma jovem esposa para casa".

"Está bem", interferiu Nnaife, "vamos encontrar acomodações maiores e mais baratas".

"Mais baratas?". A voz de Nnu Ego ainda estava alterada. "Você diz isso porque gastou todo o seu dinheiro do exército, esse dinheiro que você estava ocupado ganhando enquanto as crianças e eu estávamos ocupados sofrendo? Ah, Nnaife, você é um tolo!".

Claro que depois disso nunca mais houve paz. Oshia apareceu com a ideia de se inscrever no liceu de nome Hussey College, em algum lugar da cidade de Warri.

"Por que você não consegue uma bolsa de estudos, como fazem outros meninos?", perguntou Nnu Ego.

"Só poucas pessoas conseguem bolsas, e precisam ser muito inteligentes".

"Então por que você não é inteligente?", rebateu Nnaife.

"Talvez se eu tivesse uma infância tranquila e não tivesse que passar os primeiros anos de minha vida vendendo parafina e carregando lenha...".

"Cale a boca!", gritou Nnu Ego. "Então agora é tudo culpa minha?".

Nnaife riu e disse: "Quer dizer que você responde a seu pai, é, filho? Bem, se sua mãe não estivesse tão ansiosa para arrumar dinheiro, talvez você tivesse conseguido uma bolsa de estudos. Eu tive que ir lutar. Não foi escolha minha. E sempre que tinha oportunidade de arrumar um emprego, foi isso que eu fiz. Portanto, não ponha a culpa em mim".

Era tudo tão desesperador que Nnu Ego simplesmente desmontou e se entregou à autopiedade. Até Oshia, seu filho, a culpava. Claro que para ele o pai era um herói. Um soldado. Um lutador. Trazia dinheiro para a família. Ela, para o pobre garoto, era uma mulher que reclamava o tempo todo, sempre preocupada. Ah, Deus, por favor, melhor acabar com ela, juntamente com os bebês que está esperando, que deixar as crianças em relação às quais nutrira tantas esperanças enchê-la de mágoa.

Ouviu Nnaife falando com uma voz de pai nobre: "Claro que você vai para Hussey. Vou investir todo o meu dinheiro em sua educação". Com essas palavras, puxou uma pequena caderneta e, balançando-a no ar, disse, cheio de si: "Ainda tenho cem libras. Não toquei no meu dinheiro até chegar à Nigéria. Isto deve ser suficiente para pagar por sua educação. Os outros vão ter de esperar até você concluir os estudos e chegar a vez deles".

Claro que aquilo arrematou o assunto. Oshia ficou ainda mais orgulhoso do pai. E o que Nnu Ego poderia dizer? Se ficasse armando encrenca em torno da história de encontrarem melhores acomodações, sabia o que os filhos iam dizer, sabia o que as pessoas iam dizer, sabia o que a nova garota, que ouvira tudo, ia dizer, o que todos iam dizer: "Por acaso quase todo o dinheiro dele não está sendo gasto com seu primogênito Oshia? Quantos pais estão dispostos a fazer um sacrifício desses?". Seu amor pelos filhos e seu sentimento de dever para com eles eram como as correntes que a mantinham em sua escravidão.

Ainda assim, pensou, crianças viram gente. Um dia eles cresceriam e quem sabe ajudariam a mãe. Abby, por exemplo, um filho único; Abby...

Com esse pensamento, deslizou para o sono naquela noite, apenas para ser despertada de madrugada pelas dores do parto.

Antes do amanhecer, Nnu Ego teve seu segundo par de gêmeos, trazidos ao mundo por Nnaife, com ela sentada sobre o almofariz virado para baixo que haviam trazido da cozinha. Okpo estava ali para ajudar com água quente, facas e outras coisas. Nnaife não ficou muito satisfeito com o resultado: tanto tumulto para que nascessem mais duas meninas?! Se a pessoa era obrigada a ter gêmeos, por que meninas, pelo amor de Olisa?

A chegada das novas gêmeas teve um efeito anestesiante sobre Nnu Ego, que se sentiu mais inadequada do que nunca. Os homens... a única coisa em que eles estavam interessados era em bebês homens para dar continuidade a seu nome. Mas por acaso uma mulher não precisava trazer ao mundo a mulher-bebê que mais tarde geraria os filhos? "Deus, quando você irá criar uma mulher que se sinta satisfeita com sua própria pessoa, um ser humano pleno, não o apêndice de alguém?", orava ela em desespero. "Afinal, nasci sozinha e sozinha hei de morrer. O que ganhei com isso tudo? Sim, tenho muitos filhos, mas com que vou alimentá-los? Com minha vida. Tenho que trabalhar até o osso para tomar conta deles, tenho que dar-lhes meu tudo. E se eu tiver a sorte de morrer em paz, tenho que dar-lhes minha alma. Eles adorarão meu espírito morto para que zele por eles: ele será considerado um bom espírito enquanto eles tiverem fartura de inhame e de filhos na família, mas, se por acaso alguma coisa der errado, se uma jovem esposa deixar de conceber ou se houver escassez, meu espírito morto será culpado. Quando ficarei livre?".

Mas, mesmo em meio a sua aflição, Nnu Ego conhecia a resposta: "Nunca, nem mesmo na morte. Sou uma prisioneira de minha própria carne e de meu próprio sangue. Será que essa é uma posição tão invejável assim? Os homens nos fazem acreditar que precisamos desejar filhos ou morrer. Foi por isso que quando perdi meu primeiro filho eu quis a morte, porque não fora capaz de corresponder ao modelo esperado de mim pelos homens de minha vida, meu pai e meu marido, e agora tenho que incluir também meus filhos. Mas quem foi que escreveu a lei que nos proíbe de investir nossas esperanças em nossas filhas? Nós, mulheres, corroboramos essa lei mais que ninguém. Enquanto não mudarmos isso, este mundo continuará sendo um mundo de homens, mundo esse que as mulheres sempre ajudarão a construir".

As duas bebezinhas receberam os nomes Obiageli, que significa "Aquela que veio para desfrutar da riqueza", e Malachi, que significa "Você não sabe o que trará o amanhã".

MÃE DE FILHOS
INTELIGENTES

Depois de passar um penoso período de três meses enclausurado naquele quarto sufocante, Nnaife entendeu que seria preciso fazer alguma coisa. Embora o senhorio tivesse lhes prometido outras acomodações assim que um quarto vagasse, nenhum dos inquilinos mostrava interesse em sair, porque o senhorio mantivera os aluguéis na faixa de antes da guerra. Assim, Nnaife e a família se mudaram para uma casa de adobe na área de Onike, área onde não havia água corrente nem eletricidade e que atraía jovens igbos que preferiam economizar a pagar os novos aluguéis exorbitantes cobrados por alguns senhorios. Além disso, estava ficando difícil encontrar quartos para alugar porque um número muito grande de ex-soldados vivia em Lagos. Todos recebiam bons cargos como compensação pelo tempo no exército, além de melhor remuneração, e isso naturalmente fazia os preços dispararem.

Mesmo assim, Nnu Ego ficou feliz por ter um quarto para si mesma com as crianças. Não dava maior importância ao fato de que era uma casa de adobe, e as crianças acharam os rigores e a diferença da atmosfera divertidíssimos. Adoravam tirar água dos poços e traziam a água de beber do mercado Zabo ao voltar da escola. A despeito dessas inconveniências, o aluguel era mais alto que o anterior. Nnu Ego ficou penalizada por deixar os amigos – Iyawo Itsekiri, Mama Abby e outros. Todos prometeram visitá-la, e Mama Abby lhe disse que não se preocupasse, pois seus filhos estavam crescendo depressa. "Não foi uma sorte as remessas de Nnaife chegarem todas de uma vez? O que teria sido de vocês?".

Nnu Ego respondeu que Deus era extraordinário. Se ela não tivesse ficado de bico calado sobre o fato, Nnaife a teria forçado a usar o dinheiro para pagar pela educação de Oshia e ela ficaria sem nenhuma reserva para enfrentar as dificuldades. De Nnaife, à guisa de presente, recebera unicamente a quantia de cinco libras, parte da qual usara para comprar uma nova peça do melhor tecido george que conseguiu encontrar, dando o resto como entrada para uma velha máquina de costura que alguém estava vendendo por seis libras. Foi pagando o resto pouco a pouco e ficou feliz por fazê-lo, porque começou a aprender sozinha a costurar. Antes da mudança, começara a ter aulas com Mama Abby duas vezes por semana. Ainda não era capaz de cortar blusas complicadas, mas conseguia remendar as roupas rasgadas da família e costurar as blusas simples conhecidas como bubas. Elas eram feitas sem necessidade de tirar medidas e o molde não variava. Com todas essas pequenas ocupações, deixou Nnaife à vontade com a nova esposa, Okpo. Mesmo que quisesse criar um caso, não faltaria quem lhe dissesse que ele gastara com a educação de seu filho todo o dinheiro que dera o sangue para ganhar.

Chegou o dia da partida de Oshia para a nova escola. Adaku e Mama Abby apareceram para desejar-lhe boa sorte.

"Você não devia ter se incomodado, Adaku; afinal, você não se sentia particularmente satisfeita com Nnaife na época em que vivia conosco. Toda esta quantidade de tecido para abadá! Até parece que o menino está sendo coroado, em vez de simplesmente estar de partida para a escola".

"Bem, de certo modo é como ser coroado. Imagine um filho de Nnaife indo para um lugar caro como aquele! E não se esqueça de que Oshia continua sendo irmão de minhas filhas".

"Aliás, como vão as meninas? Estou tão envolvida com meus próprios problemas que até agora não tive tempo de ir vê-las".

"Ah, estão numa escola de freiras. Moram no convento e só vêm para casa nos feriados".

"É mesmo?", exclamou Mama Abby. "Adaku, você sempre me surpreendeu. Aquelas suas meninas ainda acabam indo para o secundário também".

"É o que a própria Adaku quer, e elas vão conseguir. Estou começando a achar que talvez haja um futuro para as mulheres instruídas. Vi muitas jovens ensinando nas escolas. Seria realmente uma grande conquista para as mulheres, serem capazes de ganhar algum dinheiro mensalmente, como os homens", disse Nnu Ego, com o olhar perdido na distância.

"Mas Kehinde e Taiwo ainda estão na escola, não estão?", perguntou Adaku.

"Ah, não. Elas só frequentaram a escola por dois anos. Temos de pensar em Adim e Nnamdio e, com o que vamos pagar pela escola de Oshia, não temos como pagar também para as gêmeas. Acho que elas sabem ler um pouco. Pessoalmente, não me incomodo. Daqui a alguns anos, estarão casadas. Podem reforçar o orçamento de casa vendendo alguma coisa. Para elas, o mais importante é encontrar bons maridos", declarou Nnu Ego, encerrando a conversa.

Nnu Ego acompanhou Oshia até sua nova escola, em Warri. Quando chegaram, seu coração ficou pequeno. Lá estavam os filhos de homens muito ricos, dava para perceber, pelos carros que os traziam. Chamou Oshia com brandura e lhe disse: "Você não deve tentar imitar esses garotos ricos. Eles têm tanto dinheiro em suas famílias... Filho, eu gostaria que você não tivesse vindo para esta escola. Preferia que você tivesse escolhido uma das escolas de Lagos, onde tudo é mais barato e você encontra pessoas comuns".

"Não vou querer ser como eles, mãe. Vou estudar muito. Se eu tivesse ficado em Lagos, acho que nossa casa não contribuiria para meus estudos. São tantas discussões por causa de dinheiro... E eu teria de ajudar, vendendo isso ou aquilo".

"Você não está fugindo de nossa gente, Oshia, está?".

"Não, mãe, não estou. Mas aqui consigo chegar ao máximo de minhas possibilidades".

Nnu Ego voltou para Lagos e para a velha rotina de raspar o tacho, economizar, contar cada moedinha. Antes, seu refrão costumava ser: "Quando Nnaife voltar da guerra, tudo se arranja". Agora, era: "Quando Oshia voltar da escola, tudo se arranja". Por acaso todos os dibias consultados antes de seu nascimento não haviam declarado que ele seria um grande homem?

Alguns anos mais tarde, Adim também manifestou o desejo de frequentar a escola secundária.

"No momento seu pai está muito apertado, não tenho como pedir a ele que assuma o pagamento de suas taxas escolares", Nnu Ego explicou ao filho. "Não seria justo nem com ele nem com seus irmãos. Ele fez tantos sacrifícios por nós... E você sabe que ele tem dificuldade em abrir a mão. Foi uma surpresa para todos quando ele assumiu as taxas escolares de Oshia. Assim, se você for admitido em uma das escolas locais, dou um jeito de assumir os custos; se não for aprovado, terá de ficar e avançar até o nível seis para depois aprender um ofício. As ferrovias costumam admitir jovens aprendizes".

"Mas, mãe, por quê? Não mereço ajuda também? É minha culpa ser o segundo filho? Tudo na nossa casa é para Oshia. A melhor parte de todas as coisas é para ele. É só ele ter um capricho, e você satisfaz, mãe. Às vezes tenho a sensação de que, para você, os outros filhos não existem", exclamou Adim, desalentado.

Depois, com a mesma rapidez com que se exaltara, serenou, sem que Nnu Ego pronunciasse uma só palavra. Ele parecia estar falando consigo mesmo. "Vou para uma escola secundária. Vou até mais longe nos estudos: vou aprender uma profissão. Não serei um mecânico idiota na ferrovia. Vou sim, mãe, você vai ver só".

Nnu Ego sorriu, com uma ponta de esperança. "Enquanto Deus estiver conosco, ajudo você sempre que puder. Seu irmão é o herdeiro direto, o primeiro filho de seu pai; precisa de tratamento especial. Se você conseguir esperar, quando ele acabar os estudos nossa condição terá melhorado. Oshia nos ajudará a pagar por seus estudos".

Adim tinha apenas onze anos, mas sabia muitas, muitas coisas que seus pais não sabiam. Ouvira os amigos falarem de seus irmãos indo para o estrangeiro estudar isso ou aquilo. A maioria desses irmãos eram pessoas que haviam frequentado o tipo de escola secundária que Oshia estava cursando. Adim sabia, depois de conversar com o irmão em suas visitas nos feriados, que, embora ele tivesse vontade de ajudar os pais, essa ajuda demoraria muito a chegar. Ainda no último Natal, ele e Oshia haviam conversado, sentados na frente da casa de adobe onde a família morava, enquanto observavam os insetos em suas rondas noturnas. Adim dissera ao irmão: "Pense só, Oshia, em dois anos você terá concluído os estudos e estará fora, trabalhando e ganhando um monte de dinheiro. Vai ser uma ajuda e tanto para nossos pais".

Oshia rira dele, como se ele estivesse dizendo uma insensatez. Adim ficara calado, esperando que o irmão explicasse por que parecia estar se divertindo tanto. Adim tinha mais proximidade com os pais e sabia que eles não durariam muito sob a pressão do ônus familiar. O pai, Nnaife, parecia estar afundando cada vez mais. Até ele, Adim, se lembrava de quando ele era uma pessoa diferente. Também ele tinha grandes esperanças de que Oshia se apressasse e ajudasse a família.

"O que eu estou dizendo é verdade, não é?".

Oshia contemplava a escuridão durante essa conversa dos dois irmãos sentados lado a lado, sem se tocar, mas Adim percebia que suas perguntas o incomodavam. "Que ajuda alguém pode dar, ganhando só doze libras por mês? É isso que estão pagando, mesmo a quem tem um bom certificado de conclusão de estudos fornecido por Cambridge".

Adim não soube o que dizer. Para ele, a quantia parecia muito dinheiro. A escola que sonhava frequentar custava apenas seis libras por ano para garotos em sistema de externato; se Oshia conseguisse ganhar doze libras e dez xelins por mês, então estariam ricos. Aquilo era muito dinheiro, disse ao irmão, entusiasmado: "E o que você vai fazer com todo esse dinheiro? Acho que nosso pai não ganha tudo isso".

Oshia riu de novo. Adim detestava o distanciamento que ele estava criando entre si e o resto da família. A mãe se queixara e o recriminara pelos silêncios que fazia, como alguém em quem a família provoca um profundo tédio.

"Você é muito criança para entender, Adim. Não quero viver como meus pais. Aprender é um projeto para a vida inteira. Se eu parar agora, só vou conseguir ajudá-los pela metade. Eu pretendia ir mais longe, depois de sair do colégio. Uns cinco anos mais... só então terei condições de ajudá-los. Por enquanto, não".

Adim abriu a boca e fechou novamente, engolindo o ar da noite. "E eu? O que vai ser de mim?", disse para a escuridão.

Levantou profundamente desanimado, lembrando toda a lenha que ajudara a mãe a carregar só para que conseguissem pagar as contas, lembrando o ano em que havia gafanhotos e ele passara dias fora de casa capturando os insetos para que a mãe preparasse deliciosas iguarias fritas para vender, tudo porque "meu irmão está no colégio e, quando ele voltar, vamos ser ricos!". Agora estava parecendo que ele próprio nunca chegaria ao fim dos estudos. Dormira pouco aquela noite; estava decidido a não sacrificar sua vida por irmão nenhum. Tinha direito a ter sua própria vida. Ouvira o pai dizer: todo homem tem direito à sua própria vida, depois de tê-la recebido. Pensou no irmão mais moço, Nnamdio, que aos seis anos nunca fora à escola e que não conseguia nem ficar sentado quieto durante uma aula particular, e sorriu tristemente. Ele também haveria de encontrar seu próprio caminho.

"Não, mãe", concluiu em voz alta. "Acho que não vou esperar meu irmão acabar os estudos para começar os meus. Vou aproveitar ao máximo o que tenho agora, enquanto meu cérebro é bom".

Adim se dedicou com afinco, tanto na escola como em casa. Perguntou-se muitas vezes se o irmão Oshia estava certo em seu propósito de pretender atingir o cume da profissão que escolhesse antes de parar, olhar para trás e ajudar os outros filhos. Pelas dimensões da mãe, percebia que ela estava grávida outra vez. "Não entendo esses adultos. Primeiro, não temos o suficiente, mas assim mesmo eles ficam aumentando a família. Talvez Oshia tenha razão".

Quando Oshia vinha em casa nos feriados, Nnu Ego tentava informá-lo sobre as pretensões de Adim.

"Não culpo Adim por querer ir ao colégio, mãe. Acho que o garoto está certo". Depois ficou em silêncio durante algum tempo, sabendo que o que estava a ponto de dizer teria o efeito de uma bomba nos ouvidos de Nnu Ego. "Quando eu concluir meus estudos em Hussey, pretendo ir para a universidade".

"O que é universidade? Você já não estudou que chegue?".

"Não, mãe. Que chegue, não. Não tenho como ajudar Adim. Pelo menos não por enquanto. Não consigo ajudar nem a mim mesmo... oh, mãe, não faça essa cara. No fim as coisas vão dar certo, só que vão demorar mais se eu ficar na Nigéria, e os estudos feitos aqui são os mais demorados. Cursar uma universidade fora é só o arremate de tudo. A parte mais difícil foi completar o curso aqui. Seria um enorme desperdício receber essa base tão boa e não ter condições de construir alguma coisa em cima. Em breve eu ficaria como meu pai...".

"O que há de errado em ser como seu pai? Ele lhe deu a vida. Não vou me submeter a ouvir meu filho falar mal do pai. Ele não é mais um homem forte, não depois daquela guerra horrível. E não é perfeito; longe disso. Mas ele esperava... ah, Deus, nós todos esperávamos que o dibia e todos aqueles curandeiros estivessem falando a verdade".

"Que verdade? De que verdade você está falando, mãe?".

"Eles nos disseram que você seria um grande homem, que você nos ajudaria na velhice, exatamente como em Ibuza os filhos costumavam ajudar os pais".

Oshia começou a sorrir, segurando a vontade de rir alto. "Mãe, você está falando daqueles curandeiros aos quais você me levava? Como aquele que disse que havia fantasmas no velho violão de meu pai?".

Nnu Ego confirmou. "Aqueles dibias nos ajudaram a tomar conta de você".

Não adiantava dizer a ela que a maioria daqueles dibias apenas lhe dizia o que ela queria ouvir. "Eu, um grande homem? Francamente!", disse Oshia para si mesmo.

Em voz alta, disse: "Acho que não vou ser maior do que qualquer garoto da minha classe".

Nnu Ego não sabia o que fazer de uma declaração como aquela. Será que estivera enganada o tempo todo? Não, seu pai não podia estar errado. Claro que o garoto não sabia do que estava falando.

Mas Nnu Ego ficou abatida, seu entusiasmo diminuiu tanto que Nnaife, sempre imerso nas próprias preocupações, percebeu e perguntou: "Qual é o problema? Está se comportando e se movendo como se não houvesse nenhuma vida em você".

"Não sei, Nnaife. É a criança. Acho que a gravidez não está muito tranquila".

"Desde quando você tem problemas com gravidez? E isso na sétima gravidez?".

Nnu Ego não respondeu. Não era preciso. Por sorte, a nova esposa, Okpo, não era uma garota ambiciosa. Gostava de se aninhar junto dela como se fosse sua própria filha e fazia tudo o que Nnu Ego lhe pedia, pois ficara órfã muito cedo e também conhecia o sofrimento. Assim, Okpo foi para o mercado Zabo em lugar de Nnu Ego.

Agora Nnu Ego era uma mulher de quarenta anos, chegando à meia-idade, embora se sentisse a anciã mais velha que se pudesse imaginar. Pela manhã, quando todos na casa começaram a sair, teve a sensação de que a espera chegava ao fim. O bebê podia nascer a qualquer momento. Era quase uma velha; como ia sair pela vizinhança pedindo ajuda, só porque estava tendo o nono filho? Seria ridículo. Em breve as filhas maiores, as gêmeas, encontrariam noivo, e não esqueceriam que a mãe era uma covarde ao dar à luz. Quando afinal as filhas saíram com suas mercadorias, depois de Okpo partir para o mercado com Nnamdio e as crianças menores, Nnu Ego se ajoelhou no meio do quarto, agarrada à coluna da cama, e, com os dentes enterrados no lábio inferior para impedir-se de gritar, deu à luz um bebê não maior que um gatinho. Ficou ali deitada durante o que imaginou serem alguns segundos, só para recuperar o fôlego; mas ao despertar, viu a si mesma e ao bebê numa poça de sangue. A criança, uma menina, estava inerte. Estava morta.

Nnu Ego contemplou horrorizada o quadro que ela e a filha morta formavam. Tinha vontade de chorar, mas ao mesmo tempo não queria. Lamentou a perda daquele pedacinho de humanidade, daquela coisinha desafortunada que carregara no ventre enquanto subia até o mercado Zabo, daquele ser que, sabia, provavelmente estava sendo ferido quando ela se agachava, teimosa, para lavar as roupas dos filhos. *Ah, pobre bebê*, pensou. *Lamento tanto você não ficar por aqui! Ao mesmo tempo, me alegro que Deus tenha julgado adequado levar você de volta. Minha própria recompensa é a alegria de saber que na minha idade ainda sou capaz de dar filhos ao meu marido. A alegria de fazer o mundo saber que, enquanto alguns de nossos amigos e suas esposas neste momento mesmo estão oferecendo sacrifícios para poder ter filhos, posso ter um filho sem o menor esforço.*

Logo depois, começou a sentir-se culpada. Será que teria desejado a morte da criança? Era assim que interpretava o leve alívio que sentira quando engatinhara até a criança morta para verificar qual era seu sexo... O fato de que era uma menina amenizara sua sensação de perda. Ah, Deus, ela não desejara aquilo. Teria ficado feliz com a criança. Deus, por favor, não permita que seus pensamentos a torturem dessa forma. Por favor, Deus, dê-lhe alguma coisa em que se segurar, alguma fé que lhe garanta que não matou deliberadamente a própria filha em seu coração. Mas o pensamento voltava sempre, até ela sentir que o ouvia na voz do pai: "Nnu Ego, por que você não pediu minha ajuda quando entrou em trabalho de parto? Só porque um de seus filhos a estava desapontando era preciso afastar todos os outros? Nnu Ego...". A voz dava a impressão de estar se repetindo. Nnu Ego sentiu-se deslizar, juntamente com todos os seus sentidos, como alguém que é drogado para submergir num sono indesejado. Tentou resistir à sensação que se espalhava por seu corpo, de estar sendo tragada por uma matéria fluida, mas, embora lutasse desesperadamente para explicar ao pai como tudo se passara, teve de ceder. A força que a sugava era mais forte que sua determinação.

Ouviu em algum lugar um som abafado, como o ruído de passos, mas só muito mais tarde tomou conhecimento de alguma coisa.

Ao voltar a si, tentou abrir os olhos, mas suas pálpebras pareciam coladas por algum tipo de óleo. Ouvia pessoas falando, o quarto estava quente. Moveu-se com cuidado, sentindo dor nas articulações. Supôs que pelo menos sua boca estaria desimpedida, por isso perguntou com voz rouca: "Alguém poderia me dizer o que está acontecendo?".

Percebeu o alívio dos que a cercavam. Ouviu a voz do dibia, entoando sua magia com mais fervor do que nunca. Ouviu Adim exclamar: "Mãe, você voltou!". Quis lhe perguntar para onde havia ido, mas a energia que antes lhe permitira falar desaparecera. Alguma coisa fresca estava sendo aplicada a seus olhos selados.

Mais tarde lhe disseram que estivera muito doente e que, durante sua doença, dera à luz uma linda menina, que depois morrera, e que eles haviam enterrado porque ela estava muito doente para poder ver a criança. Nnu Ego teria gostado de saber se estavam dizendo aquilo para poupá-la de sofrer. Ainda procurava na memória algum sinal de que ansiava pela chegada da criança.

A recuperação foi demorada e, mesmo quando o curandeiro a declarou completamente restabelecida, continuou muito infeliz e distraída. Seria possível que tivesse se deteriorado a ponto de se transformar no tipo de mulher que não deseja o próprio filho por não ter recursos para alimentá-lo ou vesti-lo? E isso que uma vez estivera a ponto de acabar com a própria vida porque um filho seu morrera no sono... Seria por essa razão que Deus permitira que as coisas se passassem daquele jeito? Seria por isso que Deus lhe dera dois pares de gêmeas? Para compensá-la por sua perda? Não conseguia fazer ninguém de confidente.

Nnu Ego continuava nessa barafunda emocional quando, certa tarde em que estava sentada na frente da casa da família, ocupada com uma costura, Adim irrompeu, feliz, radiante com o sentimento de vitória.

"Mãe", gritou, "fui admitido no St. Gregory's College!".

O coração de Nnu Ego deu um salto. Se virou depressa e compôs a fisionomia num sorriso para aquele garoto que fora de tanta ajuda para ela. "Ah, sim!", replicou, com um entusiasmo fingido. "Ah, sim, isso é ótimo, meu filho. Maravilhoso. E você vai para lá, claro que vai!".

Adim não se deixou enganar. Estava próximo demais para não ter consciência das dificuldades. "Estou feliz, mãe, mas acredite, vou descobrir algum trabalho para ajudar a facilitar as coisas. Se alguma coisa der errado, sempre posso parar no quarto ano, quando já tiver obtido meu certificado de nível quatro, que é o que costumavam chamar de Junior Cambridge".

"Ah, meu querido esposo!", gritou Okpo, cheia de alegria. "Que bela notícia. Todas as crianças desta família são tão inteligentes. E isso faz de nós mulheres muito orgulhosas. Não faltará nada nem mesmo ao novo bebê que trago no ventre. Agora eles têm dois irmãos mais velhos que frequentaram a escola secundária. Ah, estou tão feliz! Você também, mãe?".

Nnu Ego balançou a cabeça, entorpecida, concordando e pensando: "Outra criança? Nesta confusão toda?". Em seguida ouviu Okpo dizer:

"Mãe, sabe aqueles cortes de tecido com que você estava fazendo roupinhas para o bebê que perdemos? Posso usá-los para meu bebê? Tenho certeza de que o meu será um menino. Da última vez, era uma menina".

Então Nnu Ego se lembrou, e a lembrança a fez amar aquela menina vibrante que Nnaife trouxera para dentro da casa deles. Como era possível, pensou, que ela tivesse esquecido que andara fazendo roupinhas para o bebê que ia nascer? Ah, claro, estava à espera do bebê. Desejava o bebê. Mas Deus decidira de outro modo. A morte do bebê fora um acidente. Nem um pouco deliberado. Então a resposta era essa.

Respondeu em tom de brincadeira: "Vocês, jovens, são tão cheios de otimismo... Você acaba de ficar sabendo da existência do bebê e já planeja uma torre bem alta para ele. Claro que pode pegar os tecidos!".

Okpo concordou, rindo. "É, nós todos temos que trabalhar para ver meu maridinho Adim frequentar a escola boa; e quando ele tiver concluído os estudos, vai tomar conta deste irmãozinho que está aqui, e este aqui será o cozinheiro dele, e meu marido, meu maridinho Adim, vai pagar pelos estudos dele. E meu bebê fará o mesmo pelos filhos dele. Não é essa a nossa filosofia, mãe?

Não é isso que você e meu marido grande e pai Nnaife trataram de me ensinar ao longo de todos estes anos?".

Nnu Ego confirmou. Uma vez na vida Nnaife fizera a coisa certa. Aquela garota cuidaria dele na velhice. Ela acreditava nele. Nnu Ego adorava a maneira como ela jamais chamava os meninos da casa pelos nomes sem o prefixo "Meu maridinho". Mesmo o pequeno Nnamdio tinha o respeito dela. Tão diferente de Adaku, aquela!

Adim riu: "Ah, então foi por isso que você se casou com meu pai? Para ter filhos inteligentes?".

Okpo confirmou com a cabeça. Seu rosto estava repleto de alegria e expectativa. Okpo, apenas dezessete anos de idade, e Adim, que chegava aos treze, pareciam tomados pela mesma emoção. Aquela emoção juvenil se mostrava imediatamente na superfície, sem inibição; eles não viam seus futuros com desesperança, ambos eram entusiásticos, vigorosos e abertos.

Nnu Ego riu com eles e compreendeu que se vivessem em outros tempos, quando as famílias costumavam permanecer juntas durante várias gerações, vivendo e morrendo no mesmo pedaço de terra, os filhos de Okpo nunca sofreriam. Porque viu o olhar de amor infantil que seu filho dirigia àquela menina com quem o pai dele se casara. Se estivessem naqueles tempos, caso Nnaife morresse, Okpo nunca seria forçada a voltar para sua gente, porque, naquele dia, dera ao menino Adim a reação espontânea de que ele precisava, e que significava: "Muito bem. Sabemos que, quando você crescer, poderemos contar com você".

Nnu Ego sentiu-se grata por Okpo estar ali para fazer aquilo e, ao mesmo tempo, desanuviar sua própria consciência, dando-lhe a segurança de que não matara o bebê natimorto em seu coração.

Nnu Ego se deixou levar por aquele otimismo juvenil, e todos trabalharam para que Adim pudesse cursar sua escola.

Todo mundo se referia a Nnu Ego, enquanto ela desempenhava sua tarefa extenuante de carregar lenha encosta acima desde a beira do rio, como a mãe de crianças muito inteligentes.

A HONRA DE UMA FILHA

Os igbos têm um ditado: "As pessoas vêm e as pessoas vão". Em meados da década de 50, Nnaife sabia que, embora ainda não tivesse chegado sua hora de finalmente partir para junto de seu Criador, já era mais que hora de se mudar para mais perto dele. Havia inúmeras gerações que o local do repouso final dos Owulum era em seu canto de Ibuza, Idum-ohene, e ele alimentara a esperança de um dia voltar para lá; não consultara o resto da família, pois, no que lhe dizia respeito, a família era ele. Estava na expectativa de que Oshia terminasse os estudos e assumisse a manutenção da família; nesse momento, Nnaife não seria mais obrigado a trabalhar e levaria uma vida de indolência e tranquilidade, bebendo vinho de palma com os amigos...

Quando Oshia obteve o nível um no certificado de conclusão de curso de sua escola Cambridge, sentiu que era uma grande conquista. Embora Nnaife não entendesse muito bem o significado de um desempenho assim brilhante, rejubilou-se com o filho, e Nnu Ego ficou feliz demais para se expressar em palavras.

"Me ofereceram um bom emprego no Instituto Técnico", disse Oshia. "Terei que fazer um pouco de pesquisa científica. Sempre me interessei por ciência. Imagine só, pai!".

Nnaife não sabia por onde começar a imaginar, mas riu cortesmente. Festejou o sucesso do filho com vinho de palma e ogogoro, e convidou Ubani, Nwakusor e todos os velhos amigos e colegas de farda, chegando a permitir que o antigo senhorio iorubá fosse cumprimentá-lo.

"Bem, não demora e você vai poder se aposentar e entregar a Oshia a responsabilidade de tomar conta da educação dos irmãos", exclamou Nwakusor, de olhos reluzentes devido ao vinho. "As meninas daqui a pouco se casam, suponho. Sinceramente, Nnaife, aquela noiva relutante de vinte e cinco anos atrás realmente lhe deu motivos de orgulho!".

"A vida com uma filha de Agbadi não foi fácil, posso lhe garantir, meu caro amigo. Nem todo homem teria conseguido conviver com ela. Mas ela me deu filhos notáveis. Adim vai ter o mesmo sucesso do irmão", gabou-se Nnaife.

Era uma ocasião de alegria e esperança para os Owulum e seus amigos. Todos concordavam que valia a pena fazer o esforço de educar os filhos num lugar difícil como Lagos.

"Mas as coisas estão mudando depressa", disse Ubani, que ainda vivia com brancos, no pátio da ferrovia. Era considerado um homem mais bem informado que os amigos da oficina. "Dizem que num futuro não muito distante estaremos governando a nós mesmos, fazendo nossas próprias leis".

Nnu Ego, ouvindo de passagem o que ele dizia, perguntou aos homens: "Então teremos um governador distrital negro num lugar como Ibuza?".

"Claro, mãe, é isso que nós estamos dizendo".

"E um padre nigeriano, e todos os nossos médicos nigerianos?".

"Isso, mãe", repetiu Oshia com paciência exagerada.

"Mas, filho, esses novos nigerianos vão saber fazer as coisas direito?", perguntou Nwakusor.

"Vão fazer ainda melhor, porque aqui é o país deles. Nunca tiveram essa oportunidade antes. Agora as coisas estão mudando e os políticos nigerianos estão aparecendo e exigindo nossos direitos, especialmente depois que pessoas como você, pai, lutaram na guerra".

"Foi para isso que me obrigaram a ir para Burma? Até hoje não entendi contra quem estávamos combatendo. Ficávamos marchando para baixo e para cima, com os oficiais brancos dando tiros para o alto... Ah, sei lá. Meus amigos, acho que estamos abusando da hospitalidade desta cidade. Não sei aonde vamos chegar com tantas novidades. O que eu sei é isto!". Nnaife engoliu mais um copo de vinho de palma.

"Isso, o vinho de palma não muda", concordou Ubani. "Oshia, a gente volta quando você nos disser oficialmente que recebeu seu primeiro salário. Por enquanto, as glórias são de seu pai. Voltaremos para festejar as suas!".

Oshia nunca os chamou para uma festa de vinho de palma. Havia um pequeno apartamento anexo a seu local de trabalho no instituto e ele precisava usar seu salário para mantê-lo. Além disso, assim que as autoridades tomaram conhecimento dos resultados de seus exames, foi recomendado para receber uma bolsa de estudos nos Estados Unidos da América. Alguns meses mais tarde, obteve a bolsa, só que não conseguia encontrar maneira de dar a notícia aos pais.

"Oshia, quando você vai comprar uma garrafa daquele uísque dos brancos para seu pai, para ele fazer um brinde a seu chi por ter feito você passar nos exames?", indagou Nnu Ego.

"Qual é o problema das garrafas do ogogoro local, que é barato e que ele toma há tantos anos? Não tenho dinheiro para festa de uísque. Para falar a verdade, estou economizando para aquela universidade de que lhe falei há algum tempo, mãe. Ainda quero ir. Me deram uma bolsa de estudos. Se eu não aproveitar a oportunidade que tenho agora, talvez ela nunca mais se repita".

"Meu Deus, Oshia, por favor, não fale nada a seu pai, ele morre. Já está ficando impaciente com o assunto de você ajudar a família...".

Com efeito, no fim daquele mês, Nnaife não aguentou mais. Irritado, chamou o filho de oito anos, Nnamdio, e lhe disse que fosse dizer a Oshia que desejava falar com ele.

"O que foi, pai?", perguntou Oshia.

Pressentindo confusão no ar, Nnu Ego sugeriu em voz baixa: "Nnaife, por que você não come antes dessa conversa de homem para homem?".

"Mulher, por que você não vai para o seu canto-cozinha e me deixa falar com meu filho? Agora, jovem, quando você pretende assumir suas responsabilidades para com a família? Será que não tem juízo suficiente para que um pai não seja forçado a lhe fazer essa pergunta, em vez de cuidar do assunto automaticamente?".

"Que responsabilidades, pai?".

A ira contida de Nnaife explodiu, e ele berrou: "Adim! Nnamdio! Venham cá, vocês dois". Depois, virou-se outra vez para Oshia. "Aqui estão suas responsabilidades, para não falar em mim mesmo e em sua mãe, que ainda traz lenha nas costas como uma mula de carga".

"Não estou entendendo, pai. Você está me dizendo que eu deveria alimentar meus irmãos, você e minha mãe também? Mas vocês estão vivos e fortes, ainda trabalham...".

"Cale a boca! Cale a boca antes que eu jogue você no chão e lhe mostre que você não ficou assim tão crescido que eu não possa lhe dar uma lição. Por acaso não ouviu meus amigos dizerem, no outro dia, que estava na hora de eu descansar, depois de todo o trabalho que tive ao longo dos anos? Que você devia assumir os gastos?".

"Não posso assumir os gastos, pai. Vou para os Estados Unidos. Ganhei uma bolsa de estudos, embora tenha que pagar pelo alojamento. Eu até tinha esperança de que você e minha mãe pudessem ajudar...".

"Ajudar você? Ajudar você!". A voz de Nnaife havia se transformado num sussurro ameaçador.

Adim, agora um garoto alto, de dezesseis anos, estava ao lado deles e percebeu que a conversa estava esquentando demais. Falou: "Seja como for, em breve concluo meus estudos e ajudo Nnamdio até meu irmão Oshia voltar".

"Não se meta na conversa sem ser convidado. Estou falando com essa besta em cuja cabeça gastei todo o dinheiro que suei para ganhar no exército".

A contribuição de Nnamdio foi: "Não quero ir para nenhuma escola idiota. Quero ser caçador. Um caçador com o título de 'Matador de elefantes'".

Nnaife e Oshia ignoraram os dois garotos mais jovens e se entregaram à sua fúria.

"Sabe, às vezes eu amaldiçoo o dia em que você foi concebido", disparou Nnaife. Em seguida, sentou em uma das velhas cadeiras da casa e cobriu os olhos. Parecia tão tremendamente velho... "Antes você tivesse morrido, e não meu primogênito Ngozi".

"Nnaife, Nnaife, você está bem?", perguntou Nnu Ego da porta. "Que conversa absurda é essa? Que coisas terríveis você está dizendo aos seus filhos?".

"Para mim, não", protestou Adim. "Ninguém acha coisa nenhuma sobre mim. É sempre Oshia, Oshia o tempo todo".

"Ele não é mais meu filho. Faça de conta que é um dos que perdemos". Nnaife se ergueu e olhou Oshia direto nos olhos. "Não quero ver você nunca mais, já que você me enganou tão tranquilamente. Fora da minha casa!".

"Não tenho necessidade de ver seu rosto, velho!", retorquiu Oshia, com o sentimento sincero de ser vítima de uma injustiça. E saiu, batendo os pés.

O silêncio que se seguiu era uma presença tangível.

Então Nnaife disse em voz baixa: "Amanhã apresento minha demissão. Vou sair e viver da aposentadoria. Não entendo mais nada. Ah, meu chi, onde foi que eu errei?".

Nnaife não foi se despedir de Oshia no dia em que ele partiu para os Estados Unidos. Nnu Ego, Okpo, Adim e vários amigos da família foram ao aeroporto acenar para o rapaz. Nnu Ego sentiu um vazio no coração difícil de comunicar. *Por favor, Deus, ensine-o a se acostumar a viver sozinho, porque uma pessoa como Oshia, que põe a ambição em primeiro lugar, em prejuízo à família, sempre foi um solitário*, pensava Nnu Ego enquanto voltava para casa de olhos secos. Os amigos e pessoas próximas ficaram surpresos ao ver que ela não chorava; e quando lhe disseram que em breve o filho estaria de volta dirigindo um carrão, ela se deu conta de que ninguém havia entendido nada. Não estava em seu destino ser uma mãe daquele tipo, era o que percebia naquele momento. Sua alegria era saber que criara os filhos, mesmo que no começo não tivessem nada, e que aqueles mesmos filhos um dia poderiam andar ombro a ombro com os grandes homens da Nigéria. Era essa a recompensa que esperava.

Mas não Nnaife. Se alguma coisa lhe era devida em decorrência dos sacrifícios que fizera, queria recebê-la agora, e de preferência em dinheiro vivo. A glória também valia a pena, mas, para Nnaife, qual era a vantagem de um nome grandioso sem dinheiro? Estava magoado com Oshia e, mesmo sabendo que provavelmente Nnu Ego alimentara a esperança de vê-lo chegar antes do avião levantar voo, não fez o menor esforço para estar no aeroporto antes da partida do filho. Propositalmente, naquele dia ficou até tarde no trabalho e chegou em casa de péssimo humor. Nnu Ego, porém, estava decidida a saber por que ele não aparecera.

Nnaife explicou que os filhos eram dela. "Será que eles vão se lembrar de mim quando eu ficar velho? Não! Vão se lembrar só da mãe. E você reparou que as mulheres ficam mais tempo que os homens nesta terra? Então, por que eu abriria mão de meu dia de trabalho por um filho que cuspiu na minha cara?".

"Ele nunca me deu nada. Na verdade estava imaginando que íamos dar alguma ajuda a ele antes de sua partida. Ficou na expectativa até o último minuto. Vi o desapontamento no rosto dele. Por que vocês todos tornam a vida tão difícil para mim? Para onde vou correr?". Nnu Ego chorou amargamente, lágrimas que vinham de seu coração. Mas não havia resposta para ela. Nenhuma resposta podia ser dada. *Às vezes, quando vejo minhas companheiras, gostaria de não ter tido tantos filhos. Agora não tenho certeza de que tudo isso valeu realmente a pena*, pensou consigo mesma. Percebeu que Nnaife começava a se referir a eles como *filhos dela*, filhos que ela pusera no mundo para matá-lo antes do tempo.

Nnaife ficou ainda mais irado ao tomar conhecimento de que teria de trabalhar mais tempo para conseguir a aposentadoria que contava receber. Nnu Ego mal teve oportunidade de se queixar de tudo aquilo: outro de seus filhos estava causando um grande problema.

Naquele tempo, a maioria dos igbos não gostava que os filhos se casassem com iorubás. Uma tribo sempre afirmava ser superior à outra. Mesmo uma garota de Ibuza que escolhesse como amigo outra pessoa igbo que não fosse de Ibuza era considerada perdida. E chegar ao ponto de travar amizade com um homem iorubá era abominável. Pois foi o que aconteceu. Enquanto Nnu

Ego e o marido se atarefavam planejando e poupando para os filhos, davam por certo que as meninas, as gêmeas que agora desabrochavam e se transformavam em jovens mulheres, iriam automaticamente tomar conta de si.

Estavam com quinze anos. Eram muito parecidas com a mãe: a pele clara e o rosto estreito de Agbadi. Além disso, estavam ficando altas, e isso era enfatizado pelo fato de que, ao longo de suas jovens vidas, na verdade nunca haviam recebido alimentação suficiente. Nunca haviam sentido fome, mas haviam tido todas as doenças que acompanham uma nutrição deficiente. Quando foram levadas para Ibuza, ainda bebês, tiveram bouba; aos cinco anos ficaram com barriga dilatada; além disso, ocasionalmente a pele de seus lábios e o contorno da boca ficavam rachados e partidos, embora tivessem aprendido a disfarçar o problema com um pouco da seiva marrom, da cor do mel, que escorria da madeira úmida que era incendiada e forçada a arder; além de aliviar a dor, o líquido tingia os lábios de marrom-escuro. As gêmeas Owulum eram muito bonitas. Não frequentavam a escola, mas haviam aprendido a ler e escrever nas poucas tardes em que conseguiam tempo para comparecer às aulas. Sabiam costurar e, com o rigor da mãe, haviam aprendido a ser muito caladas. Eram idênticas na aparência, mas não na personalidade; a que se chamava Kehinde, "a segunda a chegar", era muito mais reflexiva que Taiwo, "a que saboreou o mundo primeiro".

Os pais sabiam que as duas brincavam com todas as crianças e eram muito educadas. Mas nunca lhes ocorreu que pudessem ir mais longe. Os rapazes de Ibuza estavam começando a procurá-las, e Taiwo, a mais velha por uma questão de aproximadamente dez minutos, tivera seu dia de pagamento formal do dote de esposa marcado. O futuro marido era um jovem escriturário que viera para Lagos havia uns poucos anos. Antes fora professor em Onitsha e, embora tivesse instrução, sabia que seria mais feliz com uma esposa pouco instruída. Disse para si mesmo que desde que a esposa fosse capaz de gerar filhos, manter o quarto limpo e lavar sua roupa, estava perfeitamente satisfeito. O fato de Taiwo ser bonita e calada, para ele, era mais um bônus. Nnaife aprovou o homem sem mais demora, sabendo que a filha fazia um bom negócio, e queria conseguir o máximo de dinheiro possível com os filhos antes de se aposentar. Graças aos céus, não tinha irmão mais velho, assim o dote de esposa seria integralmente seu. Uma noite Nnaife chamou Kehinde e lhe perguntou o que achava de certo rapaz que, embora não tivesse frequentado a escola como o prometido de Taiwo, tinha um bom emprego na ferrovia. Não estava preparado para a resposta que recebeu.

"Não vou me casar com aquele homem".

Pela primeira vez, Nnaife olhou de verdade para Kehinde. Nunca tivera muito tempo para as filhas. É normal fazer planos e passar noites sem dormir pensando nos meninos; as garotas, por outro lado, deveriam ajudar a tomar conta da casa e ser encaminhadas o mais depressa possível: não agir assim era pedir encrenca. Ele já estava contando com o dinheiro que receberia por Taiwo; quem ela achava que era? Mesmo assim, sabia que, se perdesse a paciência, sairia no prejuízo.

"Mas por quê?", perguntou, na voz mais gentil que conseguiu encontrar.

"Porque, porque... não sei, pai. Ele cresceu em Ibuza. Não gosto dele", foi a resposta hesitante.

Nnaife riu grosseiramente. Achou graça e ao mesmo tempo ficou aliviado. A filha, pensou consigo mesmo, ainda era muito jovem. "Você não precisa gostar de seu marido", garantiu. "Não precisa nem conhecer seu marido antes de casar. Só precisa casar com ele. Você tem sorte em já conhecer esse seu e em saber o que ele faz. As coisas mudaram. Antes, podia acontecer dele ser um completo desconhecido para você. De todo modo, qual é o problema dele ter nascido em Ibuza? Você por acaso não é de lá?".

Kehinde não conseguia traduzir em palavras o que sentia. Franziu as sobrancelhas e começou a morder o lábio.

"O momento da minha aposentadoria está chegando", prosseguiu Nnaife, "e não vejo por que você teria que voltar para casa conosco e acabar sendo obrigada a se casar com um agricultor. Você sabe o que é tomar conta de uma lavoura? Não ia gostar nem um pouco. Acredite no que seu pai está lhe dizendo: você ia detestar. De modo que quero ver você e sua irmã bem instaladas antes de voltarmos".

Kehinde esfregou os pés no chão, de cabeça baixa, sempre mordendo o lábio inferior. Se afastou na direção da porta, depois se virou e disse:

"Pai, quero me casar e viver com Ladipo, o filho do açougueiro. Não quero um marido de Ibuza!".

A menina correu antes de Nnaife conseguir abrir a boca. O aposento, para ele, ficou mais escuro de repente. Quem era Ladipo? Um homem iorubá de família muçulmana? Nnaife conhecia os açougueiros que viviam mais adiante na estrada de terra. A família vendia carne de casa em casa nos fins de semana, especialmente quando tinham sobras de suas bancas do mercado Zabo. De onde saíra a ligação da filha com eles? Como ela criara intimidade a ponto de poder pensar em se casar com um deles? Não, devia estar sonhando. A garota devia estar doida. Foi para trás da cortina, no quarto onde viviam, e engoliu um copo de vinho de palma gelado que havia reservado para depois da refeição da noite. Não conseguiu esperar. Queria apagar da mente as preocupações que o atormentavam. Mas a bebida não teve o menor efeito em aliviar a dor. Ia precisar esclarecer o assunto com Nnu Ego. Ora, ele que acreditava que os filhos da mulher eram uma bênção para ele. Agora começava a perceber que na verdade eram uma maldição. Não conseguia chorar, mas o nó na garganta estava lá.

Enxugava o segundo copo de vinho de palma quando Nnu Ego entrou com sua comida. Ao vê-lo, a mulher avaliou a situação e perguntou, em tom aflito:

"Será que minha comida é tão ruim que você precisa se embriagar antes mesmo de prová-la? Que nome você dá a esse comportamento, Nnaife, filho de Owulum?".

Ele fitou a mulher por um momento. Era um olhar intenso e, em seu rosto, o ódio e a fúria competiam, na tentativa de obter a supremacia um sobre o outro. Nnaife rememorou o dia em que recebera aquela mulher, vinte e cinco anos antes, jovem, esguia e bela e, além disso, uma noiva relutante. A que ponto ele a desejara naquele tempo. Estaria disposto a abrir mão de tudo o que possuía por ela, mesmo ela não gostando dele. A opinião da mulher sobre ele só se modificara por causa dos filhos que ela começara a ter, um depois do outro. Afinal, não fora para isso mesmo que ela o aceitara, para usá-lo como instrumento para produzir os filhos que não havia conseguido ter com o primeiro marido? Agora a casa estava cheia de filhos dela, filhos dela – nenhum deles, até aquele dia, demonstrara a menor lealdade para com ele, o pai. Deus, o que fazer agora? Mandar a mulher embora, dizer-lhe que nunca mais chegasse perto dele?

"Vá para o diabo, você e sua comida, Nnu Ego", disse alto. "Vou amaldiçoar até a morte o dia em que você entrou pela porta da minha casa. Eu gostaria de nunca ter encontrado você".

Ainda bem que a comida fora mandada para o diabo, porque caiu das mãos de Nnu Ego.

Okpo, que vinha entrando com a água para Nnaife lavar as mãos, escancarou a boca, aterrorizada. "O que vocês têm?", disse, em voz entrecortada. "Mãe, aconteceu alguma coisa? Vocês tiveram alguma notícia ruim?".

Nnaife estava envelhecendo depressa e, tal como os velhos, ficara sensível demais até mesmo para enfrentar o aborrecimento de fornecer alguma explicação a suas esposas justificando um comportamento que se tornara, com frequência, explosivo. Sua pele adquirira uma espécie de secura acinzentada resultante do fato de ficar exposta na oficina de fundição onde ele agora trabalhava como supervisor. Além disso, seus ombros haviam caído e sua barriga ficara protuberante. Não usava camisa, e dava para ver que seu peito agora parecia o busto em formação de uma adolescente. Apontando um indicador acusatório e trêmulo para Nnu Ego, ameaçou:

"Estou com vontade de dizer a você e a seus fedelhos que saiam desta casa imediatamente. Não fui criado para passar a vida sofrendo por vocês".

Aos poucos, Nnu Ego começava a entender a situação. Podia imaginar que a fúria do marido se relacionava aos filhos deles. Estava ficando farta daquele comportamento de dois pesos, duas medidas. Quando as crianças se comportavam, pertenciam ao pai; quando não, eram da mãe. Todas as mulheres tinham conhecimento disso; mas Nnaife ficar jogando aquilo na sua cara sob o menor pretexto era muito injusto. Resolveu revidar, sem preocupar-se com o fato de que a jovem esposa Okpo estava ali, vendo e ouvindo.

"Eu não trouxe as crianças da casa de meu pai. Você é que as deu para mim. Sair de sua casa? E que casa você tem? Quantas pessoas em Lagos vivem em casas com teto de adobe? Só estou esperando minha parte do dinheiro da sua aposentadoria. Trabalhei por ele, tanto quanto você. Depois que o dinheiro chegar, se você não me quiser, posso voltar para meu povo".

"Ah, mãe, não diga isso", implorou Okpo, "não diga coisas feias de que mais tarde vai se arrepender. Por favor, saia e pare com isso". E conseguiu arrastá-la, ainda trêmula, para fora do aposento.

Mas Nnaife e Nnu Ego estavam muito irritados para conseguir abordar as razões da discussão. Nnaife, tomado de amargura, não quis comer. Nnu Ego voltou para o quintal, tomou um banho e em seguida informou que ia direto para a cama. Ninguém deu pela falta de Kehinde; só quando já era tarde demais.

As crianças e Okpo comeram a refeição da noite num silêncio quase absoluto. Adim saiu para fazer as tarefas escolares e Nnamdio foi brincar com os amigos. Taiwo reparou que a irmã não estava comendo com eles, mas concluiu que ela devia estar chateada devido às discussões dos pais, que se tornavam cada vez mais frequentes. Primeiro, eles haviam discutido por causa de Oshia; depois, por causa da aposentadoria de Nnaife; dois dias depois, por causa de Adim. Taiwo estava ansiosa pela finalização dos últimos preparativos de sua partida para a casa do marido. Iria embora e daria início a seu próprio lar em algum outro lugar. Sabia que então teria os próprios problemas, mas pelo menos seriam problemas diferentes daqueles.

Mais tarde, enquanto se preparava para ir para a cama, deu novamente pela falta da irmã. As duas dormiam na mesma esteira, e Taiwo comprara cobertas macias, de algodão, com a mesada que vinha recebendo do noivo. Essas cobertas haviam sido estendidas sobre a esteira que dividia com a irmã e, naquele dia, era a vez de Kehinde lavá-las. Taiwo percorreu o conjunto de casas chamando-a em voz alta. Okpo perguntou se alguém havia visto

Kehinde desde a hora da refeição, e foi só nesse momento que as duas se deram conta de que não a viam desde a noitinha.
"E agora está ficando tarde. Onde ela pode estar?", perguntou Okpo, preocupada. "Melhor acordar a mãe".
"Antes de falar com a mãe, vamos perguntar a todo mundo. Porque no humor em que ela está, não sei não...".
A sombra de um sorriso passou pelo rosto de Okpo quando ela ouviu a observação de Taiwo e, durante uma fração de segundo, Taiwo imaginou que talvez Okpo, aquela garota superficialmente buliçosa, estivesse achando graça em tudo aquilo. Talvez ela não fosse quem parecia ser... Vai ver que andara até orando para que a situação azedasse, pois quem sairia ganhando com tudo aquilo senão Okpo? Seu pai Nnaife não se casaria novamente, disso Taiwo tinha certeza. Okpo ainda estava em idade de ter filhos e, com o montante da aposentadoria, sua situação seria melhor se Nnu Ego desistisse e saísse de casa. Taiwo prometeu a si mesma pensar melhor no assunto mais tarde. Por enquanto, precisava procurar pela irmã gêmea.
Pouco depois, Adim foi chamado, mas, por mais que procurassem, não conseguiram encontrar Kehinde. No fim, foi preciso acordar Nnu Ego. Quando soube do que se tratava, ela ficou surpresa, pois as meninas nunca haviam lhe dado o menor problema. Quem provocava suas dores de cabeça eram sempre os meninos, pois eles seriam para sempre membros da família Owulum. Cabia às filhas não causar confusão e aceitar serem usadas pelas famílias até serem transferidas para seus homens. Assim, para onde iria uma garota, uma garota crescida, àquela hora da noite, quando todo mundo já fora se deitar? Nnu Ego podia prever o que viria: mais culpa para ela, a mãe. Se uma coisa como aquela vazasse para as pessoas de seu povo, Kehinde ficaria marcada pela má reputação e, depois que isso acontecesse, todas as garotas da família virariam tabu. As pessoas diriam: "Se a mãe dela tivesse agido como deveria, por que uma garota sairia de casa para perambular por Lagos tão tarde da noite?". A gente de Ibuza, em especial, tinha uma imaginação muito fértil em se tratando das garotas de lá. Haveria comentários, e diriam: "Sabe onde ela esteve? Sabe o que aprontou?".

Nnu Ego implorou a todos que não comentassem nada com ninguém. Depois de procurarem novamente por toda parte, sugeriu que começassem a perguntar nas casas dos vizinhos iorubás; afinal de contas, não fazia diferença eles saberem. Eles jamais se casariam com uma das garotas. Por isso não se incomodava se alguns vizinhos iorubás gentis ajudassem na busca.

Já eram quase duas da manhã quando Nnu Ego concluiu que mais valia enfrentar a contrariedade de Nnaife naquele momento do que sua recriminação mais tarde, caso guardasse segredo sobre o desaparecimento de Kehinde. Quando entrou no quarto e olhou para ele, ficou paralisada pela indecisão. Preferia não precisar acordar um homem que desfrutava tranquilamente de seu sono noturno. Nnaife ressonava, de boca entreaberta, com a lappa jogada de qualquer jeito sobre o corpo. Estava apenas parcialmente coberto, mas era evidente que não se importava com o fato, pois quem mais teria o direito de entrar na privacidade de sua cama cortinada senão suas esposas e seus filhos?

Depois de um suspiro profundo, Nnu Ego chamou em voz baixa: "Nnaife, Nnaife, acorde. Não sabemos onde está Kehinde. Nnaife, acorde!".

Ele abriu devagar os olhos pesados e franziu o cenho ao ver Nnu Ego. *Até dormindo ele me odeia*, ela pensou e, com o olhar inseguro ao ver como ele franzia repetidamente as sobrancelhas: *nós nos toleramos por causa das crianças, só por isso*. Mais tarde as pessoas a criticaram por dizer toda a verdade a um homem sonolento, antes mesmo dele estar completamente acordado. Mas como ia saber que ele tivera uma discussão com Kehinde? Se pelo menos tivesse lhe contado... Se Nnaife tivesse dado uma pista...

"Kehinde sumiu. Não sabemos onde ela está".

A reação do marido arrancou um grito de Nnu Ego. Ela achou que ele ia matá-la, picá-la em pedacinhos. Ele estava falando, falando, como se continuasse adormecido embora seus olhos estivessem muito abertos e fixos. Às pressas, de qualquer jeito, amarrou a lappa expondo a parte que supostamente queria cobrir; seu comportamento não era cem por cento despropositado, mas o homem parecia ter perdido a razão.

"Kehinde! Minha filha! O açougueiro... Acabo com ele!". Dizendo isso, inclinou-se – a fúria deixava-o tão ágil, tão rápido – e retirou de sob a cama o vasto alfange que mantinha ali para alguma emergência, já que aquela área de Lagos costumava ser perturbada por ladrões armados. Empunhou o alfange e brandiu-o no ar, como se fosse atirá-lo em Nnu Ego, os olhos ainda lustrosos de sono. Nnu Ego soltou outro grito agudo, avisando as pessoas que estavam do lado de fora que se afastassem do caminho de Nnaife porque pelo jeito ele pretendia cometer um assassinato. Mas o grito da esposa pareceu atingir o marido, que disparou, praguejando em voz baixa.

"Aquele açougueiro e o filho dele... eu ensino a eles! Minha filha!".

A família não conseguiu segurá-lo. Estava tão fora de si, tão decidido... De alguma forma, Adim adivinhou para onde o pai estava indo, embora o fato dele adivinhar fosse praticamente um milagre. Correu depressa, saltando por cima de um pequeno arbusto que separava o terreno do açougueiro do deles. Entrou na casa e gritou, em iorubá: "Acordem, todos, uma pessoa está vindo para cá matar o pai de vocês. Acordem!".

Foi o que salvou o açougueiro e sua família. Alguns dos rapazes da casa dormiam na varanda, já que a noite estava quente. Despertados pelo barulho e pelos gritos das mulheres Owulum, levantaram-se e um deles, ao ver o brilho de um alfange na noite, rastejou para debaixo de um quiosque quebrado para se proteger; o outro se reuniu a Adim, que fora acordar o açougueiro, grogue de sono. Nnaife entrou feito um raio, brandindo seu alfange.

Ouvia-se a voz jovem de Adim, gritando: "Por favor, segurem, segurem! Não fiquem aí escondidos! Segurem!".

O apelo feito naquela voz urgente, associado à gritaria estridente das mulheres, fez todo mundo sair correndo em confusão.

Nnaife irrompeu na casa do açougueiro, urrando: "Minha filha com um marido iorubá? Prefiro vê-la morta... e junto com ela, o pai do seu homem! Onde eles estão?". Seu alfange continuava no ar, bem erguido. Ninguém se atrevia a aproximar-se e enfrentá-lo.

Quando Nnaife deu as costas ao quiosque onde alguns rapazes iorubás haviam se agachado, um deles pulou sobre Nnaife por trás, tomando-o de surpresa. Mas o alfange de Nnaife atingiu o ombro do rapaz com um golpe, e ele soltou um grito lancinante. Antes que o alfange se abatesse pela segunda vez sobre o homem que se contorcia, Adim veio por trás e atingiu o braço do pai com um bastão, deixando-o inerte. O alfange caiu.

Todos os outros homens que estavam escondidos saíram e imobilizaram Nnaife. A mãe do rapaz cujo ombro recebera o corte profundo começou a gritar:

"O que foi que meu filho fez? Por que você ficou enfurecido conosco? Nunca lhe causamos o menor problema! Vocês são igbos e nós, iorubás: o que foi que fizemos a vocês?".

"Eu ainda mato vocês. Nenhuma filha minha vai se casar com alguém de uma tribo que nos chama de canibais. Uma tribo que nos despreza, que nos odeia", grunhiu Nnaife, debatendo-se nas mãos de seus captores.

"Ah! Então é isso!", gritou o homem mais velho da família iorubá, o homem que Nnaife pretendia matar, no começo da confusão. "Sua filha não passa de uma menina. Você não pode impedir uma garota de se casar com alguém de quem ela gosta".

"Não é assim que nós fazemos na minha cidade, Ibuza. Eu é que escolho os maridos de todas as minhas filhas. Elas são muito jovens para saber o que querem".

"Olhe, estamos em Lagos, não em sua cidade ou sua aldeia".

"Mas eu sou de minha aldeia! Se minha filha tiver sido desrespeitada por seu filho, fique sabendo: quando esses homens saírem, eu mato você".

Nnaife imaginava estar na Ibuza de sua infância, onde discussões desse tipo eram resolvidas pela força e ponto final; por isso ficou muito surpreso ao ver chegar uma ambulância, seguida de perto por seis policiais robustos de aspecto feroz.

"Está vendo, está vendo, Nnu Ego, está vendo o que você fez comigo? Uma de suas filhas é a culpada por eu ir parar na prisão". Virou de novo para o homem mais velho e o ameaçou na frente dos policiais: "Dentro de um ou dois dias me soltam e venho matar você".

"É mesmo?", perguntou um dos policiais. "E o que foi que seu vizinho lhe fez?".

"Ele sequestrou minha filha e é iorubá!", respondeu Nnaife em seu murmúrio lamurioso.

"A filha dele está com você? Onde ela está?".

Kehinde se aproximou, saindo do bolo de gente em pé que acompanhava nas sombras o que sucedia. Chorava baixinho e implorava aos policiais que, por favor, soltassem o pai.

"Mas não podemos soltar seu pai. Ele quase matou um homem e está ameaçando matar outro quando for solto. E agora precisamos aplicar a lei, jovem. Essa família iorubá sequestrou você?".

"Não, não", respondeu Kehinde devagar. "Eu é que corri para eles. E vou me casar com Aremu, filho do açougueiro".

Mulheres começaram a chorar, e suas vozes eram inconfundíveis: eram as de Okpo e Nnu Ego.

Nnaife parecia perdido. Não conseguia acreditar que uma filha traísse a família daquele jeito.

Um dos policiais apareceu com um par de algemas e prendeu-as ao pulso de Nnaife. O estalo da fechadura de alguma forma se impôs às vozes que balbuciavam e choramingavam.

Aquele som chegou ao coração de Nnaife e aos corações de seus dois jovens filhos que contemplavam a cena impotentes, incapazes de levantar um dedo para ajudar o pai.

Nnaife foi levado até a van da polícia, que estava à espera, e ia ser jogado para o interior do veículo quando sua roupa de dormir, na qual se enrolara de qualquer jeito, começou a se abrir, quase revelando sua nudez.

"Por favor, esperem! Por favor, esperem!", gritou Nnu Ego, trêmula de emoção. "Por favor, policiais, me deixem amarrar a lappa de meu marido com mais firmeza em torno dele. Ele é o pai de todos os meus filhos, é meu esposo".

Nnaife esperou, sem mostrar nenhuma emoção, enquanto Nnu Ego prendia bem sua lappa, dando um nó extra para que, por mais que o empurrassem e sacudissem, a roupa ficasse no lugar.

"Sempre faremos o possível para ocultar sua nudez, Nnaife, e que seu chi seja seu guia".

Nnaife contemplou a escuridão sem nada ver, enquanto a radiopatrulha era fechada com violência, e foi levado embora.

A MÃE CANONIZADA

Os dias que se seguiram foram dedicados a falar com esse policial, aquele advogado, aquele doutor – um mar de rostos para Nnu Ego. Ela pouco entendia das conversas. Só rezava para que Nnaife fosse solto. Tudo aquilo custava dinheiro, dinheiro que ela não possuía. Com o abalo, o rendimento escolar de Adim começou a cair; além disso, o menino estava perdendo peso. Era verdade o que diziam, ela pensou, que se você não tem filhos, o desejo de tê-los acaba com você, e se tem, as preocupações acabam com você. Um dia ela chamou o garoto e teve uma conversa séria com ele.

"Ouça, Adim, pelo jeito estou sozinha com você nesse assunto de viver. Seu pai põe a culpa em mim e em vocês, meus filhos. O povo de Ibuza me culpa: dizem que não eduquei nenhum de vocês direito porque passei a maior parte de meu tempo vendendo coisas no mercado. Estão prevendo que nenhum de vocês vai dar certo na vida. Será que você vai fazer o que eles querem, abandonando-se também? Pode pôr a culpa em mim, se quiser, mas ouça, bom filho; até agora, você e sua irmã Taiwo são minha única esperança. Tenho esperança de que vocês dois, além de me sustentar na velhice, irão enxugar as lágrimas de vergonha dos meus olhos. Portanto, não se entregue. Enfrente suas responsabilidades escolares; é sua única salvação".

"Sabe, mãe, escrevi a Oshia, nos Estados Unidos, e ele disse que lamenta muito o que aconteceu e que vai orar por nós todos, mas que é praticamente tudo o que pode fazer".

Um brilho inconfundível de esperança iluminou os olhos cansados de Nnu Ego. "Ora! Quer dizer então que o menino ainda se lembra de nós? Ah, minha chi, por que você não me contou? Que o chi dele o proteja. Como ele está? Está sendo bem tratado por lá?".

Houve uma pequena pausa, durante a qual Nnu Ego observou o movimento de seus dedos do pé e Adim, sem saber o que fazer, olhou atentamente para ela. O garoto não entendia a mãe.

"Bem, se você tivesse me perguntado", ela prosseguiu, "eu teria lhe dito para não escrever a Oshia. Ele deve estar ocupado construindo seu próprio futuro, ansioso com o que tem pela frente. É muito doloroso ter a idade dele".

"Mas, mãe, ele não podia ter nos ajudado de alguma maneira?".

Nnu Ego sorriu. "Como ele vai fazer para nos ajudar, se não está no país dele? Provavelmente não tem dinheiro nem para comer. Sei que o povo de Ibuza fala mal de mim pelas costas, mas, olhe, filho, eles estão mandando nosso único advogado, Nweze, para defender seu pai, e preciso encontrar dinheiro para pagar as taxas de seu último ano na escola. Com a ajuda de minha chi, juro que vou arrumar esse dinheiro. Então, por que deixar Oshia aflito se ele não tem condições de ajudar? Não quero que ele se preocupe ou imagine que é a causa do que está acontecendo conosco. Quando responder a ele, diga que nós todos o amamos e que também oramos por ele".

Pela primeira vez, desde pequeno, Adim – o garoto durão, como costumavam chamá-lo – entregou os pontos e chorou. "Mãe, você está dizendo que vai orar por ele? Mãe, foi ele que começou tudo isso. Foi ele e mais ninguém. Foi por estar bravo com ele que nosso pai ficou desorientado".

Nnu Ego riu e estendeu a mão gasta pelo trabalho para confortar Adim, que percebeu horrorizado como a mão de sua mãe estava magra e como todas as veias que deveriam estar cobertas por carne saudável agora formavam uma trama em relevo. E os dentes dela, que antes eram seu orgulho, estavam maltratados, alguns deles começando a ficar com os contornos escuros. Sabia que a mãe não era velha em idade, mas, para Adim, ela nunca parecera tão velha. Dava a impressão de ser uma mulher de mais de setenta anos. Ah, pobre mulher, pensou.

Nnu Ego, que não sabia o que ele estava pensando, disse:

"Não culpe ninguém pelo que aconteceu a seu pai. As coisas mudaram tremendamente desde os tempos da juventude dele, mas ele se recusou a ver essas mudanças. Tentei chamar a atenção dele, mas... deixe para lá. O fato é que hoje em dia os pais só recebem a glória dos filhos de maneira indireta, ao passo que seu pai investiu em todos vocês, exatamente como o pai dele investiu nele para que ele pudesse ajudar na lavoura. Mas seu pai esquece que ele próprio abandonou a lavoura da família para vir para este lugar. Só teve condições de ajudar quando estava em um bom emprego estável. Vocês, da nova geração, precisam de um tipo diferente de aprendizado, ao mesmo tempo mais demorado e mais caro. Não posso dizer que não estou começando a gostar disso. Só lamento não ter tido dinheiro suficiente para manter as meninas na escola. Assim, não culpe seu irmão por coisa nenhuma. E não esqueça que Oshia é meu filho, exatamente como você. Alguns pais, em especial os que têm muitos filhos de diferentes esposas, podem rejeitar um mau filho, um amo pode rejeitar um criado perverso, uma esposa pode chegar ao ponto de abandonar um mau marido, mas uma mãe nunca, nunca pode rejeitar seu filho. Se ele for condenado, ela será condenada ao lado dele... De modo que vá se lavar, vista seu uniforme limpo e levante a cabeça. Eu me encarrego de pagar suas taxas escolares até a conclusão do curso. Depois disso, filho, sinto dizer que sua vida estará em suas mãos e nas mãos de seu chi".

"Obrigado, mãe", disse Adim com simplicidade, e decidiu tirar boas notas nos exames que se aproximavam.

Muitas pessoas de Ibuza compareceram ao julgamento. Nnaife parecia perdido. Ficou lá, parado, ouvindo um relatório depois do outro sobre a sua pessoa. O advogado leu um longo depoimento sobre a permanência de Nnaife no exército, sobre como ele havia sido treinado para matar sem pensar caso um inimigo invadisse seu território. Nnaife, disse o advogado, estava semiadormecido na ocasião do incidente e agira por instinto porque imaginara que o açougueiro local e seu filho estavam roubando sua filha. Obviamente, isso resultara do fato de que

Nnaife, como um igbo típico, amava sua família. A corte foi informada de que com um salário de apenas dez libras, treze xelins e quatro pênis, Nnaife educara um de seus filhos, filho esse que agora estava nos Estados Unidos da América estudando para ser cientista. Quando o advogado de defesa disse isso, o tribunal inteiro quase engasgou. "Ele é o pai de um futuro líder", as pessoas murmuravam. Percebendo isso, o advogado se entusiasmou e perguntou a Nnaife:

"E seu segundo filho, Adim, o que está fazendo?".

"Ele também estuda, no St. Gregory's".

"Quem financia os estudos dele, Nnaife?".

"Cabe ao pai pagar pelos estudos do filho".

Ouviram-se murmúrios vindos da direção do advogado de acusação, mas um olhar interrogativo do juiz os fez silenciar. Não antes, porém, de alguém soltar uma risada um tanto nervosa.

O advogado de defesa, Nweze, sabia que algo dera errado, mas, ousadamente, continuou inquirindo Nnaife.

"Seus filhos estão indo bem. Mas se sua filha Kehinde ficasse falada, isso também se refletiria neles, não é verdade?".

"Refletir! Refletir! Todos os membros da minha família teriam sofrido. O trabalho que eu realizei durante todos esses anos sairia pelo ralo. Nenhuma pessoa de bem haveria de querer se casar com as outras meninas, e meus filhos teriam dificuldade para se casar com uma boa garota de Ibuza, porque as pessoas nos apontariam na rua dizendo: 'Olhem, lá vai um membro da família Owulum. Uma das filhas fugiu para se casar com um iorubá. É uma família instável. A família isso, a família aquilo...'".

O advogado de acusação pigarreou, depois disse: "Está bem, Nnaife Owulum. A corte entendeu que é importante que um homem defenda a honra de sua filha. Não apenas por ela, mas também por todos os outros membros da família".

No começo o homem não pareceu hostil. Deu a impressão de estar solidário com Nnaife, e Nnaife, ignorante das manhas da corte, deixou-se iludir.

"Assim, mesmo tendo tantos filhos, às vezes o senhor bebe?".

"Bem, um homem precisa disso para conseguir viver. Com

duas esposas atormentando porque não há comida que chegue, pedindo dinheiro o tempo todo para as taxas escolares, criança por todo lado... De vez em quando eu bebo".

"O senhor não bebe todas as noites? Tem um fornecedor de vinho de palma que lhe entrega vinho de palma todas as noites. Não se esqueça, senhor Owulum, que jurou por seu chi que ia falar a verdade, e seu deus não gostaria de vê-lo contar mentiras".

"É claro que não estou contando mentiras. Isso mesmo, bebo vinho de palma todas as noites, mas beber de verdade, beber ogogoro, isso eu só faço de vez em quando. Só quando estou com amigos ou quando há alguma coisa a celebrar".

"Então naquela noite o senhor ingeriu um barrilzinho inteiro de vinho de palma, um barrilzinho de um xelim, e, de estômago vazio, antes de consumir sua refeição da noite? Hmmm... sua filha deve ter lhe causado um grande desgosto".

"Sim. Ela disse que ia se casar com um iorubá e não com o homem que escolhi para ela".

"E os iorubás são tão maus assim?".

"Não sei nada sobre eles e nem quero saber. Eles não dão dinheiro às esposas para os gastos da casa, são relaxados, dizem que os igbos são canibais, ah, fazem todo tipo de coisa. Minha filha não vai se casar com um deles".

"Se sua filha se casasse com o homem que o senhor escolheu, o senhor receberia um belo dote de esposa pelo fato dela ter crescido em Lagos, não é mesmo?".

"Ora, claro. Espera-se que um bom marido pague bem por uma boa garota. É desse modo que ele irá provar sua hombridade. Se não tem condições de pagar, não merece ter esposa. Mas os iorubás não fazem nada do tipo. Simplesmente dão ao pai uma tigela de bebida e compram algumas lappas para a noiva... não, isso não cobre toda a comida que a criança consumiu desde o nascimento. E minha filha aprendeu com a mãe a ser boa comerciante".

"É mesmo? Hm... Além disso, se constatasse que sua filha é uma moça virtuosa, seu genro de Ibuza lhe traria mais de uma dúzia de barris grandes de vinho de palma borbulhante para que todos ficassem sabendo que a noiva era casta, não é mesmo?".

303

"Sim, sim. Perdi até isso, até esse vinho de palma da noiva. Perdi isso também".

"Que pena. Uma tristeza. Quer dizer que quando o senhor foi até a casa de seu vizinho com o alfange na mão, não estava somente lutando pela honra de sua filha, mas também pelo dote de esposa que ela teria rendido, além do vinho de palma que a família de seu genro teria lhe enviado?".

"Meritíssimo", interrompeu o advogado Nweze oportunamente, antes que Nnaife seguisse em frente fazendo papel de bobo.

O advogado Nweze conduziu Nnu Ego ao longo daquela experiência desnorteante. Não, ela não sabia que o marido tivera uma discussão com a filha Kehinde; não sabia que Kehinde tinha um namorado iorubá; não se dera conta de que Nnaife bebera demais. Nunca o vira brandir um alfange antes. O alfange lhe pertencia. Ela o utilizava para cortar lenha. Nnaife guardava o alfange debaixo da cama para afugentar algum ladrão que aparecesse. Sim, Nnaife era o melhor pai do mundo e o melhor marido que uma mulher poderia desejar. Sim, ele gastara todo o dinheiro que recebera do exército com os filhos, nunca deixara de trabalhar, e mesmo os filhos de seu falecido irmão haviam estudado até o sexto ano financiados por ele. Ele amava muito os filhos. Sim, devia estar num estado de sonambulismo ao ameaçar o açougueiro e, graças a Deus, o garoto que recebera um corte no ombro estava se recuperando bem.

Nnu Ego soltou um suspiro audível de alívio quando o advogado Nweze se sentou para deixar o advogado de acusação interrogá-la.

"A senhora está lembrada, senhora Owulum, que jurou pela Bíblia, e que a Bíblia é tão importante quanto seu chi?".

Nnu Ego fitou novamente o inocente livro preto e cogitou a possibilidade de que ele tivesse o poder de fazer um mentiroso ficar louco, como faria um chi enfurecido. Confirmou com a cabeça. Sabia de tudo aquilo.

"Bem; seu segundo filho estuda no St. Gregory's. Quem paga as taxas escolares do menino?".

"Eu. Pago as taxas escolares dele com o que ganho vendendo lenha e outros artigos".

Um tremor de riso contido cruzou o tribunal.

"Mas seu marido nos disse que ele é quem paga as taxas escolares do filho. Como é isso?".

"É verdade, ele paga as taxas escolares de Adim".

"A senhora está me dizendo que vocês dois pagam as taxas escolares de Adim?".

"Não. Eu que pago".

O riso que se seguiu a essa afirmação já não teve como ser contido. Até o juiz sorriu involuntariamente.

"Senhora Owulum, por favor, explique".

"Nnaife é o chefe de nossa família. Eu sou propriedade dele, assim como todos nós somos propriedade de Deus que está no céu. Portanto, mesmo que eu pague as taxas escolares, sou propriedade de Nnaife. Sendo assim, em outras palavras, é ele que paga".

"Ah, entendo. E a senhora veste e às vezes alimenta a família, também?".

Nnu Ego confirmou com a cabeça, sem saber que com aquele gesto havia pregado o último prego no caixão de Nnaife. Ficou evidente que ela estava praticamente sustentando a casa e que, nos quatro anos que Nnaife estivera fora servindo no exército, ela só recebera duas remessas, embora na época tivesse cinco filhos para criar.

O advogado continuou questionando Nnu Ego: "Quando seu marido voltou do exército, viajou até Ibuza?".

"Sim, viajou".

"Por que ele foi até lá?".

"Não sei. Foi ver a família. Ele é de lá, e a família mora lá".

"E trouxe alguma coisa de lá?".

"Sim, trouxe uma nova esposa".

"E ele não teria feito alguma outra coisa em Ibuza? Por exemplo, dar um filho a alguém?".

"Sim, Nnaife engravidou a esposa mais velha do irmão. O marido dela morreu, entende?".

Três quartos das pessoas que estavam no tribunal eram iorubás, para quem esse tipo de costume era muito estranho. Elas fitavam a figura patética de Nnaife sentado ali: o responsável por todas aquelas crianças. Até o juiz olhou para ele com uma espécie de admiração masculina.

"Seu marido é um homem muito forte", disse cinicamente o advogado de acusação, e o tribunal inteiro caiu na gargalhada.

"A senhora afirma que seu marido é um homem ideal, um homem muito bom".

Nnu Ego balançou a cabeça.

"Ele tem um temperamento difícil?".

"Não, não tem. Só fica irritado quando bebe".

"E bebe com frequência? Todos os dias?".

"Bem, ele é homem, não é mesmo? Os homens são assim. Meu pai...".

O advogado pigarreou. "Estamos falando de seu marido, não de seu pai".

"Meu marido é como todos os outros homens. Eu não teria me casado com um homem que não se comportasse como homem".

"Mesmo que isso incluísse andar por aí com um alfange?".

"Ele estava bêbado, e a honra de nossa filha estava em jogo".

"O dote de esposa também?".

"Sim, o dote de esposa também. É um dinheiro que pertence ao pai da noiva".

"A senhora tem razão, senhora Owulum. Mas o problema é que agora estamos no século vinte, em Lagos. Ninguém tem o direito de andar com um alfange, nem mesmo seu marido".

"Acho que o senhor deveria deixar essa parte para o júri decidir", interveio o juiz.

Mas o advogado foi em frente com seu interrogatório. Repassou em detalhes todos os acontecimentos daquela noite. Por que Nnu Ego deixara o prato de comida cair? Como era possível que ela não soubesse que o marido havia bebido? Por que ficara aborrecida a ponto de ir para a cama cedo?

À altura em que Nnu Ego completou a provação de responder a todas as perguntas, o júri, quase todo composto por europeus, já dispunha do panorama completo. Nnaife foi condenado a cinco anos de prisão.

Fora do tribunal, Okpo ainda teve a energia de chorar. Adaku se aproximou e tocou Nnu Ego, dizendo: "Esposa mais velha, sinto muito".

"Mas eu não consigo entender. Por que todo mundo ria de mim? O que eu falei estava errado? As coisas mudaram, está certo, mas ainda pertencemos a Nnaife, não é mesmo?".

"Receio que mesmo isso tenha mudado. Nnaife não é dono de ninguém, não na Nigéria de hoje. Mas não se preocupe, esposa mais velha. Você acredita na tradição. Você se transformou um pouco, mas continuou firme em sua crença".

"Procure perdoar minhas críticas por você ter abandonado Nnaife no momento em que abandonou. Agora estou começando a entender".

"Esqueça isso. Veja, todos os seus amigos estão aqui. Lá está Mama Abby... procure ficar bem, esposa mais velha".

Ao chegar em casa, Nnu Ego encontrou o povo de Aremu, que tinha muito medo de julgamentos e que trouxera alimentos e bebidas para a família. Algumas das crianças menores estavam sob os cuidados da nova família de Kehinde, e o açougueiro estava consternado porque Nnaife teria de passar os próximos cinco anos na prisão. Nnu Ego ficou grata porque, embora agora estivesse sem dinheiro nenhum, contava com amigos como aqueles e, além disso, tinha seus filhos.

Ao longo de toda a duração do pesadelo, desde a noite em que Nnaife foi levado para uma cela até a manhã do dia em que ele foi finalmente condenado, Nnu Ego se permitira perguntar-se no que, afinal, havia errado. Fora criada para acreditar que os filhos fazem uma mulher. Tivera filhos, nove ao todo e, por sorte, sete deles estavam vivos, bem mais do que muitas mulheres da época podiam se gabar de ter. Quase todas as suas amigas e colegas haviam enterrado mais filhos do que os que continuavam vivos; mas seu deus fora misericordioso com ela. Mesmo assim, como poderia saber que quando seus filhos crescessem os valores de seu país, de seu povo e de sua tribo teriam mudado tão drasticamente, a ponto de uma mulher com muitos filhos talvez ter de enfrentar uma velhice solitária, quem sabe uma morte miserável na mais total solidão, exatamente como uma mulher estéril? Ela não estava segura de que suas preocupações com os filhos não a levariam para o túmulo antes de sua chi estar preparada para recebê-la.

Nnu Ego disse a si mesma que estaria em melhor situação se tivesse tido tempo de cultivar a amizade daquelas mulheres que lhe haviam estendido as mãos; mas nunca tivera tempo. Estava sempre se preocupando com uma das crianças ou uma das gravidezes, e a falta de dinheiro associada ao fato de que nunca dispunha de trajes adequados para visitar os amigos haviam-na levado a esquivar-se da amizade, acreditando que não tinha necessidade de amigos, que sua família lhe bastava. Mas será que estava certa? Nnaife olhara para ela com tanto rancor que ela sabia que quando se aproximasse a hora de sua libertação, caso ela ainda estivesse viva, ele daria um jeito de ir viver com sua própria gente. Aquele homem nunca deixaria de culpá-la pelo que acontecera com ele; a família dele e muitos dos moradores de Ibuza, de um modo geral, criticavam-na por não ter sabido educar direito os filhos. Oshia, por exemplo, estava nos Estados Unidos e não se preocupava nem um pouco com eles; e, embora Adim estivesse ansioso por ter uma posição na Nigéria, Nnu Ego tinha a sensação de que também ele preferiria abandonar a família e viajar para fora do país, a julgar pela direção que estava dando à sua vida. Ela ainda tinha os três mais moços a seu cargo e dinheiro nenhum, e, extinta a primeira descarga de energia juvenil, a perspectiva de obter meios de vida adequados era desanimadora. Ela sabia que estaria mais confortável em Ibuza, onde pelo menos não teria de pagar aluguel e, no pior dos casos, sempre poderia plantar os próprios alimentos nos fundos da cabana.

Ficou um pouquinho mais tranquila quando, naquela mesma tarde, recebeu a visita do advogado Nweze. Sentiu-se tão constrangida com aquela honra que mal sabia como agir; era como receber a visita de alguém da nobreza. Ofereceu a ele tudo o que possuía em matéria de nozes-de-cola e maços de espinafre colhidos na pequena horta ao lado da casa – não que o advogado Nweze quisesse alguma dessas coisas, mas sabia a que ponto ela ficaria ofendida se não as aceitasse. Ele a informou de que havia alguma possibilidade de Nnaife ser libertado da prisão depois de cumprir apenas três meses de pena, pois algumas pessoas "importantes" haviam chegado à conclusão de que ele não era responsável por seus atos no momento em que atacara o açougueiro iorubá. Perderia boa parte da gratificação, mas passaria a receber uma pequena aposentadoria: nada que se aproximasse do que seria justo que recebesse, mas, nas circunstâncias, era melhor que nada. A família deveria ser discreta a respeito, porque do contrário as pessoas poderiam pensar que o advogado de defesa fizera algum acordo escuso. Ele só viera lhes contar porque achava que todos ficariam mais animados. Retirou-se logo em seguida, deixando atrás de si uma família quase tonta de gratidão. O advogado lhes dissera novamente que nem uma palavra daquilo deveria ser repetida a quem quer que fosse. Assim que Nnaife fosse libertado, seria levado diretamente a Ibuza, de modo que poucas pessoas teriam conhecimento de seu paradeiro. Pensariam que ele continuava preso. Essa convicção tranquilizaria a família do açougueiro mais do que qualquer outra coisa.

Passadas poucas semanas, Nnu Ego foi obrigada a voltar para Ibuza. Não tinha como pagar o aluguel da família e não tinha coragem de recomeçar a batalha do zero. E a chorosa Okpo deixaria de estar sob sua responsabilidade. Chamou o namorado de Taiwo e lhe perguntou quais eram seus planos.

"Você quer ou não quer tomar minha filha por esposa?".

O pretendente disse que queria se casar com Taiwo imediatamente, se Nnu Ego não se opusesse a um casamento discreto. O dote de esposa foi pago rapidamente; o dinheiro pertencia a Nnaife, por isso Nnu Ego tomou providências para que ele fosse pago a Adim, representante de Nnaife.

"Agora corra, antes que os bebedores de vinho de palma comecem a nos fazer visitas. Pague você mesmo toda a anuidade escolar", aconselhou Nnu Ego ao filho, "deposite seis libras no correio para poder complementar sua alimentação enquanto não encontra um emprego. Abby disse que você pode ir morar com ele, como criado. Será por pouco tempo. Muitas pessoas lhe ofereceram suas casas, mas quero que você confie apenas nos amigos comprovados, e não em parentes. Se passar fome, lembre-se de que tem duas irmãs casadas: pode visitá-las e comer na casa delas. Mas não faça isso com muita frequência para não perder o respeito próprio. É melhor perder o respeito próprio entre pessoas que não sabem quem você é; evite fazer isso perto de casa para que sua gente não fique comprometida. Você deve trabalhar uma parte do tempo em troca de sua manutenção, ajudando Abby a limpar seus sapatos, a lavar a motocicleta nova...".

Nnu Ego gastou seis libras para preparar a filha. Deu-lhe utensílios de cozinha suficientes para muito tempo e comprou diversas peças de tecido para lappa. Adaku, de seu lado, também se desdobrou; até parecia que era sua própria filha quem ia se casar. Mesmo sendo um casamento discreto, era indispensável que fosse uma cerimônia elegante. Taiwo era uma boa menina e servira à família, portanto merecia o melhor. O casamento foi na igreja St. Paul, em Ebute Metta, e Taiwo usava um vestido branco como a neve. Seu marido era jovem e bonito, um homem muito educado. Muitas mães roeram as unhas de inveja, sem entender por que um homem assim fino condescendia em se casar com uma garota cuja família tinha uma reputação tão discutível. À noite, depois de um dia inteiro de danças, bebidas e festejos, Taiwo foi levada para a casa do marido num carro alugado pelo vizinho açougueiro de um de seus parentes que era motorista de táxi. A família iorubá do noivo de Kehinde tornou a ocasião mais festiva do que muita gente imaginara que seria. Todos compareceram à igreja usando trajes aso-ebi idênticos, levando a própria comida e os próprios amigos. Taiwo agradeceu à irmã que, já grávida, parecia ter conquistado o respeito de seu novo lar.

Uma semana depois, com um caminhão lotado de coisas de todo tipo, Nnu Ego saiu de Lagos rumo a Ibuza, depois de se despedir efusivamente de todos os amigos de Lagos. Com ela iam Nnamdio, firme em sua recusa a frequentar a escola, o segundo par de gêmeas, agora com sete anos, Okpo e seus dois filhos. O marido de Taiwo, Magnus, insistiu que o casal ficasse com Obiageli, uma das menininhas, e embora tivesse pensado seriamente na possibilidade, Nnu Ego não queria que a filha crescesse imaginando que a mãe se desfizera dela.

"Mas, mãe", insistiu Magnus, "sua filha era virgem. Pelo jeito, logo ela dará início a uma família. Você estará ocupada se instalando e eu serei a última pessoa a perturbá-la pedindo que venha até aqui ver seu neto. Assim, deixe que Obiageli fique conosco. Ela poderá começar a frequentar a escola e ajudará a irmã a tomar conta da casa".

Nnu Ego ainda hesitava. Em determinado momento, Adim foi obrigado a interferir. Ele argumentou com a mãe até quase chegarem ao terminal de Iddo, de onde os viajantes partiriam.

"Olhe, mãe, Magnus é um homem esclarecido. Ele vai providenciar uma boa educação para Obiageli. Ela estará melhor em Lagos. Além disso, você precisa descansar um pouco, mãe. Trabalhou demais a vida inteira. Chegando em casa, precisa se integrar a seu grupo de idade, se arrumar nos dias Eke e ir dançar nos mercados. Será uma boa vida para você. Não se sobrecarregue com tantos filhos".

"Mas é isso mesmo", respondeu Nnu Ego com os olhos cheios de lágrimas. "Não sei ser outra coisa na vida, só sei ser mãe. O que vou conversar com uma mulher que não tenha filhos? Tirar meus filhos de mim é como me tirar a vida que sempre conheci, a vida com a qual estou acostumada".

"Mãe, você ainda tem Nnamdio e Malachi; afinal, algumas mulheres têm apenas dois filhos. Deixe Taiwo ficar com Obiageli. De todo modo você vai acabar passando metade da sua vida em Ibuza e a outra metade aqui em Lagos. Não demora e Kehinde terá um filho, e você acha que ela aceitaria entrar em trabalho de parto sem você ao lado? Logo será a vez de Taiwo, e ela também vai precisar de você. Você não vai ficar tão inativa quanto temia. E aquela esposa jovem de papai, com os filhos dela...", Adim começou a dizer.

Nnu Ego olhou para o movimento do terminal e viu sua filha Taiwo vindo ao seu encontro. Ao lado dela estava Magnus, que tirara o dia em seu trabalho no Tesouro para vir se despedir da sogra. Taiwo vinha resplandecente de saúde e repleta de felicidade. Vestia uma roupa nova, presente de Magnus, e tinha um aspecto próspero. Ninguém teria sonhado que mal sabia ler e escrever. O marido e a esposa brincavam um com o outro e ela ria, apontando para alguma coisa. Ele, provocador, bateu nela de leve com o jornal dobrado que levava na mão. Nesse momento, ao ver Nnu Ego, os dois correram na direção dela como crianças de escola. A taça de felicidade de Nnu Ego estava cheia até as bordas. Sim, aquilo valia a pena. Estava feliz em ver os filhos felizes.

Quando chegou o momento de se amontoarem no caminhão mammy que os levaria até Ibuza, Magnus e Adim insistiram com Nnu Ego para que viajasse na frente com a pequena Malachi no colo: assim, não precisaria se preocupar.

"Mas ir na frente custa três vezes mais do que viajar no assento traseiro, meus filhos. Vocês sabem o que estão fazendo?". Apesar disso, ela foi para o assento dianteiro, seguida pelos olhares invejosos dos outros passageiros.

"As mães em primeiro lugar", disse o motorista, com mostras exageradas de cortesia. "Ela é a mãe de vocês, não é mesmo? Parece tão jovem para ser mãe de vocês todos!".

Nnu Ego embarcou como uma rainha na hora da coroação. Depois olhou para baixo e disse a Magnus: "Meu filho, fique com Obiageli. Zele para que daqui a quinze anos ela tenha se transformado em uma senhorita muito bem educada".

"Sim, mãe".

Nnu Ego acenou para as filhas, cada uma delas ao lado do respectivo marido – Kehinde grávida, Taiwo radiante – e Obiageli nos braços firmes e amorosos de Magnus. Acenou e acenou, e todos riram, até começarem a chorar.

"Mãe, ore por nós, para que nossa vida seja tão fértil e produtiva quanto a sua", gritou Kehinde para o caminhão que se afastava.

O motorista riu para Nnu Ego. "É bom ter filhas", comentou.

Nnu Ego enxugou as lágrimas e disse, orgulhosa: "Ah, não tenho apenas filhas. Tenho um filho na Emelika, um filho no secundário, e outro que vai ser agricultor".

"Então a senhora é uma madame rica", disse o motorista. "Precisa me dizer onde mora; gosto de conhecer pessoas importantes. Sabe, quando a gente conversa com pessoas importantes, elas nos dão ideias de como conseguir vencer na vida. Um filho na América? Meu Deus, a senhora deve estar cheia de alegria, madame!".

O caminhão ganhou velocidade e seguiu para Agege, a caminho de Ibuza. Nnu Ego fechou os olhos; estava com um pouco de dor de cabeça. Ajeitou Malachi no colo, pois o peso da criança lhe dava cãibras. Com um dos ouvidos, ouvia o monólogo do motorista.

"Esta vida é muito injusta conosco, homens. Fazemos todo o trabalho e vocês, mulheres, recebem toda a glória. Vocês inclusive vivem mais tempo para colher as recompensas. Um filho na América? A senhora deve ser muito rica, e tenho certeza de que seu marido morreu há muito tempo...".

Nnu Ego achou que não valia a pena responder àquele motorista que preferia viver em seu mundo de sonhos a encarar a realidade. Como ele ficaria chocado se lhe contasse que o marido estava na prisão e que o tal filho na América nunca lhe escrevera diretamente, muito menos mandara algum dinheiro. Se ela contasse isso ao motorista, ele a olharia com desdém e diria: "Mas a senhora está acima de tudo isso, madame". Nnu Ego riu para si mesma com esse pensamento, exatamente como o pai teria feito.

Em casa, em Ibuza, os parentes de Nnaife a classificaram como uma mulher má e foi preciso que ela fosse viver com seus próprios parentes, em Ogboli. Nnu Ego estava preparada para isso, sabendo muito bem que apenas os bons filhos pertencem ao pai...

Não demorou para Nnaife ser libertado, e também ele voltou para casa e foi viver com a jovem esposa Okpo. Mas era um homem quebrado; e sua esposa Nnu Ego, de forma similar, estava decaindo muito depressa. Não era propriamente uma carência material; as filhas mandavam contribuições de vez em quando. No entanto, o que efetivamente a quebrou foi, mês após mês, esperar por notícias do filho que vivia nos Estados Unidos, e também de Adim, que mais tarde foi para o Canadá, e não receber nenhuma. Foi graças a alguns comentários que ficou sabendo que Oshia se casara e que sua noiva era uma mulher branca.

Durante algum tempo Nnu Ego suportou tudo aquilo sem reagir, até que seus sentidos começaram a ceder. Tornou-se vaga, e as pessoas comentavam que ela nunca fora forte do ponto de vista emocional.

Ela costumava ir até a praça de chão de areia chamada Otinkpu, perto de onde vivia, para dizer às pessoas que seu filho estava na Emelika e que tinha outro filho que também vivia na terra dos brancos – não conseguia pronunciar a palavra Canadá. Depois de um desses passeios, certa noite, Nnu Ego se deitou à margem da estrada, convencida de que já havia chegado em casa. Morreu ali, discretamente, sem nenhum filho para segurar sua mão e nenhum amigo para conversar com ela. Nunca fizera muitos amigos, de tão ocupada que vivera acumulando as alegrias de ser mãe.

Quando os filhos ficaram sabendo de sua morte repentina, todos, inclusive Oshia, voltaram para casa. Todos lamentaram que ela tivesse morrido antes que eles estivessem em condições de proporcionar uma boa vida à mãe. Seu segundo sepultamento foi o mais ruidoso e dispendioso que Ibuza já vira, e um altar foi construído em seu nome, para que seus netos pudessem apelar a ela caso fossem estéreis.

Mais tarde, porém, circularam histórias dizendo que Nnu Ego era uma mulher má até na morte porque, embora muitas pessoas lhe suplicassem por fertilidade, ela nunca atendia aos pedidos. Pobre Nnu Ego, mesmo na morte não lhe davam paz! Apesar disso, muitos confirmavam que ela dera tudo aos filhos. A alegria de ser mãe era a alegria de dar tudo aos filhos, diziam.

E qual foi a recompensa de Nnu Ego? Por acaso não tivera o maior sepultamento que Ibuza já vira? Oshia precisou de três anos para conseguir pagar todo o dinheiro que pedira emprestado para mostrar ao mundo o bom filho que era. Sendo assim, as pessoas não entendiam por que Nnu Ego não atendia às preces que lhe dirigiam, pois o que mais uma mulher poderia desejar, além de ter filhos que lhe dessem um sepultamento decente?

Nnu Ego recebera tudo isso, e nem assim atendia às preces dos que lhe pediam filhos.

Leia mais Buchi Emecheta

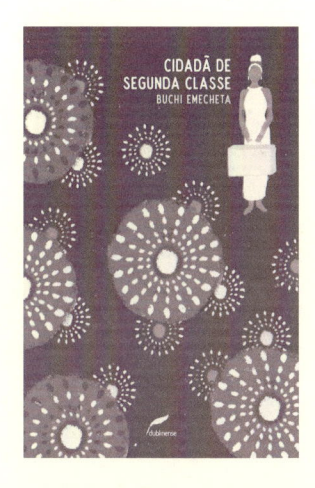

CIDADÃ DE SEGUNDA CLASSE

Na Nigéria dos anos 60, Adah precisa lutar contra todo tipo de opressão cultural que recai sobre as mulheres. Nesse cenário, a estratégia para conquistar uma vida mais independente para si e seus filhos é a imigração para Londres. O que ela não esperava era encontrar, em um país visto por muitos nigerianos como uma espécie de terra prometida, novos obstáculos tão desafiadores quanto os da terra natal. Além do racismo e da xenofobia que Adah até então não sabia existir, ela se depara com uma recepção nada acolhedora de seus próprios compatriotas, enfrenta a dominação do marido e a violência doméstica e aprende que, dos cidadãos de segunda classe, espera-se apenas submissão.

"A prosa de Emecheta tem o brilho da originalidade, da língua sendo reinventada... Questões de sobrevivência estão no âmago de seu trabalho e dão peso às suas histórias."

John Updike

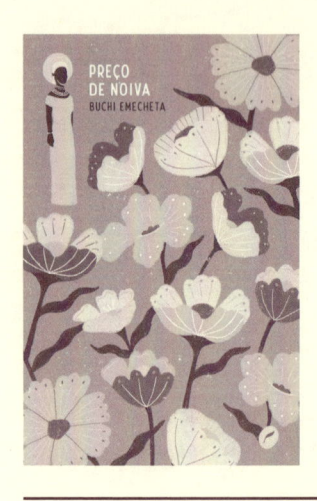

NO FUNDO DO POÇO

Adah, a mesma protagonista de *Cidadã de segunda classe*, tem que criar e sustentar sozinha os cinco filhos, vivendo no subúrbio de Londres, em um lugar que ela chama de "o fundo do poço". Tentando manter seu trabalho diário e suas aulas noturnas em busca de um diploma, ela se vê às voltas com o serviço de assistência social, que lhes classifica como "família-problema". É onde Adah encontra uma causa comum com seus vizinhos brancos da classe trabalhadora e sua luta contra um sistema social que parece destinado a oprimir todas as mulheres.

"Emecheta escreve com sutileza, poder e compaixão abundante."
The New York Times

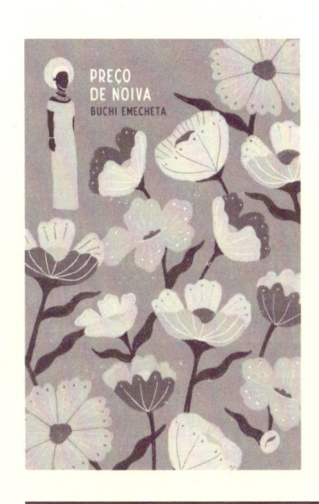

PREÇO DE NOIVA

Aku-nna é uma jovem igbo que vê a vida ruir após a morte do pai. Junto com a mãe e o irmão, ela precisa deixar a capital, Lagos, e retornar ao povoado rural de Ibuza, onde vai enfrentar as angústias da adolescência e as rígidas tradições patriarcais do seu povo. Lá, ela se apaixona por Chike, filho de uma família próspera, mas descendente de escravos, e esse amor é considerado uma afronta à cultura dos igbos. Só que o casal está disposto a tudo para ficar junto, mesmo sabendo que esse caminho pode levar à tragédia.

"O choque das culturas cristã e africana, de gerações, de devoções antigas e modernas, e de costumes de grupo e a vontade individual são todos vividamente retratados neste romance puro, fluido e envolvente."

The New Yorker

Descubra a sua próxima
leitura em nossa loja online

dublinense .COM.BR

Composto em MINION e impresso
na PALLOTTI, em PÓLEN SOFT 80g/m², em DEZEMBRO de 2020.